江苏省邮电规划设计院有限责任公司专家团队 精品力作

无线城市发展思路和应用案例

DEVELOPMENT TREND AND APPLICATION OF WIRELESS CITY

■ 周 晴 郭正平 黄 毅 花苏安 王 兵 许 欣 编著

人民邮电出版社

北京

图书在版编目（CIP）数据

无线城市发展思路和应用案例 / 周晴等编著. -- 北京：人民邮电出版社，2014.4
ISBN 978-7-115-34636-0

Ⅰ．①无… Ⅱ．①周… Ⅲ．①无线电通信－通信网－研究 Ⅳ．①TN92

中国版本图书馆CIP数据核字(2014)第026556号

内 容 提 要

本书以大量丰富、翔实的实例，具体介绍了无线城市建设的探索历程、特色理念、创新模式和务实做法。全书分为两条线索：一条从技术层面介绍了无线城市，包括无线城市的技术，及无线城市的产业链；另一条从业务层面分析了无线城市，具体讨论了无线城市的运营经验和商业模式等。

本书适合电信运营商、规划设计单位无线城市建设领域的相关人员，以及关注无线城市建设与发展的社会各界人士阅读参考。

◆ 编　　著　周　晴　郭正平　黄　毅　花苏安
　　　　　　　王　兵　许　欣
　责任编辑　杨　凌
　责任印制　焦志炜

◆ 人民邮电出版社出版发行　　北京市丰台区成寿寺路 11 号
　邮编　100164　电子邮件　315@ptpress.com.cn
　网址　http://www.ptpress.com.cn
　北京天宇星印刷厂印刷

◆ 开本：787×1092　1/16
　印张：13.5
　字数：327 千字　　　　　　　　2014 年 4 月第 1 版
　印数：1 - 4 000 册　　　　　　2014 年 4 月北京第 1 次印刷

定价：49.00 元

读者服务热线：**(010) 81055488**　印装质量热线：**(010) 81055316**
反盗版热线：**(010) 81055315**

序

　　2004 年美国首次提出无线城市的概念，无线城市被视为第五大基础设施，截至 2013 年 10 月全国已有 193 个城市开展了无线城市的建设。与当前智慧城市概念不同的是，无线城市偏重网络建设，也包含实际应用；而智慧城市则偏重综合应用，并包含网络、物联网与云计算等基础。两者有相通之处，但智慧城市的概念又相对更广。智慧城市是在无线城市内涵上的延展，无线城市是实现智慧城市的重要途径。

　　城市的交通灯系统会自动根据车流量的变化调整红绿灯时长，同时联合路线指引站牌，对交通进行疏导；用户可以使用任何无线终端预约停车场车位，通过反馈的二维码进入后，由停车场自动引导系统将您的车停在指定泊位上，并直接通过无线终端扣费；当您前往某企业开会时，由系统向您发送室内路径指引，并利用墙面传感器自动指引您的前进方向，带您精确地找到您要找的人或地点。这些应用将勾勒出未来我们无线城市的雏形。

　　无线城市建设项目是一项浩大的系统性工程，并不是一蹴而就的，建设一座无线城市需要 3 年、5 年，甚至更久的时间。城市通过各种信息通信基础设施扮演着触觉神经、味觉神经、视觉神经的角色，为城市搜集各种即时与非即时数据，由后端的数据平台进行分类、交互、计算，最终制定出各种与城市功能相匹配的服务。

　　本书不同于一些已经出版的关于无线城市或智慧城市的书籍，作者结合多年从事无线城市、智慧城市的研究成果和工程实践，致力于向读者描述一个完整的无线城市系统工程，从产业链分析、商业模式分析，延伸到具体的应用分析与介绍，并与时俱进地考虑到未来 4G 网络技术和下一代互联网赋予无线城市的新内涵。因此，本书颇具全面性和实践性，值得读者细细品味无线城市建设中的点点滴滴。

2013 年 12 月

前　　言

从数字城市到无线城市，直至今日的智慧城市，城市信息化给我们带来的不只是名词上的不同，更多的是内涵上的，对我们城市生活的改变。

本书以无线城市为主题，其中也穿插了与智慧城市对接的内容，尤其是在众多应用上两者具有很高的相似度。智慧城市本就是由无线城市发展而来，伴随信息通信技术的不断发展，智慧城市在无线城市的基础上，为城市居民提供了更智慧化的生活服务体验。

本书聚集了众多投身于无线城市、智慧城市项目或研究的专家、学者的智慧，以无线城市技术为出发点，进而研究无线城市的产业链、商业模式和各种应用，最后提出未来各种新技术对于无线城市的挑战。

从整体结构来看，本书可分为5个主要部分。第一部分主要涵盖第1～3章，重点向各位读者介绍国内外无线城市发展的情况，总结经验教训，使得读者对无线城市的发展情况有全面的了解；第二部分主要涵盖第4章，重点分析无线城市主要实现技术的特点、优缺点以及应用情况，奠定本书的技术研究基础；第三部分主要涵盖第5、6章，主要分析无线城市的建设模式以及产业链各环节情况，从市场的角度分析无线城市对信息通信产业、政府管理和公共服务的影响；第四部分主要涵盖第7章，分析了各地无线城市的主要应用，使读者能够接触到目前最主要的无线城市应用以及每个应用的特点；第五部分涵盖第8章，主要分析未来4G技术和下一代互联网技术对无线城市发展的影响，以及在新技术条件下，为无线城市注入的新内涵，充分与智慧城市接轨。

无线城市作为重要的基础设施，与我们每个人的生活息息相关，通过信息通信技术，无线城市为我们的生活带来了方方面面的改变。希望读者能够通过本书对无线城市有个全面的认知，对同样从事无线城市或智慧城市研究工作的人们起到抛砖引玉的作用。

本书在编写过程中得到了贝斐峰、沈顺元、王强、李新等同志的支持和帮助，在此谨向他们表示衷心的感谢！书中不当之处，恳请读者批评指正。

作者
2014 年 2 月于南京

目　录

第 1 章

无线城市概述

1.1　无线城市的提出

随着国民经济的持续快速发展和人民群众对信息化需求的快速增长，中国的信息化特别是城市信息化建设步伐明显加快，在城市信息化的高速发展中，无线城市作为城市信息化建设的一个重要组成部分，得到了越来越多的重视。

无线城市是指那些已经构建城域无线宽带网络，并在任何时间、任何地点都能为市民、企事业单位、旅游者及政府机构等，提供安全、方便、快捷、高效的无线宽带服务的城市。无线城市主要包括三大方面的应用：公共服务、商业物流活动、城市信息化管理。

无线城市通常基于 Wi-Fi、Mesh、WiMAX 技术体系，并以其宽带能力为市民、企事业单位、旅游者及政府机构等，提供在任何时间、任何地点都能够安全、方便、快捷、高效地获取可支付得起的无线宽带服务的城市无线宽带网络。无线城市的目的是提高政府工作效率、降低行政成本；改进公共服务、加强公共安全；消除数字鸿沟、改善人民生活；优化投资环境、促进经济繁荣。其基础设施可以采用有线与无线相结合的混合组网结构。

党的十七大报告提出，要"加快转变经济发展方式，推动产业结构优化升级，发展现代产业体系，大力推进信息化与工业化融合"。我国"十二五"经济社会发展总体规划中也明确提出构建下一代信息基础设施，引导建设宽带无线城市。无线城市的建设将大大提升城市信息化应用水平，给市政管理、公共安全、商务旅游、医疗卫生及文化生活等带来前所未有的提升和颠覆性的改变，使人们尽享无线数字的品质生活。另一方面，将有效促进产业结构升级与经济发展。通过推进"无线城市"建设，能够进一步加强信息经济、网络经济与传统经济的相互融合与渗入，在将信息产业做大做强的同时，有效促进其他产业的创新升级与优化调整，进而推动国民经济的长足发展。

1.2　无线城市发展历程

无线城市的概念最初由美国费城于 2002 年提出，当初是以建设覆盖全城的无线局域网为主要标志，采用 802.11b（Wi-Fi）技术标准，主要实现固定无线网络接入，目前在技术选择方面，根据已经建设的无线宽带城市的统计，基于 Wi-Fi/Mesh Wi-Fi 的覆盖面积占 92%，

WiMAX 的覆盖面积占 4%，采用其他技术的占 4%。

无线城市是人类生活方式上的一次重大改革与进步，大致经历了以下 4 个发展阶段。

1．第一阶段：Wi-Fi 助力无线城市

Wi-Fi 技术于 20 世纪 90 年代末逐渐成熟，与此同时，电信运营商将此技术引入电信行业，开始建设 Wi-Fi 热点。而这种迅速被用户所接受及熟悉的业务很快成就了一个巨大的市场，即笔记本电脑用户的宽带无线接入技术。此后，飞机场、茶吧、咖啡厅等热点区域都使用 Wi-Fi 进行覆盖。

2．第二阶段：市场推动规模初成

2001—2003 年，由传统电信运营商和无线互联网服务商主导，Wi-Fi 得到了规模空前的发展。这一期间，Wi-Fi 被认为是 3G 业务的有益补充，运营商将这种新业务与现有的固定及移动互联网服务进行捆绑，市场对此反响热烈，Wi-Fi 宽带业务规模初成。

3．第三阶段：盈利难题阻碍发展

2003—2004 年，由于运营商未能成功解决 Wi-Fi 业务的盈利模式，电信行业对 Wi-Fi 的建设速度放慢，Wi-Fi 市场陷入低谷，非盈利的 Wi-Fi 热点开始出现，Mesh 技术的引入为无线城市的建设提供了新选择。

4．第四阶段：网络再启中国模式

2004 年至今，全球一些知名城市陆续宣布将利用 Wi-Fi 及 Mesh Wi-Fi 技术建立无线宽带城市，无线宽带接入覆盖整个城市，由市政府主导的"无线宽带城市"概念逐渐在全球范围内掀起宽带无线接入网络新浪潮。2009 年中国移动结合 2G、3G 网络发展，启动无线城市，市场对这个领域的预期和投资开始复苏。截止到 2013 年 1 月，中国无线城市已在 30 个省 336 个城市上线推广，全国无线城市独立使用用户数达到 1200 万。

根据相关报告统计，截至 2010 年年底，全球已有超过 1500 座城市建成或正在建设无线城市。美国、英国、德国、法国、澳大利亚、新西兰、意大利、韩国等经济发达的国家都有许多城市启动了无线城市的建设计划，新加坡、马其顿等国土面积较小的国家甚至提出了建设"无线国家"的计划；一些经济欠发达国家，如肯尼亚、孟加拉等国也有中心城市或港口城市启动了无线城市的建设。中国香港和中国台北率先进行了无线城市的建设；在大陆地区，长三角地区、珠三角地区、环渤海经济圈、经济发达的内陆中心城市、沿海旅游城市、新兴经济城市也都相继启动了无线城市计划。可以这样认为，无线城市在中国已经成为城市信息化工作的一种重要的发展趋势。

从运营商层面来说，中国移动、中国电信、中国联通等都已经提出自己宏大的无线城市建设计划，在无线城市方面的投资逐年增加，无线城市建设已经初具规模。

1.3 无线城市所包含的内容

无线城市的主要应用包括：公共服务、商业物流活动、城市信息化管理等。

1．公共服务

互联网接入、公众信息、智能交通、医疗卫生、休闲娱乐、远程教育等。

2．商业物流活动

移动商务、交通物流、展览和会议等。

3．城市信息化管理

电子政务、公共安全、市政管理、应急联动等。目前，应急联动、公共安全以及无线宽带服务运营是无线城市的主要应用。

（1）应急联动的主要作用是综合各种市政应急服务资源，统一指挥、联合行动，为相关职能部门（公安、消防、交警、急救以及水、电、气、城管等）提供相应的紧急救援的技术支持，如 Wi-Fi 语音服务、数据服务、视频监控等。实现跨部门、跨区域以及不同职能部门之间的统一指挥、协调一致，进而实现高效应急联动。

（2）公共安全指为确保整个城市的安全，而建立的覆盖整个城市范围的无线 Mesh 网络。是以联合指挥为核心，以接处警为重点，集信息获取、信息传输及信息发布于一体，并可借助各种辅助系统进行决策的综合信息管理支持系统。Strix Mesh 系统是一套完整的通过无线通信进行指挥调度的平台，可以综合对公安、消防、交警、急救以及水、电、气、城管等联动单位进行管理，支持日常警务执勤和各种应急接警和处警等需求。

（3）无线宽带服务运营方面即指协助当地的 Wi-Fi 部署城域范围的无线 Mesh 网络，为当地市政工作人员、居民、商户以及临时访客建设多用途的无线网络。可以按网络流量、上网时长、包月套餐等业务模式进行网络运营，为用户提供稳定、可靠、安全的服务。可以提供高带宽的、可替代专线的接入服务，为社区居民提供小区无线宽带接入，为市政工作人员提供可移动的无线网络支持。

1.4　建设无线宽带城市的意义

无线宽带城市对城市未来的发展有着重大的意义，也是建设智慧城市的关键和基础。建设一个具备综合信息化支撑能力的无线宽带城市，将有效地支撑卓越的城市创新理念。"无线城市，无限精彩"将是众多城市的身份象征，它将以高水平的信息基础设施，构建完善的商务环境和优质的生活环境，给城市的政务管理、公共服务、商务旅游、生活学习和休闲娱乐等带来卓越的效益。

在 3G 大规模商用化、LTE 开始商用化的今天，网络能力、网络经济和信息化无疑是城市发展的热点和关注的焦点。现有一些国际化大都市（如伦敦、上海等）的信息化基础设施建设均已趋于完善，电脑上网速率的提升，各类信息化应用的普及，开展无线网络应用，可谓"箭在弦上，不得不发"。事实上，当"无线城市"建成的时候，人们就会发现，信息化的世界将会变得近在咫尺，现有的一些信息化发展瓶颈也会随之被突破。这些改变不仅能够给城市增添良好的形象，而且会产生巨大的社会效益和经济效益。

因此，无线宽带城市的建设将有助于提高政府工作效率、降低行政成本；改进公共服务、加强公共安全；消除数字鸿沟、改善人民生活；提升城市品位、促进经济繁荣。

第2章
无线城市影响因素与主要问题

2.1 无线城市发展影响因素

目前无线城市在全世界特别是中国发展得如火如荼,同时我们需要看到,受到政策和经济环境等因素的影响,无线城市虽然前景整体光明,但仍然需要对这些因素进行甄别辨析,避免风险,抓住机遇,争取无线城市未来有广阔的空间和更远大的发展。

2.1.1 政策因素

从目前的无线城市发展情况来看,绝大多数的无线城市主要提供两个能力,一个是无线网络接入的能力,一个是市民通过无线终端随时随地随需要获得与政务公开、公共事业服务、个人生活等相关的城市服务信息,因此政府是无线城市的主要领导者和推动者,无线城市作为电子政务的重要组成部分,需要政府提供相应的人力和财力支持,制定相应的保障机制,提供各种政府资源支撑,推动无线宽带业务在政府部门的率先应用。

目前国外如全球第一个无线城市——费城,国内如厦门、北京、上海等地的无线城市建设均由政府主导,多个地方政府已经明确制定了无线城市的相关政策和规划,这些都是无线城市发展的推动力。

我国"十二五"规划提出:"统筹布局新一代移动通信网、下一代互联网、数字广播电视网、卫星通信等设施建设,形成超高速、大容量、高智能国家干线传输网络。引导建设宽带无线城市,推进城市光纤入户,加快农村地区宽带网络建设,全面提高宽带普及率和接入带宽。推动物联网关键技术研发和在重点领域的应用示范。加强云计算服务平台建设。以广电和电信业务双向进入为重点,建立健全法律法规和标准,实现电信网、广电网、互联网三网融合,促进网络互联互通和业务融合。""十二五"期间,我国通信行业面临跨越式发展的大好机遇,"引导建设宽带无线城市"的指示昭示着无线城市的发展也将是通信事业大发展中相当重要的组成部分,国家规划的支持对无线城市的发展好处不言而喻。

2.1.2 经济因素

近期各国为了摆脱金融危机带来的经济困境,加大了对信息化的投入,新一轮的信息浪潮正在涌来,对于整个无线城市产业的发展而言,无线城市借助这个风向,蓬勃发展,正在成为继水、电、气、交通之后的城市第五项公共基础设施。另外，无线城市建设已逐渐成为加快转变经济发展方式的重要手段，正成为增强城市核心竞争力，促进信息化与工业化融合、提升社会管理和公共服务水平、改善人居生活和投资环境、刺激内需消费等各方面的有效载体。"无线城市"建设将加速城市从"汗水经济"到"智慧经济"的转型，对于城市乃至地区的产业升级和经济转型有一定的促进作用。

2.1.3 运营商因素

2012 年，随着各地智慧城市的呼声越来越高，各地对无线城市的需求也日益凸显，很多一线城市建立智慧城市办公室，要求运营商搭台，政府唱戏。同时因无线城市项目内在的排他性，运营商的业务拓展需求和竞争需求使得其对无线城市项目的渴求程度较高，无线城市项目作为客户竞争的重要手段，受到各大运营商的日益追捧，无线城市项目纷纷在各大重点城市上马。中国电信在无线城市建设方面有着多地的实践，如中国电信扬州公司承建的"无线扬州"项目。中国联通方面也积极推进无线城市项目，如中国联通总部与上海市政府签订智慧城市协议，投资 80 亿元，重点推进光纤到户建设，大力推进无线城市建设等。中国移动在无线城市上走得最早，也走得最远，截至 2012 年 6 月底，中国移动已经与国内完成了多个城市的无线城市建设签约，其中 31 个省 248 个城市已建成了无线城市基础平台，无线城市全网业务应用的数量已接近 1 万个，活跃用户超过 600 万户。运营商的追捧将极大地促进无线城市的壮大和发展。

2.1.4 技术因素

无线城市涉及的技术可以根据无线城市提供的能力相应分为两类，一类是提供无线接入能力的技术，一类是满足服务需求的应用技术。第一类提供无线接入能力的技术在目前的无线城市技术中，有 3G、Wi-Fi、WiMAX 等多种技术，其中以无线城市应用中以 Wi-Fi 最为普遍，802.11b/g/n 也有应用，特别是近期 Mesh 网络技术，基于多跳路由、对等网络技术的网络结构，其网状网络特征决定了无线节点之间可以相互通信，提供了高速移动和快速漫游切换的能力，满足了室外大规模无线组网的需要。Wi-Fi 技术的进一步发展必将对无线城市的发展提供积极的助力。3G 网络也是提供无线接入能力的主力技术，针对不同运营商承建的网络，采用 cdma2000、WCDMA、TD-SCDMA 等技术提供服务，同时随着运营商网络向 LTE 网络演进的预期，未来能够提供更高的速率和更好的服务，但就目前而言，收费昂贵、速率带宽有限等问题对无线城市的发展有一定的限制。WiMAX 在亚洲和美洲也有部分使用，但随着整个 WiMAX 阵营的分崩离析，支持者日渐稀少，新建的无线城市已经较少采用此技术。第二类是满足服务需求的应用，就国内而言，目前已经在无线城市上线的 APP 应用已经有 1.6 万个，但用户对无线城市应用的积极性不高，根本原因就在于无线城市缺乏精品应用，达不到激发用户刚性需求的程度。无线城市应用应该向移动互联网的明星应用学习，如 QQ、微博等，要抓住用户的心理，一是从应用的使用场景出发，多开发交通出行、旅游、办事和看病等刚需的政府应用；二是从应用的亲和度出发，强调客户体验，开发用户上手容易、精雕细琢的应用，让应用成为开发无线城市新用户、提高无线城市老客户粘度的杀手锏。

2.2 无线城市发展现状

2.2.1 国外发展现状

2004 年 7 月，美国费城首次提出建设基于 Wi-Fi 标准的 Mesh 网络。随后无线城市建设在全球范围内如火如荼地开展，许多城市开始或计划建设无线宽带城域网以满足公共接入、公共安全和公共服务等需要。目前已建成的无线城市有半数在美国，无线城市已经成为美国数字城市建设的一个趋势，也带动了全球无线城市的蓬勃发展。据悉，新加坡已将无线城市的目标扩大至无线国家，计划在 2015 年前打造一个覆盖全国的无线宽带网络。而在欧盟和美国，宽带无线城域网的发展已成为推动经济信息化和城市现代化进程的主要技术引擎。宽带无线已经逐渐成为推动城市信息化、刺激城市经济发展的有效方式，一些发达国家更是将宽带无线城域网建设称之为"水、电、路、气之后的第五项社会基础设施"。目前全球宣布建设"无线城市"的地区和城市的数量已经接近 1000 个，2011 年全球无线城市的建设地区和城市数量将达 1500 个。这其中不仅包括像纽约、伦敦、巴黎这类的国际化大都市，也不乏莫斯科这类发展中城市。

尽管许多国家和城市都开展了无线城市项目，但是成功运营的案例比较少。无线城市目前发展的核心问题是：合适的运营模式。目前运营模式主要分为以下 3 类。

（1）政府资助。以政府为主导，从网络投资、网络建设到网络运维都是市政府主要负责，政府完全控制网络的运营模式。政府不需要与运营商进行复杂的商务谈判，但需要从建立专项资金拨款投资建网，并且还需要独自承担所有的网络运营、维护成本和投资风险。此运营模式属于公营模式，完全由政府独自投资、建设、运维，它可以带来较好的社会利益，但也存在政府负担过重，而且没有充分地调动社会的积极性等很多困难。

（2）公共分享。该方法充分利用整个社会限制的带宽资源，采用自下而上的方式建设网络的具体方法是：参与者只要愿意共享自己的 Wi-Fi AP，就可以获得免费接入其他加盟者 AP 的权利，它对非加盟的用户进行收费。但是，加盟热点存在质量参差不齐、网络安全难以控制、利用运营商的网络资源可能存在法律纠纷等问题。

（3）运营商运作。通常是由政府公开招标，与运营商进行谈判，运营商建设、维护网络。运营商会为普通市民提供一定带宽速率的免费接入服务，通过广告收入来弥补成本，同时会发展希望高速率不接受广告的付费用户，此外通过为集团客户服务和其他增值业务都可以使运营商获得收益。

2.2.2 国内发展现状

中国的互联网和信息网络在最近十余年获得了飞速发展，宽带骨干网遍布全国，互联网应用已经深入各行各业和寻常百姓家庭。随着技术发展和产业升级，各级政府开始重视无线城市的建设，迄今我国已有数十个大中城市提出了建设无线城市的构想并逐步付诸现实。

当前，我国已经形成珠三角、长三角、环渤海经济区的无线城市建设经济圈，以 2008 年奥运会为契机，已在建设的无线城市有北京、上海、天津、香港、广州、杭州、青岛、扬州等，其中北京、青岛是为配合奥运工程，上海是为世博会服务。但这些地区只是在热点区域实施无线覆盖，实际上是无线区域，还远远不是整个城市全域的无线宽带网络覆盖。

无线城市的建设是一个巨额、长期、持续的投入，更考验后期运营能力。国内目前三大建设模式如下。

① 新兴运营商承建模式：由政府投资新兴运营商代为建设，或者新兴运营商自行投资兴建；包括北京、上海嘉定的中电华通；常德和深圳的神舟通信；武汉的艾维通信等。

② 广电主导联合共建模式：由广电系厂商，通常是电视接入运营商主导兴建，目前只有杭州无线城市属于这一模式，由杭州华数数字电视公司兴建。

③ 三大基础运营商主导联合共建模式：由三大主导基础运营商投资兴建。中国移动在厦门、上海奉贤，中国电信在广州、武汉，中国联通在天津等地主导无线城市的建设。

同时，在中国发展无线城市，与国际其他国家有较大差异，主要表现在以下方面。

（1）政府主导。政府在产业发展决策上有重大的影响力。高效率表现在：政府决策链条较短，能在最短的时间把上级决策转化为一线部门的执行纲领。从优点来看，政府可以在特殊问题上快速达成一致，高效率解决问题；从缺点来看，如果政府决策失误，会带来更大的损失，而且如果缺乏政府的关注，很多事情实施过程中难以得到相关部门配合，增加了企业运作成本。

（2）国企运营。电信、移动、联通三大运营商都是国企身份，意味着运营商在经营的时候，承担着社会责任和市场效率的双重考核。因此，在对运营商利益的引导上过分强调经营利润或过分强调社会责任都不合适，而应该是两者综合的均衡。

（3）政府投资，政府采购是产业发展前期重要的资金注入方式。政府采购一方面是为产业发展做出引导作用，另一方面也是为研发机构或基础运营企业提供收益保障。在技术尚未完全普及之前，需要进行大量的基础设施建设，需要大量的资源注入，以确保基础设施建设的顺利推进。

2.3　无线城市发展存在的主要问题

2.3.1　商业模式缺乏

建设运营模式将是无线城市不能避开的瓶颈，也将是影响其未来健康发展的主要因素。无线城市的建设是一个巨额、长期、持续的投入，更考验后期运营能力。无线城市主要有以下 3 类运营模式。

一是政府独立拨款建设，以"第五类公共设施"为定位，可保证市民享受到真正的免费和低价，但这无疑将加重政府的财政负担，随着无线城市规模化发展，政府不可能一直持续买单。

二是由电信运营商来建设和运营，就是所谓的自由市场模式，定价是个首先需要解决的问题，另外，基于基础设施建设和后期维护的压力，电信运营商在权衡投入与产出过程中难免产生消极情绪，对无线城市发展无益。

三是政府与运营商之间的合作，政府购买其中的有偿服务，企业进行投资建设和运营。这种模式被国内外较多的城市所采用，但一直没有固定的合作机制，导致了政府监督乏力和重复建设。

以上所有模式都隐藏着不稳定因素。因此我们可以得出结论：无线城市建设不能仅依靠政府或市场，而应充分发挥政府的主导和示范效应，让市场机制推动其规模应用。基于各城市特征的差异化，无线城市建设模式也需要因地制宜，如不妨先让政府为公益事业买单，再让企业客户接受无线技术带来的便捷，发挥示范作用，最后面向个人免费提供上网服务。

2.3.2 无线应用行业标准存在问题

业界给予了无线网络的应用前景以充分的肯定。但令人担忧的是，作为一项新兴的技术，目前国内尚无明确的相关政策，也没有统一的技术标准，不同的技术参数、无线频率及应用标准，在抢夺市场时有可能引发一场混战，影响无线城市的正常健康发展。因此，制订无线应用行业统一标准迫在眉睫。

2.3.3 无线运营商应用模式与现有媒介既有模式相冲突

无线运营商制定了一系列新的应用模式，以提供更便捷的服务，而其他现有网络媒介有自己的应用模式，例如互联网。这又衍生出在现有移动应用模式下提供服务的成本、服务模式等多重矛盾问题。

必须以公益为宗旨、政府为主导，通过招标的方式对接入商进行选择，才能使无线城市更快、更和谐地推进，单靠一方是难以有效推进的。

2.3.4 无线城市平台业务应用不足

虽然世界上的无线城市发展已经历了十多年时间，2007 年，全球无线城市建设达到高峰，600 个城市已经或准备建设无线城市，其中半数以上在美国。尽管无线城市在全球各大城市都开始得到应用，但目前还没有看到一个可以盈利的案例。

在这些无线城市项目中，最主要的应用是为用户提供无线宽带接入互联网的服务，针对其他的应用，却很少涉及。在智能终端普及的前提下，还需要为智能手机开发各种适用无线宽带的应用程序，以丰富用户使用内容、满足用户的不同需求、给用户创造良好体验，以业务带动市场才能提高用户使用量。

2.3.5 无线终端未普及

用户手机的支持程度在无线城市发展中起着举足轻重的作用，只有打电话、发短信等功能的传统中低端手机是无线城市大力发展的严重阻碍。根据美国 Forrester 研究公司的调研报告，76%的 Wi-Fi 用户在家里上网，26%在办公室上网，只有 5%在室外依托城域无线宽带网络上网，其主要原因是受终端制约。

我们欣喜地看到，近年来以苹果公司的 iPhone 为代表的智能手机在全球掀起了一股热潮，其便利的操作性很好地满足了无处不在的 Wi-Fi 消费需求。iPhone 和带 Wi-Fi 接口的黑莓（BlackBerry）等支持高速无线宽带功能的智能手机逐渐普及，对无线城市的大力发展将起着推波助澜的作用。

2.3.6 无线网络覆盖不足

之前无线城市的覆盖并未纳入成熟的通信网络，主要由 WLAN 承担无线接入。由于 WLAN 在 2.4GHz 和 5.8GHz 高频传输，穿透损耗大，目前的技术水平尚不能使信号穿透两层墙壁后强度达到使用要求，已建好或在建的无线城市项目都以室外覆盖作为建设目标。即无线城市投入使用后，只能保证室外的人们充分享用，室内无线连接暂时还要靠有线宽带、局域无线网以及无线路由等手段。无线网信号要实现穿透覆盖，就必须在信号传输技术水平上有较大的突破，才能使无线城市的概念深入人心，迅速普及。

另一方面，对于经营移动业务的运营商而言，虽然无线基站建设数量、移动用户数众多，但由于目前无线城市主要应用是为用户提供互联网接入，移动运营商大量的无线城市用户会占用过多的空中频谱资源，会造成由于移动宽带用户增长，从而网络达不到用户需求而扩容，有限的频率资源决定了移动网络不可能无限制地扩容下去，那样会导致无线城市用户体验较差。因此经营移动业务的运营商即能做好无线城市的信号，也会面临带宽有限造成的覆盖问题。

2.3.7　网络安全存在隐患

由于国家主管部门没有为无线城市分配专用的频率，且 WiMAX 和无线 Mesh 也没有颁发正式商用牌照，目前各地建设无线城市主要采用 Wi-Fi 技术实现，使用的频段为公共频段。但 Wi-Fi 技术在安全性方面存在很大的局限性，只要用户在无线路由器或中继器的有效覆盖范围内就可以接入网络、访问电脑资源，而且用户间传输的数据完全暴露在空中，如果没有采取有效的安全措施，就给不法分子留下了可乘之机。

我国在 2003 年提出了 WAPI 标准以解决无线网络安全问题。WAPI 是无线传输协议的一种，与 Wi-Fi 协议相近但加密技术优于 Wi-Fi，采用国家密码管理委员会办公室批准的公开密钥体制的椭圆曲线密码算法和秘密密钥体制的分组密码算法，实现了设备的身份鉴别、链路验证、访问控制和用户信息在无线传输状态下的加密保护。为保障政府、商业及个人信息安全，无线城市建设应优先考虑兼容我国的 WAPI 标准，以确保用户利益不受损失。特别是政府部门和公共事业单位等重视信息安全的部门，在向公众提供服务时要做好数据加密以及内网与公网的隔离。

2.3.8　小结

"无线城市，无限精彩"，作为未来城市的一张美丽名片和身份象征，"无线城市"将给城市的公共服务、社会管理、生活学习和休闲娱乐等带来丰厚的效益，将成为民心所向、大势所趋的工程。只要加大政府引导整合力度，坚持政府主导、市场推动、企业参与、联盟推广、行业突破、区域展开的方针，充分解决各种技术难题，就能有效突破目前的困难与瓶颈，"无线城市"也就并非"乌托邦"，我国"无线城市"也将迎来它的春天。

第3章
全球无线城市发展案例分析

随着信息通信技术的进步，人们对信息的需求提高，国内外纷纷开始重视以移动互联网为核心的无线城市建设。

从 2004 年开始，全球发展无线热点、无线区域、无线城市的趋势势不可挡，已经成为当今世界的潮流。基于 Wi-Fi 技术建立的无线城市如雨后春笋般出现在世界各地。

从运营主体上看，国内外无线城市的主要引导模式有：政府主导模式、政企合作模式和企业主导模式。三者之间的差别在于建设范围、引导模式及不同模式下造成的成功度上的不同。

随着世界各国对无线城市建设方式的认识和总结，政府主导模式越来越受到重视，尤其是中国建设的无线城市，在试点之后基本都采用了该模式。

政企合作模式更多出现在试点城市或建设规模不大的情况，和企业主导模式类似，政企合作更多关注部分受众或局部区域受众的使用，因而并不适合大规模城市的推广。但该模式在政府与企业、企业与企业之间竞合模式上是一种创新。

企业主导模式与上两种模式更为不同，主要是企业出于自身的目的或者受委托建设无线城市，具有明显的特殊性，在特殊情况下具有一定的参考意义。

3.1 国外运营经验分析

美国是全球无线城市发展最早的地区。旧金山是全美第一座提出未来将提供全市居民、游客免费无线网络服务的大型城市；费城则是第一座提出要建设覆盖全市的无线网络系统的城市，也是第一座提出标案开始建设的大城市；波特兰早在 2003 年被 Intel 选为最无线的城市，市政府十分重视其无线网络系统的建设。美国之所以如此积极发展"无线城市"，主要是其在宽带接入领域的发展远远不如日韩等国家，宽带业务的不发达导致美国数字鸿沟加剧，并且成为推动新兴 IT 产业发展的障碍。2006 年，美国只有 39% 的家庭用户使用宽带接入，全球排名第 15 位。成本方面，美国宽带业务的平均价格为 35～42 美元/月，在新墨西哥州一些城市每兆带宽价格甚至高达 80 美元/月，而在日本，用户只需花 22 美元/月就可以享受比美国高 10 倍的带宽速率。在这种背景下，越来越多的美国市政府看到了"无线城市"带来的机会。从经营者来看，"无线城市"的经营者主要是新兴 ISP。美国"无线城市"的发展涌现出一批积极投身这一行业的新型 ISP，如 MobilePro、MetroFi 以及 EarthLink 等，甚至互联网搜索引擎巨头 Google 以及 IT 巨头 IBM 也加入其中，而传统电信运营商反而沦落为"市场新进入者"。

由于美国建设"无线城市"的浪潮越来越高，世界其他地区的主要城市也开始投入其中。但与美国相比，其传统运营商在无线城市建设中发挥更重要的作用。世界上主要无线城市建设及运营模式情况见表 3-1。

表 3-1　　　　　　　　　世界上主要无线城市及运营模式情况表

城　　市	运营时间	运营模式	经　营　者	使　用　费
多伦多（加拿大）	2006 年年底	ISP 模式	当地运营商	前 6 个月免费
英国 12 个城市	2007 年年初	ISP 模式	BT	收费
巴黎（法国）	2007 年 3 月招标	ISP 模式	SFR	未知
布鲁塞尔（比利时）	2004 年	市政独营	市政府	免费
新加坡市（新加坡）	2006 年	ISP 模式	iCell、Network Pte Ltd、QMAX Communications、SingTel	免费开放 2 年
墨西哥城（墨西哥）	2007 年年初宣布	未知	未知	未知
都柏林（爱尔兰）	2007 年 2 月宣布计划	ISP 模式	未知	未知
怡保（马来西亚）	2007 年 2 月	ISP 模式	Red Snapper（VoIP 业务提供商）	学生及低收入人群可以获得补贴，其他用户收费
布拉格（捷克）	2006 年	市政独营	市政府	免费提供 64kbit/s 接入
马德里（西班牙）	2005 年	合作社	FON 公司	加盟者免费游客收费
莫斯科（俄罗斯）	2007 年	ISP 模式	Golden Telecom	以收费为主,部分时间或地点免费

3.1.1　政府主导模式案例分析

以新加坡为例。

（1）概况

在新加坡，无线宽带被定位于"第五公共事业"，政府高度重视无线城市的发展。其发展战略是：全国范围内建立一个无线网络，提高新加坡信息化普及程度，推动城市的发展。无线城市融入城市整体的发展规划之中，并且成为城市发展的基础设施支撑。

（2）运营模式

采用政府主导、ISP 建设与运营的模式。政府选定 SingTel、iCell 和 QMax 三家运营商与政府合作建设，三家运营商在新加坡三个区域形成了自由竞争的格局。运营商投资 1 亿新元部署，国际开发协会（International Development Association，IDA）为此投入 3000 万新元，向公众提供免费无线宽带接入服务（至少两年），在此期间政府对运营商提供一定的支持和补贴。而针对高端/企业用户提供收费服务，以满足用户对上网速率、QoS、用户安全等方面的更高要求。

（3）经验与教训

① 统一规划有利于无线城市和谐发展，避免了网络重复建设。

② 政府大力支持。政府不仅是监管者，也给予政策、财政上的支持，同时也是重要的用户。

③ 作为公共事业并完全免费的模式值得商榷，从长远看不利于电信市场的发展。

④ 现阶段的网络运营仍然没有看到明确的商业应用模式，因此其未来的命运仍是个问号。

3.1.2　政企合作模式案例分析

1.　费城

（1）概况

2004 年 7 月，美围费城首次提出了基于 Wi-Fi 802.11b 标准的 Mesh 网络计划，也叫“无线费城”计划。2006 年 5 月 11 日，费城市政厅全票通过了构建城域 Wi-Fi 无线互联网的计划，EarthLink 公司成为该 Wi-Fi 网络的投资商和运营商，并获得了 10 年的合约。费城市政府期望透过无线网络布建于全市的方式，提供便捷、具行动性并负担得起的网络信息应用环境给费城的居民，并确保不论经济状况如何，皆能享受网络的便利，同时也让企业、学校、小区以及外来的洽商人士与观光客享受无线网络的便捷性，以更进一步地提高费城的竞争力。

“无线费城”项目规划中的无线网络覆盖面积达 350 平方公里，户外覆盖率将达到 95%，室内则覆盖 90%建筑的一层和二层靠近外墙的房间。在诺里斯广场、Olney 社区、爱心公园和富兰克林公园大道、历史广场、西部和南部地区，部署了无线网络并向市民开放。

（2）运营模式

政府通过财政拨款、发行债券、贷款等方式募集启动资金，组建非营利机构统筹运作；以公开招标方式选择私营企业外包，以低廉的价格将无线网络资源批发给 ISP 以及大学、医院等公益事业单位；由 ISP 向企业、公众推广销售；在公共场所（公园、广场等），无线网络为市民和旅游者免费开放；批发无线网络资源所得，除偿还贷款、支持日常运行维护外，剩余部分为政府缩小数字鸿沟计划提供资金支持。除启动资金外，政府还提供城市街道灯杆和其他资产支持无线网络建设，并有偿使用无线网络为政府提供的各项服务。

（3）业务模式

“无线费城”采用合作批发的业务模式，这一模式中涉及的参与方主要包括市政府、无线费城推进组织、基金会和银行、技术与服务提供商、互联网服务提供商、用户等。各方之间的关系如图 3-1 所示。

（4）资费情况

为了让更多的人能够使用网络，无线费城采取了低价运营模式。以一般住户的无线宽带服务为例，该组织以每户 9 美元/月的价格将无线网络批发给社会 ISP，而 ISP 最终向用户提供的零售价格则为 16～20 美元/月，相对于其他网络接入方式具有明显的价格优势。

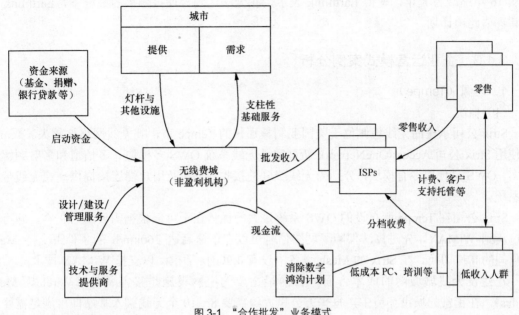

图 3-1　"合作批发"业务模式

（5）经验与教训

① 提供便利的公共服务，增强信息化水平和区域竞争力；

② 建设成本和运营成本过高；

③ 用户数量较少，发展速度过慢；

④ 收费模式单一，运营商缺少盈利点。

2. 旧金山

旧金山是美国大力推进宽带计划的大城市之一，2006 年年初，该市发出一份建设全市范围 Wi-Fi 网络的提案请求，这一 Wi-Fi 网络将用来提供免费或廉价的 Internet 接入。

该计划向网络提供商提出了网络的规格，要求为用户免费提供"基本"水平的接入网络，并可以向用户收取高级服务的费用。事实上，这类宽带概念一直受到一些服务提供商的否定。反对者认为城市网络接入方案在经济上是不可行的，而且对于专营服务提供商也是不公平的。

城市无线网络可以为市政拥有、私人拥有或两者共同拥有。旧金山的无线网络将至少覆盖全市 95%的户外范围，为每位用户提供至少 1Mbit/s 的带宽。此外，在很多地点还要求有室内覆盖，网络必须支持 WEP 和 WPA 安全协议。

第三方提供商被允许通过网络提供服务。最终用户应当能够灵活访问网络，以及使用他们选择的设备和应用，只要它们是合法的。在网络升级方面，不仅仅是人口稠密区及商业区，其他场所也会提供完善的服务。

旧金山的宏伟无线蓝图吸引了很多厂商的注意，尤其是 Google。该公司已透露了向旧金山用户免费提供无线网络的方案，并向旧金山市发动了声势浩大的宣传攻势，向他们描述为城市居民和游客提供免费无线服务的好处。同时，Google 作为一家潜在的服务提供商提出了申请，希望成为实现旧金山市免费全城 Wi-Fi 接入计划的服务提供商。

但是随后，由于市政府要求变更计划中原订的传输速度及隐私权控管，并希望将合约期间从 16 年缩减为 8 年，使得 Earthlink 表示，在无法达到合理报酬率的情况下，Earthlink 将重新评估此项计划。

3.1.3 企业运营模式案例分析

1. 坦佩（Tempe）

（1）概况

Strix 公司承建的无线坦佩位于美国亚利桑那州的 Tempe 市，其无线网络比较大。Tempe 市使用 Strix 公司 Access/OneNetwork 新型室外无线系统 OWS 多模块、多信道和多射频解决方案，OWS 是使用专有模块，分别为无线级联的接收、发送及用户端连接提供高速无线带宽的系统。

Strix 公司在 Tempe 所布设的 OWS 系统最大的优势在于可以根据需要随时扩容，并可无缝过渡到 WiMAX。先进算法保障了网络信号可以在车速高达 260km/h 的条件下支持 Mesh 节点间的高速切换。在 Strix 的 Mesh 设备中设有 4.9GHz 插槽，以支持 WiMAX 技术。

在建设无线城域网的成本方面，目前最主要的组网设施是接入基站（Wireless Mesh Nodes），在正常的城市环境中，每平方公里大约需要 8～10 个无线接入基站即可满足需要，成本大约是 2.5 万美元～3 万美元，这个成本比提供 500 户规模的有线宽带要低。

（2）运营模式

Tempe 市无线网络服务包括两个不同的域：一个是专门提供市政服务的域，主要是为方便市政人员从事移动办公，提高整个政府的服务质量；另外一个是公共域，用于服务在无线信号覆盖范围之内的所有用户接入网络。

Tempe 市目前已经将该无线城域网络的经营执照授权给电信运营商，以提供全城范围内的相关商用服务，从而保证了全市网络服务的可靠性，避免了纠纷。

（3）业务模式

Tempe 市的多用途无线网络将为该市商业用户、居民、访客以及市政府的独立网络办公人员，提供按年、月、日甚至小时的任意时刻、任何地点的可靠安全接入服务。该网络将允许接入多种因特网服务商，并且有足够能力通过 VoIP 提供电话服务。

（4）资费情况

在 Tempe，无线城域网的运营和维护由当地移动公司承担，包月费用不到 30 美元，不比有线网络贵，大量市民已经逐渐喜欢上了可以随时随地享受宽带服务的业务。

（5）经验与教训

① 改善了城市用户接入因特网和提供社区服务的方式，并提升该市的商业经营环境；

② 提供实时信息；

③ 对于无线城市的有些部署引起与现有电信运营商的利益冲突导致相关诉讼。

2. 韩国

在 WiMAX 与 3G 的关系上，是融合还是竞争并没有统一的说法。In-Stat 曾经有这样的观点：WiMAX 的前途在于草根移动宽带，最近 WiBro 在韩国的发展也再一次验证了我们的"草根路线"观点。

2006 年 6 月，韩国成为了世界上第一个开通移动 WiMAX（韩国称之为 WiBro）的国家。

运营商曾一度对用户的增长充满信心，但是很快不得不面对现实。持续的网络部署变成了有限的网络覆盖。由于过于依靠一家手机生产厂商，导致运营商开始推广业务时，市场上还没有支持 WiBro 的手机出现。截止到 2006 年年底，KT 和 SK 电信都不愿意透露他们的少得可怜的 WiBro 用户数——仅 1000 多人。

KT 和 SK 从 WiBro 的推广的失败中得到了教训。KT 开始要求设备厂商推出更多的设备供消费者选择，如：WiBro 手机、USB 软件狗和电脑等。KT 联合三星在 2007 年第一季度推出了 3 款支持 WiBro 的设备：SPH-M8100 智能手机、SPH-P9000 多媒体融合设备以及 SPH-H1200 USB 软件狗。同时，KT 也努力提供丰富的内容服务，包括基于 WiBro 的固定移动融合业务。

由于从 2006 年 6 月以来，用户发展的不理想，KT 改变了当初在 2007 年 1 月推出正常价格的方案，最近在 KT 的网站上公布了其最近的资费。与其当初的资费计划相比，新资费策略为不同的选择方案提供了更高数据量。入门级的"Slim"套餐的价格减少了 34%。为了吸引大学生使用 WiBro 服务，KT 推出了"W Campus"套餐，大学生可以在大学校园里享受无限的 WiBro 连接服务，而仅需支付 3.2 美元（3000 韩元）/月的费用。这种价格与 KT 的 HSDPA 服务相比已经降低甚多（2G 流量的 HSDPA 包月价格是 46.8 美元）。同时也将青年人、大学学生纳入目标客户的范围，这一点正验证了 WiMAX 将移动宽带草根化的方向。

KT 也正在努力利用宝贵的 WiBro 的经验来拓展全球市场，WiBro 设备提供商对于海外网络设备的销售也是寄予了极高的期望。In-Stat 认为随着无线宽带在全球范围内兴起，WiMAX 会在草根路线上愈行愈远。

3. 伦敦

伦敦位于英格兰东南部，跨泰晤士河下游两岸，距河口 88 公里，是英国的政治、经济、文化和交通中心。

全球著名的金融中心伦敦，有着十分迫切的信息沟通需求。当前为伦敦提供 Wi-Fi 网络服务的公司为 Mesh Hopper。伦敦的无线城市覆盖区域在泰晤士河两岸 13.6 英里的长度范围内，针对的消费群体可分为普通消费者和商务用户。

从 2006 年开始，Mesh Hopper 就已推出涵盖从伦敦中心的 Mill 银行到伦敦东南部的 Greenwich 的无线网络商业服务。许多企业员工在公司内部通过无线局域网接入点接入无线城市查询及发布信息。根据美国 RSA 发布的报告，英国伦敦已经取代了美国纽约，成为全球 Wi-Fi 无线网络最密集的城市。根据统计，2006 年伦敦市的无线城市接入点数量增加了 160%，总数量达到了 7130 个，已经超过美国纽约市。随着无线城市的发展，英国伦敦吸引了很多跨国公司在其设立分部，很多公司也如雨后春笋般成立，极大地促进了伦敦的商业发展。

3.2　我国运营经验分析

2006 年，我国台湾地区将"无线城市"的概念推向应用阶段；2007 年 8 月，香港政府公布了无线城市计划；此后，青岛等地进行了小规模试点项目。

2007 年 7 月，台湾地区公布 6 家运营商获得移动 WiMAX 牌照，分别是：威迈思电信、创一投资、远传电信、威达有线、大同电信和大众电信。

香港特别行政区无线城市计划之一的"香港政府 Wi-Fi 通"于 2008 年 3 月正式开通，首批共有 35 个 Wi-Fi 热点投入使用，采用 802.11b/g 技术。在香港，推出 Wi-Fi 只是第一步，将来会全面加速推广技术更为先进的 WiMAX 无线宽带上网技术。

如今北京、上海、天津、武汉、杭州、深圳等已确立无线城市计划，并正付诸实施。

2008 年奥运会成为实施数字城市的催化剂，包括北京在内的几个奥运承办城市基本实现了无线网络覆盖。

我国无线城市的发展在经历了一个低谷后，近两年呈现出快速发展趋势。北京、上海、广东、厦门等省市纷纷提出了无线城市的建设规划，开展运营上的探索。

3.2.1　政府主导模式案例分析

1. 北京

（1）概况

北京无线城市发展的理念是为了落实科学发展观，使整个城市充满创新活力，并缩小数字鸿沟、实现信息惠民、改进公共服务、实现信息强政、促进经济发展、实现信息兴业，以及创造和谐的社会环境和崭新的发展空间。

借着 2008 年奥运会的"东风"，北京的无线城市如火如荼地开展了起来，北京无线城市一期开通范围包括二环、三环、CBD 商圈、金融街、中关村地区及望京经济技术开发区、宣武椿树、亦庄地区等，覆盖面积约 100 平方公里。一期主要提供公共安全服务和奥运信息服务。未来将包括电子政务、城管、远程教育、交通监控等多种应用。北京无线城市的发展，早期以中电华通的 Wi-Fi 为基础，目前以中国移动为主的基础运营商正加入到无线城市的建设中。

（2）运营模式

北京无线城市采用在国内比较少见的建设模式：政府为主导，电信运营商为主体，多方加盟方式的无线城市建设模式。

该模式是在北京市政府的主导下，由拥有丰富电信资源的通信运营商作为建设主体，其他无线运营商采用加盟的方式共同参与开发，充分发挥多方的积极性，提升业务和服务能力。该模式是一种体制上的创新，无论加盟主体的实力强弱，都采取公平、公开的方式予以竞争或合作。

政府部门主导北京无线城市的发展，是整个无线城市发展的指引，政府的思维将决定未来北京无线城市的定位。政府负责北京无线城市发展的方针，实施优惠政策，帮助和支持运营商开展无线节点的建设工作，特别是协助运营商开展无线基站、WLAN 热点的选点和保障工作等。政府很好地监管着北京无线城市的建设，批准并监督起草了北京无线城市联盟章程及管理章程，鼓励有条件的运营商和社会资源的加入。

政府很好地从高层制定了加盟北京无线城市的主体需要具备的质量和服务承诺。另一方面，政府监督加盟方参与建设的无线站点或 WLAN 热点，制定无线接入点指导价格，制定统一的认证和计费规范，同时协调各家运营商之间的结算机制。

政府首先积极的使用北京无线城市，有偿的使用各种网络应用和业务服务，并给予参与北京无线城市建设的运营商提供补助，为北京市民提供低价的无线网络接入服务。

具体商业模式上，北京采用"政府主导、联合共建"的商业模式。暂定收费标准是 0.05 元/分钟，并且还有 10 天、包月等促销，并与农村商业银行签订代理收费协议，在北京市内设立了独立的收费营业网点。针对弱势人群提供廉价的无线互联网接入业务，普及家庭的互联网接入。政府已和多家国际漫游虚拟转接公司签订了合作协议，可以和包括英国电信、法国电信在内的国外百余家运营商进行国际漫游。

北京无线城市覆盖了中关村、金融街、国贸 CBD、望京科技园区等北京最主要的商业区，并覆盖了北京的二、三环，覆盖规模超过 60 平方公里，如图 3-2 所示，主要承载了政务和公交体系的一些专网应用，并部分开放给公众使用。

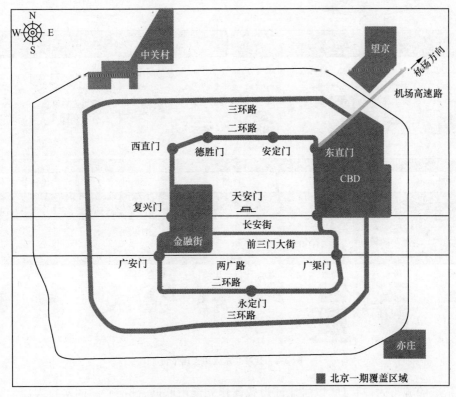

图 3-2　北京无线城市一期覆盖区域

（3）业务模式

北京的无线城市为电子政务、城市管理等重要业务提供无线宽带网络平台，向用户提供无线宽带公众业务和内容服务，可通过无线上网服务，看新闻、查邮件、远程医疗、旅游预定、接受网络教育等，将使公交电子站牌、公交调度监控系统、安防监控系统、候车亭电子监控、多媒体信息播报等多项城市信息管理业务成为现实。

（4）建设目标

2012 年 3 月，北京市领导召开了《智慧北京行动纲要》动员和工作部署会，会议上正式发布了《智慧城市北京行动纲要》。会议明确了智慧北京的发展目标，"智慧北京"是首都信息化发展的新形态，是未来十年信息化发展的主题，"智慧北京"的基本特征是宽带泛在的基础设施、智能融合的信息化应用和创新可持续的发展环境。到 2015 年，"智慧北京"的发展目标是，实施"智慧北京"八大行动计划，建成泛在、融合、智能、可信的信息基础设施，基本实现人口精准管理、交通智能监管、资源科学调配、安全切实保障的城市运行管理体系，基本建成覆盖城乡居民、伴随市民一生的集成化、个性化、人性化的数字生活环境，基本普及信息化与工业化深度融合、信息技术引领企业创新变革的新型企业运营模式，全面构建以市民需求为中心、高效运行的政府整合服务体系，形成信息化与城市经济社会各方面深度融合的发展态势，信息化整体发展达到世界一流水平，从"数字北京"向"智慧北京"全面跃升。如图 3-3 所示。根据纲要内容，明确了城市智能运行行动计划主要内容。

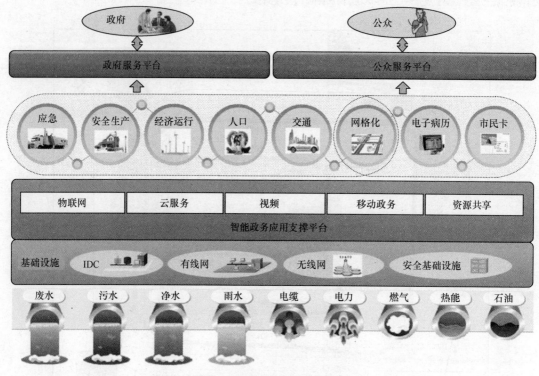

图 3-3　智慧北京应用支撑平台

① 精准的城市人口管理。以居住证为载体建立全市联网、部门联动的实有人口信息系统，加强人口信息的采集、共享和利用，有效提高人口管理的信息化和精细化水平。提高人群流动感知能力，服务交通管理、社会治安、公共安全预警、突发事件应急等城市运行保障活动。建立人口宏观决策支撑服务体系，服务城市人口、产业空间、交通设施、能源资源等规划决策。

② 智能的交通运输服务。建设全路网智能监控体系，完善交通智能控制体系，推动各类交通信息共享，开展与周边地区的协调联动，实现联动管理。提升车辆的智能化水平，推广车辆智能终端、不停车收费系统（ETC）、"电子绿标"等智能化应用，加强营运车辆的智能化管理和调度。加强交通信息服务，在公共收费停车区域（场）推广停车电子计费系统，以多种方式为出行者提供全面及时的出行服务信息。

③ 灵活的资源环境监控。建设智能城市生命线管理体系，推广智能电表、智能水表、智能燃气表和供热计量器具等，形成智能的电力、水资源和燃气等控制网络。完善节能监测体系，实现对工业、交通及大型公共建筑、公共机构等主要用能行业（领域）及场所、单位的

能耗监测。建设智能的土地、环境和生态监管体系，实现对全市土地利用、生态环境、重点污染源、地质资源和灾害、垃圾处理等领域的动态监测。

④ 全面的城市安全保障。建设城市安全视频监控网络，基本覆盖政治中心区、轨道交通、地面公交、在建工地、餐饮企业、地下空间、公园等重点公共场所。建设社会服务管理网格，基本覆盖全市的人、地、物、事和组织。建设安全生产智能监管网络，覆盖煤矿、非煤矿山、危险化学品、烟花爆竹及规模以上工业企业等重点行业（领域）生产经营单位。建设食品、药品安全监管和追溯体系，逐步实现药品全品种全过程电子监管以及重点食品、问题药品的可追溯。完善智能应急响应体系，支撑社会公共安全、公共卫生安全、食品安全、生产安全、消防安全、森林防火、防汛抗旱、抢险救险等领域的快速响应。加强网络安全保障能力建设，维护网络秩序。

北京智慧城市搭建应急物联网应用支撑平台，提出城市安全运行和应急管理领域物联网应用 "1+1+N" 总体框架，规范全市物联网应用建设，实现城市日常管理与应急管理的有机结合，达到 "管得住、上得来、能整合、看得见" 的目标，如图 3-4 所示。

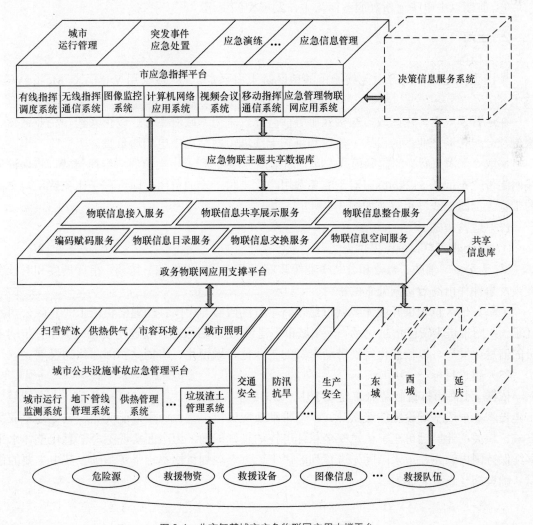

图 3-4　北京智慧城市应急物联网应用支撑平台

2012 年年底，20M 有线带宽接入实现了市区的全覆盖，主要的数据业务采用 3G+WLAN 模式为主，WLAN 接入点累计达到 10.5 万个，3G 基站数量累计达到 2.2 万个，已经覆盖了机场、重点商务区、写字楼、奥运中心区、部分高校等区域，初步实现全市重点区域 WLAN 全覆盖，7 个重点区域为市民提供为期 3 年的免费无线上网服务，建设基于 TD-LTE 的政务物联数据专网，初步形成了服务能力（烟花爆竹、路侧停车等应用），下阶段基站的建设目标争取在原有 85%基站覆盖率的基础上加快网络优化，进行深度覆盖。四环以外地区根据应用需求，实现特殊地区的区域覆盖。远郊区的平谷、延庆、房山、怀柔、密云和门头沟等实现行政中心区覆盖。

（5）经验与教训

① 网络和用户基础好，有力支持无线城市发展；

② 以奥运会等重大的项目为契机，助推无线城市发展；

③ 重视政府与运营商的协调，保证无线城市的可持续发展；

④ 采用多方加盟的建设模式，共同推动无线城市发展；

⑤ 前期以中电华通新兴服务商为主，发展空间受阻。

2．上海

（1）概况

中国大陆地区最早开通无线城市的地区是上海嘉定，该区域采用 WiMAX、Mesh、Wi-Fi 技术。

在运营模式上，由区政府与接入服务商合作，采用"政府主导、政企共建、企业运营、服务社会、带动产业"的模式，建设和维护无线城市网络由中电华通负责。

采取"上游付费"的盈利模式，即普通用户"零付费"，由上游的广告商付费，将保证无线网络带宽不低于 512kbit/s；对于非免费用户，支付一定的费用，即可享受比免费用户更高的带宽。上海无线城市官网如图 3-5 所示。

（2）运营模式

① 为企业商户和市民提供无线网。

② 为公安、消防、急救和公共事业等政府服务部门，提供统一协调、指挥调度和对社会性突发事件作出高效协同处置的平台。

上海其他区也积极开展无线城市建设。奉贤区政府与中国移动通信集团上海有限公司签订了《共同推进奉贤区信息化及"无线城市"建设的框架协议》。通过建设无线城市，带动奉贤的信息化发展，以信息化发展带动奉贤的工业化、城镇化、市场化和国际化的发展。

（3）建设目标

依据《上海市推进智慧城市建设 2011—2013 年行动计划》，到 2013 年年底，上海智慧城市建设基本形成基础设施能级跃升、示范带动效应突出、重点应用效能明显、关键技术取得突破、相关产业国际可比、信息安全总体可控的良好局面，为全面实现上海信息化整体水平继续保持国内领先、迈入国际先进行列的"十二五"规划目标奠定坚实基础。其中主要的信息基础设施建设见表 3-2。

图 3-5　上海无线城市官网

表 3-2　　　　　　　　　　　上海信息基础设施建设项目表

重点专项	具体内容
宽带城市建设	光纤宽带网
	下一代广播电视网（NGB）
无线城市建设	无线局域网（WLAN）热点
	第三代移动通信（3G）网络
	TD-LTE 规模技术试验网
通信枢纽建设	海光缆系统
	国际、国内互联网出口扩容和互联互通
三网融合试点	管理平台
	试点业务
	业务基地
功能设施建设	互联网数据中心（IDC）
	超级计算中心四期
	高精度位置服务平台

　　针对无线城市建设，主要目标是构建起多层次、广覆盖、多热点的全市无线宽带网络。无线局域网（WLAN）热点基本覆盖城市重要公共场所，第三代移动通信（3G）网络实现城乡全覆盖，时分同步的码分多址长期演进技术（TD-LTE）率先在国内投入试商用，基本建成无线城市。

① 无线局域网（WLAN）热点。大力推进全市公共场所、服务场所的 WLAN 建设，全市 WLAN 总量超过 2.2 万处（约 13 万个 AP）。重点场所覆盖率超过 80%，接入能力达 20Mbit/s。

② 第三代移动通信（3G）网络。基本实现全市 1Mbit/s 以上无线宽带覆盖，中心城区和郊区新城、中心镇 3Mbit/s 以上覆盖。

③ TD-LTE 规模技术试验网。完成国家 TD-LTE 规模技术试验网建设，力争在此基础上实现中心城区和部分郊区城镇的网络覆盖，率先在国内城市中开展 TD-LTE 试商用。

（4）特色应用

智慧城市充分利用数字化及相关计算机技术和手段，对城市基础设计与生活发展相关各方面内容进行全方位的信息化处理和应用，建成具有对城市地理、环境、人口、经济、社会、资源、生态等复杂系统进行数字网络化管理、服务与决策功能的信息体系。而其中与民生有很大相关性的智慧社区概念是智慧城市的重要组成部分。智慧社区的主要目的是要打造一个统一的平台，设立城市社区数据中心，三张基础网络通过分层建设，达到平台级应用能力及应用的可扩充性和可成长性，创造可以为民众服务的未来智慧社区和智慧城市系统架构，如图 3-6 所示。智慧社区可以为居民提供健康社区、平安社区、温情社区和和谐社区等四大智慧服务，以二代身份证号作为"智慧社区"的唯一标识号，统一实现 RFID 身份识别功能，具有节省资金、携带方便、信息准确等特点。智慧社区整体技术框架如图 3-6 所示。

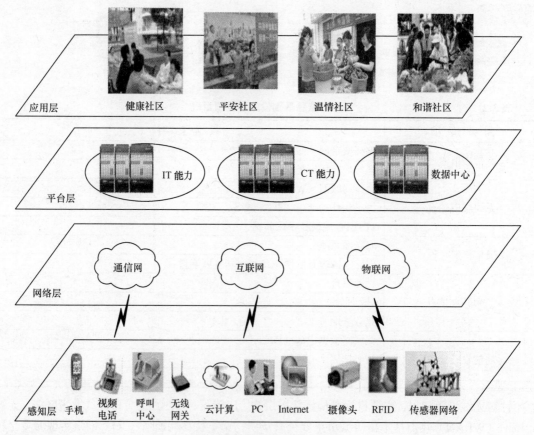

图 3-6　智慧社区整体技术框架

图 3-7 所示为智慧社区感知统一平台和服务方案。

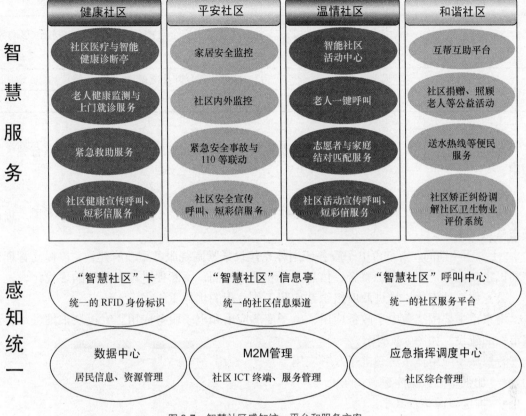

图 3-7　智慧社区感知统一平台和服务方案

（5）经验与教训

① 结合 2010 年世博会等世界性大型会议，大力发展无线城市；

② 各区开展无线城市建设，缺乏全市统一的规划；

③ 存在多种模式，有基础运营商、新兴 ISP 等多个企业负责建设，虽然引入竞争机制，但存在协调问题。

3. 南京

（1）概况

2008 年 5 月，南京市政府下发了《关于加快建设无线宽带城市的意见》，明确了把南京打造成"中国数字名城"的战略定位，本着加强领导、统筹规划、基础先行、分步实施、体现特色、面向市场的原则，加快建设"无线宽带城市"。2015 年，要求无线宽带用户占宽带用户中的 50%，无线宽带用户占人口总数的 10%，约 60 万用户可以享受无线城市的服务。全面实现国民经济和社会信息化，成为南京率先基本实现现代化的重要标志。南京无线城市在工程建设中，强调密切关注其他无线接入技术的发展，适时引入合适的技术作为有益补充，确保无线宽带城市建设目标的顺利实现。

表 3-3　　　　　　　　　　南京无线宽带城市建设分阶段目标

分期建设	一阶段	二阶段	三阶段
业务划分	电子政务、教育信息化、市政设施管理、部分行业应用、公众应用	主城区交通安全监控、电子导航	全城交通监控、移动警务、应急通信
覆盖区域	局部区域覆盖	主城区和部分郊县覆盖	全城无缝覆盖
覆盖目标	100%	100%	100%

（2）运营模式

南京以政府集中采购付费的形式，免费提供给来机关办事的市民和企事业单位有关人员使用。

（3）业务模式

实现对电子政务、社会公共安全、公共服务、重点行业及公众等领域的业务支撑，提高城市信息化水平。

"十二五"期间，南京市电子政务应用体系建设紧紧围绕服务型政府建设，以提高管理效率和民生为向导，强化资源整合、信息共享和业务协同，不断促进政府行政的现代化、民主化、公开化、效率化，推进政府组织结构和工作流程的优化重组。

南京市主要围绕着电子政务应用、电子商务应用和电子服务应用三大板块来推进"智慧城市"的建设，如图 3-8 所示。

智慧城市应用体系——电子政务应用

- 加强基础数据库建设；
- 推进资源整合共享；
- 提升城市综合管理能力；
- 完善市场监管体系。

智慧城市应用体系——电子商务应用

- 大力发展企业电子商务；
- 构建"智慧物流"；
- 不断完善对居民的电子商务；
- 加强技术和标准体系建设；
- 加快诚信体系建设。

智慧城市应用体系——电子服务应用

- 加快推进智能门户建设；
- 推进教育、文化、卫生领域信息化；
- 提高社会保障信息化水平；
- 推进智慧安居服务。

南京市将重点推进一系列的重点工程建设，主要有政务数据中心、市民卡、车辆智能卡、数字网管、智慧医疗、智能交通、应急指挥、智能环保、食品安全追溯系统、电子口岸、智慧旅游和智慧社区等重点工程，如图 3-8 所示。

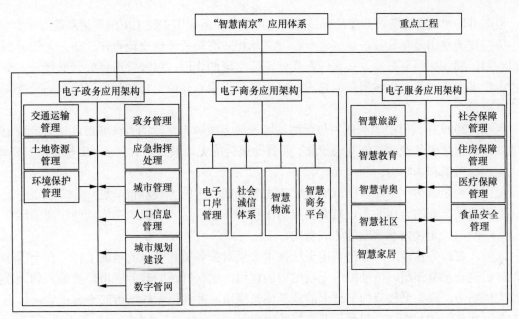

图 3-8 "智慧南京"应用体系架构

（4）经验与教训

① 在技术上，注重多种无线技术的应用；

② 以政务应用为主，有利于前期建设，但缺乏可操作性的商业模式和融资方案，可持续性不强；

③ 缺乏高端化的产业发展环境，缺乏高水平的信息资源开发与应用；

④ 缺乏相关服务业的跟进。

4. 厦门

（1）概述

无线厦门是一项贯穿厦门行政、民生和社会方方面面的浩大工程，仅依靠政府、运营商或企业单独的力量是无法达成的。由于无线厦门使用了多项新技术和新模式，在政务和民生上起到了改善作用，所以无线厦门被广泛视为标杆性项目加以学习和研究。

无线厦门的整体推广从试点开始，逐步完善扩大至整个城市的各方面，目前无线厦门的建设仍然在持续中。

无线城市是一项浩大和漫长的工程，无线厦门并不是仅建设一定规模的信息化设备，而是通过信息化设备为政务、民生服务，提供更加便捷的市民生活和更加人性化的城市管理手段。

因此，无线厦门从建设伊始就清楚认识到工程的难度和影响范围，所以确定通过政府领导在城市建设方面的影响力进行自上而下的推动，具体体现在首先选择政府一些代表性的委办局开始试点，随后逐步推广，所选择的项目也必须具有典型性和可推广性，促进整个厦门的无线城市建设。

无线厦门的特点在于工程开始并不像国内外已经建设的无线城市那样，大范围地开展基础设施的建设，而是选择搭建平台、开发应用和聚合信息。无线厦门很好地挖掘了厦门的城市特色，根据市场和社会的需求开发带有显著厦门特色的政务应用、民生应用和信息聚合平台等。

厦门作为全国最早开放的地区之一，尤其承担着海峡两岸的交流合作工作。无线厦门在建设初期，将在如何更好地发挥厦门在海峡两岸交流的作用，以及营造良好台商投资、交流渠道上狠下工夫。通过无线厦门的建设，可以利用贯穿社会的平台加强两岸同胞的交流频率和交流质量。

因此，2009年，厦门顺利成为与台湾地区开展无线城市交流的首选城市，并与台湾地区开展软件和信息服务业的交流互动工作，并借助厦门的无线城市平台，进一步整合信息资源，扩大交流的范围和影响力。

厦门作为全国第一个以 TD-SCDMA 为主要承载技术的无线城市，进一步加强了与台湾地区之间通信产业的合作关系，具有明显的里程碑作用，进一步就未来推动两岸通信运营、移动终端制造、无线内容开发等达成意向。

此外，在政务管理上，厦门利用无线技术开展对公务员和党员的培训工作，在全国起到了很好的创新示范作用。借助厦门无线城市的建设，这些鲜活的政务应用都被纳入到无线厦门的大体系中，成为无线厦门平台上的政务创新应用，并利用无线城市的平台优势，扩展其影响范围和使用便利性，并起到了非常好的效果。

与厦门的"空中党校"类似，厦门的九八投洽会平台也开展得有声有色，对全国具有较强的影响力。无线厦门的建设将九八投洽会的内涵进一步延伸，从传统的会议模式逐渐形成为促进投资环境改善，并率先实现随时招商、随地推介、异地招商，促进了厦门产业升级，加大了厦门对全国的辐射和影响力，通过信息汇聚带动资本、人才的汇聚的重大项目。通过和无线厦门的相互影响，九八投洽会对促进厦门及周边地区文化、经济发展具有重要意义。

在民生应用层面，无线厦门从改善民生的角度出发，在一些日常的民生应用上做文章，例如视频安全、民生信息服务和民生安全等，以无线政务为带动，重点体现厦门市政府执政为民的理念。

无线厦门在完成试点阶段后，将进入到推广阶段。发挥试点工程的典型带头作用，逐步向政府各部门、社会各行业延伸，初步构建起无线厦门的骨骼和核心应用。图3-9所示为厦门无线政务门户。

图 3-9　厦门无线政务门户（iPhone 访问界面）

在无线厦门进入大规模建设时期，政府除了关心政务能力上的提升外，更关注民生的改善作用，利用更大范围的接入点和应用使厦门市民感受到无线厦门给生活和政府管理带来的变化。

无线厦门建设有广泛的 TD 及 WLAN 覆盖热点，公务员和居民可以利用覆盖广泛的无线接入点，随时随地地通过终端访问无线厦门平台，享受政府提供的面向公众的普遍公共服务，以及依据个人需求定制的个人服务。无线厦门提供了一个广泛交流的社交平台，实现了政务资源的公开，提升了政府服务效能。

无线厦门通过 1～2 年的建设，无论在基础设施能力还是在应用上都积累了比较好的基础，但还是存在应用孤立、数据交流不畅的局面。因此，无线厦门继续将建设重点瞄准减少不同应用系统之间的交互能力开发，通过丰富应用内容向社会广泛推广并促成应用规模，通过产业引导和示范，强化整个无线厦门产业链的建设，从经济上进一步提升无线城市给厦门带来的核心变化。

通过打通政府各委办局之间的信息鸿沟，让信息互相交流、积淀，并在此基础上形成更高级的数据应用，极大地丰富了无线厦门应用的内涵，无论对政务管理还是民生改善上，都起到了非常好的作用。以无线政务为例，通过无线厦门平台的建设，政府各部门的相关信息得以在平台上汇聚，依托网络很好地在局部政府部门或全局上进行统一部署。无线厦门实现了信息的随时随地交流，协调一致地采取行动，极大地提升了政务管理效率。无论是在应急指挥还是多部门联动上，都起到了非常好的作用。

此外，无线厦门的建设也进一步拓展了城市信息化的建设。运营商通过政府提供的便利，进一步拓展了业务范围，大范围地加快了 3G 网络以及宽带网络的建设速度。

无线厦门在建设上采用了许多新的理念和技术，之所以能够成为全国性的标杆，是因为厦门将很多停留在研究阶段的应用落实成了身边鲜活的应用。

（2）应用介绍

从应用特色上，无线厦门主要关注政务、产业和民生等。

① 无线政务。无线厦门城市平台是一项聚合政府各部门信息的聚合平台，它作为无线厦门体系中的重要基础之一，在信息交互上起到了重要作用。

通过平台的建设，传统的政府部门的 OA 系统信息被实现在手机终端或其他便携终端上，政府工作人员可以随时随地地通过接入点或者广泛覆盖的无线网络，进行政务处理、信息查询、灾害预警、信息公告、即时会议等多种类型的即时性政务服务。平台除了完成信息的聚合，还可以利用无线通信手段进行定位、跟踪和范围发送。例如在某区域发生的火灾，信息平台可以轻松地向所在区域内的政府人员和管辖该区域的政府人员发送预警信息。

通过平台，政务办公系统得以向手机上延伸，促使政府工作人员在一定程度上减少了时间、空间上的阻隔，强化了政务办理的效率。

无线厦门城市平台和政府 OA 系统以及各委办局自建平台实现了很好的融合，进一步强化了数据交互和采集能力，使信息化对政务改善起到了越来越显著的作用。

② 产业。无线城市的建设，对于一个城市的影响还体现在对产业扶持上的作用。厦门是福建省重要的创新示范基地，其软件产业、移动互联网产业是区域内重点的高科技产业。

围绕无线城市的建设，厦门可以进一步强化软件、移动互联网等相关产业的建设，对区域内经济发展起到至关重要的作用。

厦门现有的产业已经具有相当的发展程度，无论在产业集聚能力还是在人才储备等方面都已经有相当积累。通过无线城市平台建设和其深度整合移动互联网的特性，厦门的相关产业企业能方便降低经营管理成本，提高企业经营效能，从而加快反应速度增强竞争力。

另一方面，无线城市的目的在于进行数据交换，以及在数据汇聚和分析的基础上提供更高层面的应用和服务。因此针对厦门本地将可能派生出更多的基于数据挖掘提供信息服务的新兴产业和服务。

此外，无线城市的产业链整合能力巨大，不仅可以带动硬件设备制造业的发展，也能促进例如用户终端、信息投放设备和公众服务设备以及应用的制造。无线城市作为一个聚合信息的平台，将有效地促进地区经济的发展和产业的聚集。

由于无线城市是包含政府、电信运营商、硬件制造商、软件提供商以及大社会资讯应用企业的复杂产业链，其用户群体的规模将直接带动产业升级和厦门高新技术产业发展。

③ 民生。厦门通过无线城市的建设，在市内建设有广泛的无线接入点，用户可以利用无线网络或 WLAN 随时随地访问自己所需要访问的资源，还能够通过无线城市平台，方便地处理个人的相关事宜，例如缴费、查水电煤气表等。

用户可以利用无线城市平台划分不同的"圈子"，建立自己的独立的多媒体娱乐平台，也可以建立同学圈、朋友圈、社区等丰富多彩的生活圈，强化个人的社交范围和质量。

通过各种面向民生的服务应用，将极大地增强民众的社会体验，方便、快捷、一站式将其全部聚合在用户的手中。用户可以利用手机终端或电脑等能够访问互联网的设备，通过接入厦门无线城市方便地查询个人与民生相关的信息资源，并完成缴费等业务。

（3）经验与教训

① 国内范围及影响最广的无线城市；

② 首个以 TD 为主要无线技术的无线城市；

③ 无线厦门以点带面的方式，值得各个城市学习；

④ 无线厦门还是没有从根本上解决无线城市缺乏盈利性经营模式的问题。

3.2.2 政企合作模式案例分析

1. 广州

（1）概况

无线广州与无线厦门类似，中国移动都是主要的参与者，所采用的网络建设也围绕 TD 和 WLAN 网络展开。

无线广州的建设方向是"一个宣传、三纵三横"。一个宣传即宣传无线广州的形象，建设以无线广州平台为亮点的政务和民生应用；三纵指打造无线广州城区、无线广州郊区、无线珠三角城市群；三横是指建设应用内容、网络接入和业务应用本身。

广州提出了无线城市群的发展思路，其发展战略：以发展 TD 为契机，借助政府的政策支持，抢占制高点，以无线城市整合市场，抢占全业务竞争的制高点，推进自身业务的发展。

2011 年 6 月，广东移动"无线城市"正式发布，为社会各界提供包括无线政务、便民服务、商家优惠、掌上娱乐、企业应用、旅游资讯和时事新闻等在内的七大类服务，服务架构如图 3-10 所示。

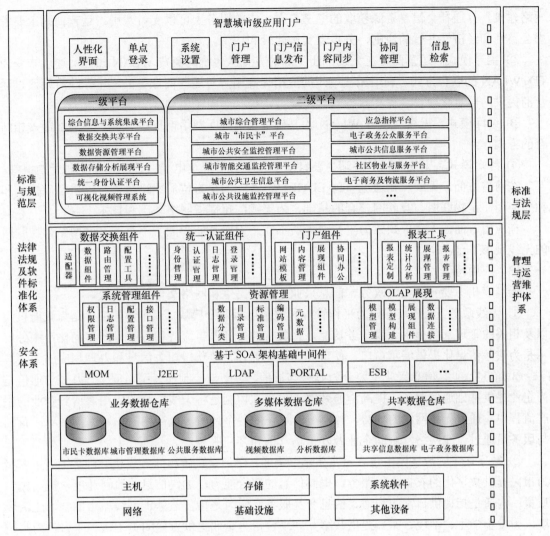

图 3-10　广州"智慧城市"服务架构

（2）运营模式

广州"无线城市群"建设的"政企合作、应用为重、集群发展"三大特点形成了"无线城市群"发展的"广东模式"。

从整合角度来说，广州无线城市群通过"政企合作"开创了政府、运营商、产业链、客户、社会等多方参与、合作共赢的运营新模式，实现了无线城市由"分散型"向"聚合型"发展。从技术应用角度来看，广州无线城市群率先实现"无线城市 2.0"，确保民众可以通过手机等无线终端随时随地获取与政务公开和社会民生相关的服务，体现了"应用为重"。从覆盖范围来看，广州无线城市群更加重视面向城乡一体化的无线城市服务的普惠性和延展性，实现了"集群发展"。

无线广州在总结经验教训的基础上，拥有一套较为完善的无线城市建设模式，涵盖了商业模式、主导模式、组网模式、终端模式 4 个方面。

① 商业模式。无线广州的商业模式采用政府联合运营商的结构展开，政府主要负责引导

网络建设，打通社会信息资源获取的壁垒，在一定的服务上可以支付费用；运营商则主要考虑公益性和经济性并行的原则，分步骤实施建设和运营。

② 主导模式。运营商将在无线广州主导的方式从传统的免费 WLAN 热点，逐步转变为 TD+WLAN 的联合方式，利用无线广州的应用提高用户对运营商业务的黏度。政府则通过运营商提供的信息化建设，提高政务的管理能力，提升面向民生和社会的服务能力。

③ 组网模式。无线广州以 WLAN 为基础，结合 TD 网络，形成广覆盖和局部覆盖相结合的方式。

④ 终端模式。无线广州的终端主要针对笔记本、手机及电子书、PAD 等多种便携终端。

在网络方面，无线广州通过 TD+EDGE+WLAN 的全方位的网络覆盖；提供基础接入和独立应用，是物联网与互联网整合的基础，为无线广州提供网络基础和技术平台。

在应用方面，无线广州致力于打造无所不在、无所不能和无所不有的互联网结合物联网的无线城市平台。

（3）应用特色

无线广州主要分为无线政务、信息兴业、数字民生和网络文化 4 个模块。

① 无线政务。无线政务分为工作管理和服务展示两个模块。工作管理主要是为政府机关以及相关的管理部门提供无线政务功能，将现有的内部办事流程和办事方式移动化；服务展示是为政务信息化提供展示窗口，使市民、企业更容易地获得相关信息和办理相应的手续。

② 信息兴业。信息兴业主要分为办公与通信、生产与控制和营销与服务。办公与通信是为企业提供基础通信服务，提高沟通效率；生产与控制是将无线广州的应用渗透到企业的生产流程中，通过无线网络的优势，控制生产运作的各个环节，提高生产力和工作效率；营销与服务是通过无线网络，协助企业做好市场营销和客户服务。

③ 数字民生。数字民生包含日常生活、沟通、学习、娱乐和商务模块。日常生活主要指为市民提供数字化的衣食住行服务，提高信息的聚合能力，加快信息的流转速度，提高民生质量；沟通是指提供日常的沟通、信息交互服务；学习是指营造基于无线城市的学习生活环境，为中小学生、学校、家长提供共享互动平台，为企业提供方便的员工培训平台，为高校学生提供良好的交流环境；娱乐是基于无线网络，提供娱乐应用，使娱乐变得随时随地按照用户的需求随时开展；商务是指利用无线城市提供的信息便利性提供信息资讯服务。

④ 网络文化。网络文化主要包含公益宣传，是指通过无线城市网络，构建公益性传播渠道，协助政府，做好各项精神文明建设。

广州无线城市建设以无线政务和便民服务为核心，无线广州以企业和个人两个重要的无线城市用户群为根本，构建七大栏目：数字民生、商家优惠、无线政务、旅游资讯、企业应用、时事新闻、掌上娱乐。

如今聚焦政务、民生和兴业的无线广州平台已经具有一定的规模，并且在业务量和用户数上不断攀升。

在民生方面，广州移动围绕本地建设"幸福广州"核心任务，充分发挥其整合信息的能力和优势，利用无线城市平台推出无线城市应用及 12580 业务两大板块、众多绿色信息化的服务业务，给市民带来自动化、无纸化、低碳化的生活新体验。

"民生服务"是广州无线城市建设的切入点，广州移动围绕"电子政务、数字民生、信息兴业、网络文化"四大领域做了很多文章，无线城市的应用为市民提供了民生资讯、教育、求职等诸多便利。

由广州市人民政府和广东移动公司联合推出的大型公共信息服务系统"市民网页"手机版，已经有近 200 万注册用户，超过 30 万用户访问，访问量超过 160 万人次，市民可以全站查询各类民生资讯，包括水电煤气、移动话费、交通违章、公积金、参保信息、个人事项等八大类信息。广州市政府还计划在未来 3 年内通过行政手段使"市民网页"取代传统的纸质邮件传递，实现网上办事的统一身份认证、办事结果反馈等功能。

面向高校用户，推出无线城市"我的大学"，为百万高校学生提供新生指南、兼职招聘资讯、学校周边出行等服务；面向中小学生开展校讯通业务，可以通过无线城市门户在线实现家校交流、家长交流、同步课堂服务，打造家长与老师互动沟通的 SNS 平台。

"微求职"则是无线广州最新推出的"有线+无线"的招聘门户，汇聚全国近百万岗位招聘信息，免费提供企业招聘信息查询和简历投递，外来务工人员通过一句话微简历、一键式微求职，完成与企业的信息交流，解决求职难、招工难的困境。

除了为市民提供与社会管理、政府服务相连接的桥梁和纽带之外，12580 还联系各行各业，为市民提供诸多生活便利和实际的优惠，几乎包含了市民日常生活所需的方方面面。

12580 能够为市民提供出行参考，包括公交、自驾、长途客运班车、高速路况以及违章信息的查询，而且还联合广州市交委推出车辆摇号预约及结果查询服务。

想要出门旅行，在 12580 就能获得集咨询、推荐、优惠订购于一体的一站式旅游综合资讯服务，提供广东省 400 多家旅游景点门票优惠，还有全省（含港澳地区）14 家景点的二维码门票订购服务，市民通过手机银行成功支付后，凭手机二维码可直接进园游玩，为客户节省了排队购票等候时间。

不仅如此，12580 还为市民提供贴心的掌上医疗服务，通过 12580 不仅可以查询、预约省内的医院，市民还可以跨省预约包括北京、上海、江苏、香港等地超过 400 家医院的预约挂号服务，方便获得更多优质医疗资源，此外 12580 还推动医疗均等化的实施，方便农村客户预约复诊。

（4）经验与教训

① 结合广东地理、经济状况，集群方式发展，打造"无线城市群"；

② 初期业务没有进行统一的规划和管理，缺乏业务管理规范；

③ 初期没有统一的计费和实时计费提醒，目前是各应用按原有模式单独计费；

④ 以政务及民生为核心重点打造市民的无线城市体验，起到了非常明显的效果。

2. 杭州

（1）概况

杭州是国内首个四网融合的无线城市，市政府希望通过无线城市项目的建设提升城市的竞争力，打造一个可运营、能盈利的无线网。项目总投资 8.5 亿元人民币，无线杭州架构如图 3-11 所示。

（2）运营模式

采用 Wi-Fi/WiDTV 模式，运营方为杭州市文广集团和华数数字电视公司（原杭州数字电视有限公司）。2009 年前，杭州市民可以免费使用杭州华数有线网络公司提供的移动电视服务。

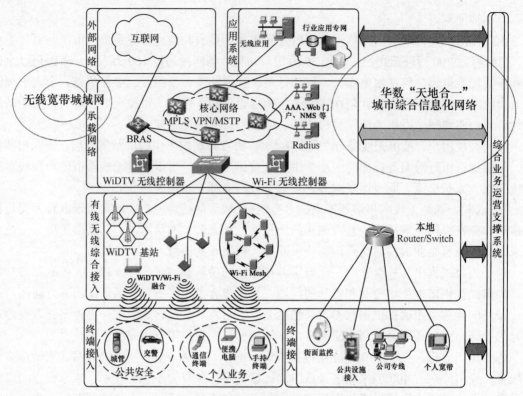

图 3-11 无线杭州架构

（3）业务模式

① 实现新闻浏览、在线查询、可视通信等应用；

② 无线城管、道路监控、安全监控、环境数据采集等公共服务项目，也将相继实现无线化。

（4）建设目标

通过"智慧杭州"建设，力争到 2015 年，达到由数字化、网络化、智能化、工业化、城市化相融合所带来的城市功能强大、运行效率和生活品质显著提升，城市竞争力得到较大提高，使城市运行更智能、城市发展更低碳、城市管理更精细、城市生活更便捷、城市社会更和谐，为"打造东方品质之城、建设幸福和谐杭州"注入新的动力，增添新的活力。

具体目标是信息基础设施建设水平国内领先、智慧化的城市运行管理与服务国内一流、新一代信息技术产业处于全国第一方阵、"两化"融合的广度和深度取得新突破。

杭州确立了四大工程 30 个重点项目打造智慧杭州。这 30 个项目主要涉及民生服务、城市运行管理、政务管理三大方面，包含了云计算、物联网、电子商务、集成信息软件等数个高新产业。这 30 个重点工程主要包括以下 4 个方面。

① 信息化基础设施提升工程：它包括光网城市建设、TD-LTE（4G 应用）应用建设、智慧移动互联网基础设施建设、基于数字电视智能终端的泛在应用建设、有线电视超光宽网改造建设、面向三网融合的媒体云综合运营项目建设、"宽带村"建设等项目。

② 公共服务平台建设工程：它包括六大平台建设，即城市信息公共服务平台建设、电子政务云平台建设、公共学习平台建设、中小企业服务平台建设、公共智能卡服务平台建设、社区公共服务平台建设。

③ 民生服务提升工程：区域卫生信息平台建设、安全生产智慧监管系统建设、食品、药品安全监管平台建设、智慧（数字）校园建设、旅游信息服务平台建设、西湖遗产监测预警平台建设等。

④ 城市运行管理提升工程：包括车联网试点示范工程、智慧城管试点项目建设、智慧环保建设、数字集群无线政务专网建设等。

（5）经验与教训

① 以特色应用为盈利点，如无线停车服务，解决无线城市盈利难题；

② 以广电网络为核心，后期与电信运营商之间不可避免存在业务冲突。

3. 深圳

（1）概况

深圳无线城市的建设思路：以深圳市政府为主导，统筹制定整个无线城市的规划和实施步骤，并在市政规划、基站选址、管道建设、电力引入等方面给了深圳移动相应的帮助与扶持；深圳移动负责建设、维护和运营整个无线城市，使无线城市的建设和运营兼顾社会效益和经济效益；以 TD-SCDMA 为主覆盖整个深圳，结合其他技术如 GPRS、EDGE、WLAN 等实现整个深圳市无盲区的覆盖。建设目标：覆盖整个深圳的无线宽带网络；可持续运营的无线宽带网络；促进深圳在政务、商务、生活等各个领域移动信息技术的广泛应用；提高城市信息化水平、提升人民信息生活体验、提高城市管理水平和运行效率。

目前深圳移动的 TD 网络已经覆盖了关内四区、关外热点区域、重要交通枢纽和主干线，深圳移动的 TD-SCDMA 网络已经升级至 HSDPA，深圳是全国 TD 网络覆盖最好的城市。从产业环境上，深圳有丰富的 TD-SCDMA 产业资源，以华为、中兴、宇龙、腾讯、摩比天线等为代表的 TD-SCDMA 产业链的主流厂商，已形成涵盖核心网、基站系统、手机终端、核心芯片、增值业务的产业生态群。

智慧深圳总体框架如图 3-12 所示。

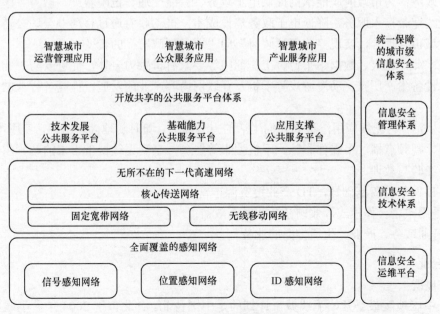

图 3-12　智慧深圳总体框架

（2）运营模式

深圳无线城市的商业运营采用政企合作模式，由中国移动通信深圳移动和深圳市政府合作，共同建立完善深圳移动无线城市，兼顾社会效益和经济效益，实现合作多赢，如图3-13所示。

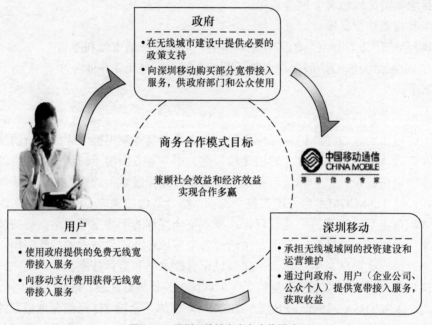

图 3-13　深圳无线城市商务合作模式

（3）业务模式

目前，深圳无线城市开通了以下3个方面的业务。

无线政务：为市政府职能部门提供电子政务、智能交通、抢险救灾、教育、医疗、社区服务等无线宽带接入服务，降低电子政务建设成本，推动政府通过移动办公、公益性通道建设、无线城市管理等，实现"监督型政府"向"服务型政府"的转变。

无线产业：将人、数据、平台、工作部门等要素有机融为一体，促进安防、物流、计算机等硬件设备生产厂家、动漫游戏等手机及互联网内容产业的发展，提高各行业的综合竞争能力。

无线生活：将无线应用渗透到人们生活的方方面面，随时随地高速上网，使用可视电话、手机电视、视频点播、多媒体彩铃、手机搜索等业务，享受无线城市带来的精彩生活。

（4）经验与教训

① TD 网络覆盖基础好，TD 产业链资源丰富；

② 采用政企合作模式，兼顾社会和经济效益；

③ 开通政务、产业、生活方面的业务。

4．台北

（1）概况

整个中国地区最早开始无线城市计划的是中国台北。台北市于 2004 年着手建立无线城市——WiFLY，WiFLY 网采用的是基于 Wi-Fi 802.11b 标准的技术体制。

截止到 2006 年 6 月，台北 WiFLY 的 AP 数量已经达到 4200 个，覆盖面积 133 平方公里，覆盖了台北市 90%的区域，成为全球最大的数字城市，基本完成了全覆盖。在室内公众区域，如连锁店、台北小巨蛋的购物街、市立联合医院及 9 个分院、12 个地区行政中心，以及 71 个捷运站和各地下街都已经实现无线网络全面覆盖。

2006 年，台北市被智慧城市论坛（Intelligent City Forum）评为全球前七大智慧城市之一。

到 2007 年，台北市有基站 4600 座，无线网络的人口覆盖率达到 96%以上，居全球第一。2011 年实现全城免费无线上网。

（2）运营模式

采用 BOT（新建、营运、转移）的运营模式，即先期通过市场化的方式引入企业资金投资基础设施，并许诺投资方在建成后的一段时间内拥有该项目的经营权，到期后再由当地政府收回，管理经营。

（3）业务模式

① 市政公用。台北市的各个重要道路都有车辆监控器，用来实时监测和分析车流量信息，然后通过 GPRS 或 Wireless LAN 将数据传给交控中心。另外，每个路口、停车场以及小区中，都安装有联网的摄像头，不仅可以监控车辆违章，其高质量的画面还成为警察查找赃车、抓捕嫌犯的有力证据。

② 商业应用。无线服务已经进入台湾地区的各大高校，服务涵盖的人数将达到 12 万。现在许多台湾地区的大学生使用的手机都是双频的，优先搜索 Wi-Fi 网络，而 Wi-Fi 网络上的 VoIP 系统能够有效降低成本，因此，如果通话双方都加入了 WiFLY 计划，打电话就是免费的。

尽管这种校园无线计划是以每个学校为单位，但它支持校际漫游，也就是说，一个大学生去另外一个学校看同学，只要凭学生证明简单注册一下就能够在这所学校继续免费使用无线网络。

而在台湾地区，除了台北市，台中市、花莲县、宜兰县等市县都已完成了无线城市的建设。

③ 资费情况。台北无线城市资费情况见表 3-4。

表 3-4　　　　　　　　　　　台北无线城市资费表

WiFLY 网	费率（新台币）	使用时间	服务说明	购买地点
固定用户				
月付制	399 元	一个月	提供一个月无线上网服务：每个月寄送账单收据给用户	1.WiFLY 网站下载申请表格 2.蔡家国际
年缴制	4200 元	一年	提供一年无线上网服务：需预缴一年费用	3.胖蜥蜴 4.德总 5.联成计算机

WiFLY 网	费率（新台币）	使用时间	服务说明	购买地点
预付用户				
计时卡 （预付卡）	99 元	累计使用 110 分钟，以分钟计费：使用不满一分钟以一分钟计算	提供自开卡起累计 110 分钟无线上网服务	台北市 7-11
	300 元	累计使用 360 分钟，以分钟计费：使用不满一分钟以一分钟计算	提供自开卡起累计 360 分钟无线上网服务	星巴克门市
日卡（预付卡）	100 元	24 小时内不限次数	提供自开卡起 24 小时内不限次数无线上网服务	1.星巴克门市 2.IS Coffee
月卡（预付卡）	500 元	30 天内不限次数	提供自开卡起 30 天内不限次数无线上网服务	3.台北小巨蛋 4.NOS 摩斯汉堡
储值点数卡	300 元	300 点储值可选购使用服务	300 点储值点数。兑换服务种类： 1.固定制（无线上网） 2.计时制（无线上网） 3.WiService 加值服务	台北市 7-11

漫游服务：提供多家电信公司漫游服务，用户只要凭原本其账号密码即可畅游 WiFLY

So-net 用户：计时制一分钟 0.9 元；24 小时 100 元；30 天 399 元

Seednet 用户：24 小时 100 元、30 天 399 元

TTN 台湾电讯用户：30 天 399 元、6 个月 2274 元、1 年 4200 元

大新店有线电视用户（亿联科技）：30 天 399 元可漫游新店及 WIFLY 无线网络

亚太电信集团用户：30 天 399 元

台湾固网：24 小时 100 元、30 天 399 元

（4）经验教训

① 对 BOT（新建、营运、转移）的运营模式的尝试；

② 提供较丰富的政务应用和商业应用；

③ 资费较高，不利于业务开展；

④ 全市 WLAN 覆盖，覆盖面和连续性有待提高。

5. 苏州

苏州电信正在建设苏州无线城域网服务——无线 Mesh 城域网，为商务人士、广大公众、商业企业、政府机构提供随时随地无线宽带接入服务、视频传输、语音多媒体等业务。

无线 Mesh 城域网提供的应用模式主要是围绕市民的生活、娱乐，政府的日常管理、应急处理，以及各类服务业的发展等方面展开。

① 市民生活方面。无线网络和城市地理信息系统相结合，还可以衍生出众多服务项目，如有效提高路灯管理、城市交通导航管理和公交车班次管理的高效实时监控和智能化程度，并随之形成一系列的关联性综合应用。

② 百姓娱乐方面。无线宽带网络服务将提升城市的商务和生产、生活品质，为苏州的商务、办公、休闲、旅游和市民生活提供便利。

③ 政府日常管理方面。无线城市为政府有关部门，特别是公安、交通、城市管理、卫生医疗、社区服务等部门，提供无所不在的宽带网络接入，满足视频监控、交通指挥、城管监察、环境保护、社区卫生等各种移动信息化服务需要。

④ 政府应急处理方面。无线城市提供了一个对社会性突发事件做出高效协同处置的平台，使政府部门对重大突发事件的快速反应和处理能力得到极大的提高，能够为市民提供快速、及时的服务。

此外，无线城市结合电子商务发展以及第三方对网络平台的需求，衍生出了一些电信增值收费服务项目，如广告推送、地区门户网站、网络游戏等，并使之形成一系列的关联业务。

苏州电信规划的无线城域网所覆盖区域除狮山路区域之外，其他几个区域都位于苏州工业园区。

苏州工业园区地处苏州城东金鸡湖畔，行政区域面积 288 平方公里，下辖 3 个镇，户籍人口 25 万，由 CBD、CWD 和高教区等核心区域组成，是苏州经济、文化、教育等的中心。

本期规划的苏州 Wi-Fi Mesh 网络所覆盖的地域面积约为 11.75 平方公里。无线信号所覆盖各地域的需求为：CBD（含李公堤）5.65 平方公里、CWD（含两区连接路）3.1 平方公里、高教区 1.8 平方公里、狮山路区域 1.2 平方公里。

建成后的无线 Wi-Fi Mesh 城域网络，将完全采用 2.4GHz 无线宽带信号进行城市覆盖，以无所不在的综合无线信息网络平台支撑宽带接入、公共安全、城市管理、应急联动、公共服务、商务旅游、生活学习等信息化应用。

3.3　国内外无线城市经验总结

无线城市在国内外虽然发展了多年，取得了一定的成果，但仍有不少问题，国内外主要无线城市经验总结见表 3-5。

表 3-5　　　　　　　　　　　　　国内外无线城市经验总结

城市	运营模式	资费	经验	教训
费城	政府启动、ISP 运营	低价策略，合作批发模式。政府将无线网络以每月 9 美元的价格批发给 ISP，ISP 以每月 16～20 美元的价格零售给最终用户；提供免费窄带服务作为补充	1. 世界上第一个无线城市 2. 提供便利的公共服务 3. ISP 模式为主	1. 建设成本和运营成本过高 2. 用户数量较低，发展速度过慢 3. 收费模式单一，运营商缺少盈利点
坦佩	电信运营商运营	包月费不到 30 美元	1. 以电信运营商为主，保障网络服务的可靠性 2. 改善了用户接入因特网的环境 3. 提供实时信息，方便用户生活	1. 容易引起与其他电信运营商之间的利益冲突 2. 收费模式单一
新加坡市	政府主导的 ISP 模式	免费模式	1. 作为"第五公共事业"，高度重视无线城市 2. 政府大力支持，政府不仅是监管者，也给予政策、财政上的支持，同时也是重要的用户 3. 统一规划，和谐发展	免费模式不利于可持续发展

城市	运营模式	资费	经验	教训
北京	政府主导、联合共建	奥运前免费为主;现在结合收费模式,按分钟收费和月租费结合	1. 政府重视,积极同运营商的协调 2. 网络和用户基础好,便于无线城市实施 3. 内容以电子政务、城市管理为主 4. 采用多方加盟的建设模式,共同推动无线城市发展	前期以中电华通新兴服务商为主,发展空间受阻
上海	政府主导、政企共建、企业运营、服务社会、带动产业	上游广告商付费,用户免费 非免费用户,通过收费享受更优质服务	1. 融合多种无线技术 2. 结合世博会,大力发展无线城市 3. 引入竞争机制,多个运营商参与	1. 多运营商之间协调困难 2. 各区竞争,缺乏统一规划
广州	政企合作、应用为重、集群发展	各业务单独计费,没有统一标准	1. 由点及面,形成无线城市群 2. 政企合作,全产业链发展 3. 应用为重,实现了"集群发展"	1. 初期业务缺乏统一的规划和管理,难以统筹优化 2. 初期缺少应用的特色亮点
杭州	Wi-Fi/WiDTV 模式	前期免费使用广电网络;商业应用收费	1. 以广电网络运营商为核心 2. 重视应用开发,无线停车应用成为特色	广电网络同电信网络之间存在竞争协调问题
深圳	政企合作、兼顾社会效益和经济效益,实现合作多赢	政府提供部分区域免费宽带接入;运营商提供收费宽带接入	1. TD 网络覆盖基础好,TD 产业链资源丰富 2. 采用政企合作模式,兼顾社会和经济效益 3. 开通政务、产业、生活方面的业务。	1. 缺少应用的特色亮点 2. 政府支持的力度与运营商的协调
南京	政府主导、政企共建、企业运营	免费与收费共存,存在批发、零售、广告、差异化服务、增值服务等多种收费方式	1. 在技术上,注重多种无线技术的应用 2. 以政务应用为主,有利于前期开展	1. 缺乏高端化的产业发展环境,缺乏高水平的信息资源开发与应用 2. 缺乏相关服务业的跟进
台北市	BOT(新建、营运、转移)	免费与收费共存,多种收费套餐	1. BOT(新建、营运、转移)的运营模式的尝试 2. 提供较丰富的政务应用和商业应用	1. 资费较高,不利于业务开展 2. WLAN 覆盖,覆盖面和连续性有待提高
厦门	政府主导、政企共建、企业运营、以点带面	免费与收费共存,存在广告、差异化服务、增值服务等多种收费方式	1. 国内范围及影响最广的无线城市 2. 首个以 TD 为主要无线技术的无线城市 3. 以点带面的方式	没有从根本上解决无线城市缺乏盈利性经营模式的问题

从这些城市的无线城市发展对比表可以总结出如下经验。

(1)发展较为成功的城市,政府都在其中发挥着重要的作用。

(2)每个城市都有其自己的无线城市特点和应用的特色。

(3)从教训角度,普遍缺乏盈利能力,在政府同运营商、运营商之间的协调上存在困难,部分城市缺少统一的无线城市规划。

第4章
无线城市技术实现方式及对业务的影响

目前适合无线城市建设的主要技术有：2G、3G、LTE、Wi-Fi 和 WiMAX，这几大技术在无线城市的建设中各有特点和优劣势。

4.1 2G

2G 的制式主要有 GSM、CDMA（IS-95）、D-AMPS 等，其中 GSM 与 CDMA 系统应用广泛。2G 网络是国内运营商最重要的网络基础，网络覆盖广、技术成熟、话音质量好、终端类型丰富、产业链成熟、支持高速移动，但数据速率较低，无法支持高速数据业务，2G 网络在无线城市建设中主要作为广覆盖技术。

4.1.1 GSM/GPRS/EDGE

GSM 数字移动通信系统源于欧洲。1982 年，北欧国家提交了一份建议书，要求制定 900MHz 频段的公共欧洲电信业务规范。随后欧洲电信标准学会（ETSI）技术委员会成立了"移动特别小组"（Group Special Mobile），简称"GSM"，来制定有关的标准和建议书。1986 年在巴黎，该小组对欧洲各国及各公司经大量研究和实验后所提出的 8 个建议系统进行了现场实验。1990 年该小组完成了 GSM900 的规范，共产生大约 130 项的全面建议书，不同建议书经分组而各成为一套，其中共包含 12 个系列。

1991 年欧洲开通了第一个 GSM 系统，并且 GSM 更名为"全球移动通信系统"（Global System for Mobile communications），从此移动通信跨入了第二代数字移动通信时代。同年，移动特别小组还完成了制定 1800MHz 频段的公共欧洲电信业务的规范，名为 DCS1800 系统。该系统与 GSM900 具有同样的基本功能特性，因而该规范只占 GSM 建议的很小一部分，仅将 GSM900 和 DCS1800 之间的差别加以描述，绝大部分二者是通用的，二系统均可统称为 GSM 系统。

在这之后，为了实现对数据业务的支持，GSM 体制制定了 GPRS 与 EDGE 这两种标准。

GPRS（General Packet Radio Service，通用分组无线业务）由 GSM Phase 2.1 版本定义，是为适应移动数据接入需求的增长而产生的。由于 GPRS 支持中低速的数据传输，常被称作一种 2.5G 的技术，支持 9.05～171.2kbit/s 的接入速率。

EDGE（Enhanced DataRate for GSM Evolution，增强型数据速率 GSM 演进技术）介于

GPRS 与 3G 之间，也常被称作 2.75G 的技术。它在 GSM 系统中采用了多时隙操作和 8PSK 调制，能够支持 300kbit/s 的数据速率接入，匹敌 CDMA 1x。

4.1.2 IS-95/cdma2000 1x

在 2G 时代，CDMA 技术和 GSM 技术几乎是同时开始发展的。cdma2000 标准是一个体系结构，称为 cdma2000 family，它包含一系列子标准。由 CDMA One 向 3G 演进的途径为：CDMA One（IS-95A/B）→ cdma2000 1x → cdma2000 1x EV。其中 cdma2000 1x 属于准 3G 技术，cdma2000 1x EV 之后均属于标准的三代技术。

1993 年，高通公司提出了 CDMA 第一个商用标准，被美国 TIA/EIA 定为 IS95-A（TIA/EIA INTERIM STANDARD/95A）标准。1994 年，第一个 CDMA 商用网络在香港地区（香港和记电讯）开通。1995 年，CDMA（IS95A）在韩国、美国、澳大利亚等国得到大规模应用。

从技术角度来说，IS-95A 技术完全是一种第二代移动通信技术，它主要支持语音业务。IS-95A 商用几年以后，市场对数据业务的需求逐渐显现。在这种情况下，美国电信工业协会（TIA）制定了 IS-95B 标准。IS-95B 通过将多个低速信道捆绑在一起来提供中高速的数据业务，可提供的理论最大比特速率为 115kbit/s，实际只能实现 64kbit/s。但是，从技术角度来说，IS-95B 并没有引入新技术，所以通常将 IS-95B 也作为第二代移动通信技术。

cdma2000 1x 是由 IS-95A/B 标准演进而来的，由 3GPP2 负责具体标准化工作。cdma2000 1x 在 IS-95 的基础上升级空中接口，可在 1.25M 带宽内提供 307.2kbit/s 高速分组数据速率。cdma2000 成为窄带 CDMA 系统向第三代系统过渡的标准。cdma2000 在标准研究的前期，提出了 1x 和 3x 的发展策略，但随后的研究表明，1x 和 1x 增强型技术（1x EV）代表了未来发展方向。

cdma2000 1x 仅能提供准 3G 的数据业务，目前发表的版本如下。

Release 0：1999 年 10 月发布，Release 0 的主要特点是沿用基于 ANSI-41D 的核心网，在无线接入网和核心网增加支持分组业务的网络实体，单载波最高上下行速率可以达到 153.6kbit/s。

Release A：2000 年 7 月发布，与 Release 0 相比没有网络结构上的变化，增加了对业务特征的信令支持，如新的公共信道、QoS 协商、增强鉴权、加密、话音业务和分组业务并发业务。Release A 单载波最高速率可以达到 307.2kbit/s。

4.2 3G

第三代移动通信系统（3G）的技术发展和商用进程是近年来全球移动通信产业领域最为关注的热点问题之一。

3G 在 ITU 的正式名称是 IMT-2000，其前身为 1985 年提出的 FPLMTS（未来公共陆地移动通信系统）。1996 年年底，第三代无线通信网络基本框架在 ITU 的努力下最终确定，包括业务需求、工作频带、网络过渡要求和无线传输技术的评估方法等都被一一确定，并且有了正式的名称——IMT-2000。最终目标是在 2000 年左右投入商业应用，工作频段 2000MHz，最高速率 2000kbit/s。IMT-2000 有以下目标。

① 全球统一频段、统一标准，全球无缝覆盖；

② 高频谱效率、高服务质量和高保密性能；

③ 提供多媒体业务，速率最高到 2Mbit/s；

④ 车速环境：144kbit/s；

⑤ 步行环境：384kbit/s；

⑥ 室内环境：2Mbit/s；

⑦ 易于从第二代系统过渡和演进。

1999 年 10 月 ITU 在赫尔辛基举行的会议确定了以下 5 种 3G 方案。

① IMT-2000 CDMA DS（Direct Spread），即欧洲和日本的 UTRA FDD（WCDMA）；

② IMT-2000 CDMA MC（Multi-carrier），即美国的 cdma2000；

③ IMT-2000 CDMA TC（Time-Code），即欧洲的 UTRA TDD 和中国的 TD-SCDMA；

④ IMT-2000 TDMA SC（Single Carrier），即美国的 UWC-136；

⑤ IMT-2000 FDMA/TDMA FT（Frequency Time），即欧洲的 DECT。

经过融合和发展，形成了 3 种最具代表性的 3G 技术标准，分别是 TD-SCDMA、WCDMA 和 cdma2000。其中 TD-SCDMA 属于时分双工（TDD）模式，是由中国提出的 3G 技术标准；而 WCDMA 和 cdma2000 属于频分双工（FDD）模式。

目前国内 3G 网络覆盖已逐步接近 2G 网络、技术较成熟、支持高速移动，但终端数量不多、产业链不够成熟，3G 网络在无线城市建设中主要作为中/远距离覆盖技术。

4.2.1　WCDMA

WCDMA 是 3GPP 发布的第三代移动通信系统，它以 GSM MAP 核心网、UTRAN（UMTS 陆地无线接入网）为无线接口的基础，先后发布了 Release 99（简称 R99）、R4、R5、R6、R7 等多个版本。

WCDMA 采用的主要技术有：直接序列扩频码分多址（DS-CDMA）、频分双工（FDD）方式，在 5MHz 的带宽上的码片速率为 384kbit/s（先期提出的 R99/R4 版本）。

在 R5、R6 两个版本中分别增加了 HSDPA（High Speed Downlink Packet Access，高速下行分组接入）和 HSUPA（High Speed Uplink Packet Access，高速上行分组接入）。经过两次升级，WCDMA 在 5MHz 带宽内的数据传输速率可达：6Mbit/s（上行）、14.4Mbit/s（下行）。

除了上述标准版本之外，3GPP 从 2004 年即开始了 LTE（Long Term Evolution，长期演进）的研究，基于 OFDM、MIMO 等技术，致力于发展无线接入技术向"高数据速率、低延迟和优化分组数据应用"方向演进。

4.2.2　cdma2000

cdma2000 1x 提供高速分组数据业务的能力还是有限的。在向着更高的目标迈进的道路上，又出现了 cdma2000 1x EV 技术。EV 代表"Evolution"，有两方面含义，一方面是比原有的技术容量更大而且性能更好，另一方面是和原有技术后向兼容。

韩国、日本是 cdma2000 1x EV 商用网络的领军者。2002 年 1 月韩国 SKT 开通全球首个 EV-DO 商用网，紧随其后的是韩国 KTF 与日本 KDDI。

在技术发展上，cdma2000 1x EV-DO 逐步成熟并投入商用，cdma2000 1x EV-DV 以及与

cdma2000 1x 同时提出的 cdma2000 3x 技术基本被市场所抛弃，大部分 cdma2000 1x 网络通过升级到 EV-DO 而跨入 3G 时代。

EV-DO 的演进又可以进一步细分为 Rel.0、Rev.A、Rev.B 以及 Rev.C/D 等不同阶段，上下行最高分别支持 1.8/3.1Mbit/s 速率的 EV-DO Rev.A 网络已广泛部署。

4.2.3 TD-SCDMA

时分同步码分多址接入，又称 TD-SCDMA（Time Division-Synchronization Code Division Multiple Access）最早于 2001 年 3 月被正式归于 3GPP 的 R4 版本的范畴。目前已有 R4、R5、R6 等版本。

TD-SCDMA 采用频率非对称的 TDD 双工模式和 FDMA/TDMA/CDMA 的混合多址接入模式，码片速率相对较低，为 1.28Mchip/s，扩展频宽为 1.6MHz。采用的先进技术有：智能天线、联合检测、上行同步、接力切换、动态信道分配等。TD-SCDMA 的用户传输速率为 384kbit/s（1.6MHz 带宽，R4 版本数据）。

和 WCDMA 一样，TD-SCDMA 也是在 R5 版本中引入了 HSDPA 技术，在 1.6MHz 带宽上的用户数据传输速率可从 R4 版本的 384kbit/s 提升至 R5 版本的理论峰值速率 2.8Mbit/s。若要进一步提升 HSUPA 系统中的单用户峰值速率，可使用多载波捆绑的技术。目前，3GPP、CCSA 等组织正在进行 TD-SCDMA 系统的上行链路增强（HSUPA）研究和标准制定工作。

4.2.4 3G 业务应用

移动通信由模拟制转换到数字技术（2G 系统取代 1G 系统）时，能够为用户带来全新的体验和服务，技术上的差异是最主要的吸引力。但向 3G 过渡的过程中，用户更关心的是运营商究竟能够提供怎样的服务，服务质量如何，是不是能够满足自身的需求。

3G 技术的频谱效率是 2G 的 1.5～3 倍，再加上频谱带宽的成倍增长，语音与数据传输能力大幅提高。3G 的应用可提高用户的工作学习效率和生活质量，但如果不能推出吸引用户的服务，同样不能被用户接受。受制于成本、商业模式、内容、需求等多种因素，3G 应用的进程一度并不顺利。

随着因特网和移动通信网之间的相互联结日益紧密，手机功能也逐步从简单的语言工具转变为数据信息终端，移动数据业务成为新的业务增长点。虽然话音业务在相当长的时期内仍是移动通信的主要业务，但随着 3G 的出现，信息资讯、实时视音频、移动商务等移动多媒体业务得到了快速的发展。3G 的核心应用如下。

① 移动宽带接入。为计算机用户提供在 3G 移动通信网络覆盖范围内任何地点的高速无线上网服务，让用户可以发送和接收带大附件的电子邮件、享受实时互动游戏、收发高分辨率的图片和视频、下载视频和音乐内容。

② 手机宽带上网。进入移动互联网时代，手机宽带上网是一项重要的功能，通过手机收发语音邮件、写博客、聊天、搜索、下载图铃等，让手机变成个人的小电脑。

③ 手机办公。利用手机的移动信息化软件，建立手机与电脑互联互通的企业软件应用系统，摆脱时间和场所局限，随时进行随身化的公司管理和沟通。

④ 无线搜索。许多电脑用户都将百度、谷歌等搜索引擎设置为浏览器的主页，或者将其快捷方式放在最明显对便于操作的位置，由此可见搜索服务在人们的生活中扮演着很重要的

角色。而从需求方面来讲，手机上网与 PC 端上网没有明显的区别，手机的移动性反而使得搜索更加便捷。对用户来说，这是比较实用型的移动网络服务，也能让人快速接受。随时随地用手机搜索将会变成更多手机用户一种平常的生活习惯。

⑤ 手机阅读。在丰富的资源和便携性下，越来越多的用户加入到手机电子阅读中，手机阅读成为用户在闲暇时光中最为常见的应用之一。手机阅读已经成为移动互联网用户使用频率较高的应用之一，每天阅读一次及以上的用户占比达到 45%。

⑥ 视频通话。传统的语音通话资费降低，而视觉冲击力强、快速直接的视频通话会更加普及和飞速发展。

⑦ 手机电视与流媒体。3G 流媒体是指以"流"的形式运行的数字媒体，运用可变带宽技术，在 3G 网络中实现欣赏连续的音频和视频节目。移动视频也被认为是未来电信市场的最大热点，CMMB 等标准的建设推动了手机电视行业的发展，手机流媒体软件应用也越来越多，在视频影像的流畅和画面质量上不断提升、突破技术瓶颈，真正大规模被应用。

⑧ 手机音乐下载。直接用手机下载喜欢的音乐是一项深受年轻用户群体喜爱的 3G 应用。3G 网络的速率可以让用户摆脱用电脑传输到手机的麻烦方式，直接用手机下载喜欢的歌曲。在一些无线互联网发展成熟的国家，通过手机上网下载音乐是电脑的 50 倍。

⑨ 手机购物。和电脑上网购物类似，只不过载体从电脑变成了上网手机，利用手机上网实现网购的过程，属于移动电子商务。事实上，移动电子商务是 3G 时代手机上网用户的最爱。利用 3G 网络，用户只要开通手机上网服务，就可以通过手机查询商品信息，并在线支付购买产品。

⑩ 手机网游。与电脑的网游相比，手机网游的体验虽不好，但方便携带、随时可以玩，这种利用了零碎时间的网游是目前年轻人的新宠，也是 3G 时代的一个重要增长点。3G 时代之后，游戏平台会更加稳定和快速，兼容性更高、更具可玩性，让用户在游戏的视觉和效果方面体验更好。

4.3　4G

现在国际的 4G 标准主要有 LTE 和 WiMAX，其中 LTE 是主流标准，WiMAX 产业链相对较弱。

4.3.1　LTE

LTE 是网络演进方向，是无线通信网络的未来，中国现正在积极进行网络试点。LTE 网络数据承载能力强，符合技术发展方向，拥有全球化产品支持，但技术成熟度低、终端设备滞后、产业链尚未成熟，需等待进一步商用发展。LTE 网络使用 20MHz 信道带宽，可以承载的峰值速率为：下行 100Mbit/s、上行 50Mbit/s。主要承载高速数据业务，在无线城市建设中主要作为近/中距离覆盖技术。

1．LTE 技术进展

为了满足新型业务需求、保持在移动通信领域的技术及标准优势，3GPP 规范不断增添新特性来增强自身能力。

在 2004 年 11 月的魁北克会议上，3GPP 决定启动 UTRAN 系统的长期演进（Long Term Evolution，LTE）研究项目。世界主要的运营商和设备厂家通过会议、邮件讨论等方式，开始形成对 LTE 系统的初步需求，确定的工作目标如下。

① 使用 5MHz 或者更宽频谱分配时，无线网络用户面的时延应低于 5ms。而使用更小的频谱分配，时延应低于 10ms；

② 减小控制面时延；

③ 灵活的带宽分配，最高可达 20MHz。使用的带宽可以更小，包括 1.25MHz、2.5MHz、5MHz、10MHz 和 15MHz；

④ 下行链路的峰值数据速率可达到 100Mbit/s；

⑤ 上行链路的峰值数据速率可达到 50Mbit/s；

⑥ 频谱利用率是 HSDPA/HSUPA 的 2～3 倍；

⑦ 改善位于小区边缘用户的数据速率；

⑧ 可以只支持 PS 域。

LTE 定位于 3G 与 4G 之间的一种技术标准，致力于填补这两代标准间存在的巨大技术差异，希望使用已分配给 3G 的频谱，保持无线频谱资源的优势，同时解决 3G 中存在的专利过分集中的问题。

LTE 标准化工作分为两个阶段：始于 2004 年年底的研究阶段以及始于 2006 年中的工作阶段。2008 年年底，LTE 的第一个版本 R8 发布。

与 3GPP 在 3G 时代的标准制定上类似，LTE 也同时定义了 LTE FDD（Frequency Division Duplexing）和 LTE TDD（Time Division Duplexing）两种方式。两种方式在标准上具有共同的基础，实现技术基本一致，两种技术信号的生成、编码技术以及调制解调技术完全一样。

2. TD-LTE 的网络架构

2G 移动通信系统提出的目的之一是为了改进不同制式移动系统间难以互通、无法漫游的不足，在标准化的过程中也奠定了后期移动通信网络的基本架构，网络侧主要包括核心网与无线接入网以及他们之间的标准化接口。这种网络架构为核心网与无线网技术标准的独立演进创造了便利，在 3G 以及后期的 LTE 仍一直沿用。

TD-LTE 通信网按照功能结构可划分成演进型陆地无线接入网（E-UTRAN，Evolved Universal Terrestrial Radio Access Network）和演进的分组核心网（Evolved Packet Core，EPC），其中 E-UTRAN 负责处理无线通信相关的功能。TD-LTE 网络系统架构如图 4-1 所示。

无线接入网 UTRAN 由 Node B 和 RNC 两个部分组成。在新的 LTE 标准中，对控制面与用户面的时延要求更加严格。为满足这些要求，必须要对 LTE 网络的架构进行简化，因此采用了单层无线网络结构，省去了 RNC，由此产生了 LTE 的无线接入网与 3G 的无线接入网的显著区别。

EPC 与 E-UTRAN 合成演进的分组系统（Evolved Packet System，EPS）。

E-UTRAN 由一个或者多个演进型基站（evolved Node B，eNode B）组成，eNode B 通过 S1 接口与 EPC 连接，eNode B 之间则可以通过 X2 接口互连。S1 接口和 X2 接口为逻辑接口。

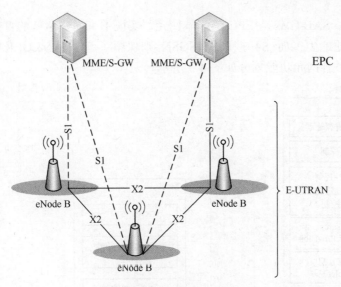

图 4-1　TD-LTE 网络系统架构

作为无线接入网未来的演进方向，越来越多的运营商、设备商积极参与并推动 LTE 的标准化和产业化进程。在此过程中，一些问题也浮出水面。目前众多移动网络都采用 2.5G/3G 基础设施，如何平滑过渡到 LTE 已成为需要重点考虑的问题，包括：现有网络与新建 LTE 网络的互通、与其他运营商网络的漫游、以及用户在两个网络接入时如何为用户提供一致的业务等需求。因此，伴随着无线接入网的演进研究，3GPP 同期开展了分组核心网架构方面的演进工作，并将其定义为 EPC。EPC 旨在帮助运营商通过采用 LTE 技术来提供先进的移动宽带服务，以更好地满足用户现在以及未来对宽带及业务质量的需求。

作为 LTE eNode B 连接到分组网络的核心网络，EPC 包含了移动性管理实体（MME）、服务网关（S-GW）、分组数据网络网关（P-GW）、归属签约用户服务器（HSS）及策略和计费功能体（PCRF）。S-GW 与 P-GW 统称 SAE-GW。

EPC 网络架构如图 4-2 所示。

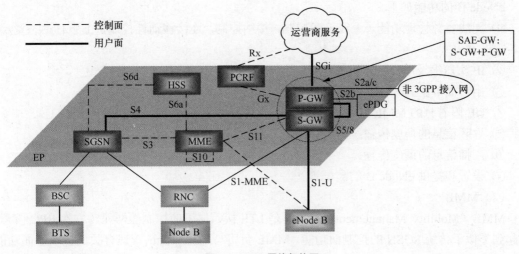

图 4-2　EPC 网络架构图

HSS、MME、SAE-GW 是 EPC 的基本网元，实现了 E-UTRAN 的直接接入，以及与非 3GPP 网络的互通能力，而 S4 接口及 SGSN 则保留了 UTRAN&GERAN 的接入能力。 E-UTRAN 与 EPC 各网元功能划分如图 4-3 所示。

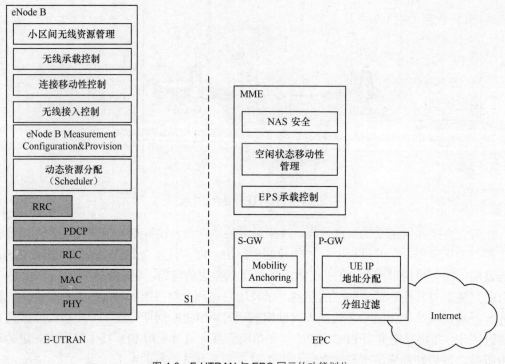

图 4-3　E-UTRAN 与 EPC 网元的功能划分

（1）eNode B

演进型 Node B（evolved Node B，eNode B）是 LTE 中基站的名称。相比现有 3G 中的 Node B，eNode B 集成了部分 RNC 的功能，减少了通信时协议的层次。

eNode B 的功能如下。

① 无线资源管理功能（无线承载控制，接纳控制，连接移动性控制，上下行动态资源调度）；

② IP 头压缩及用户数据流加密；

③ 用户面数据到 S-GW 的路由；

④ UE 附着时的 MME 选择；

⑤ 寻呼信息的调度传输；

⑥ 广播信息的调度传输；

⑦ 设置和提供 eNode B 的测量等。

（2）MME

MME（Mobility Management Entity）是 LTE 接入层下的控制面网元，它在 EPC 核心网中起到类似于传统 SGSN 的控制面功能。MME 负责与用户和会话管理有关的控制平面功能，具体如下。

① NAS 信令处理；

② NAS 信令的安全保护；

③ AS 安全性控制；

④ 3GPP 内不同节点之间的移动性管理；

⑤ IDLE 状态下的 UE 可达性管理；

⑥ TA List 管理；

⑦ P-GW 和 S-GW 选择；

⑧ MME 和 SGSN 的选择；

⑨ 漫游控制；

⑩ 安全认证；

⑪ 承载管理。

（3）S-GW

S-GW（Serving Gateway）是 SAE 网络用户面接入服务网关，在 EPC 核心网中起到相当于传统 SGSN 的用户面功能，具体如下。

① eNode B 之间的切换的本地锚点；

② 3GPP 不同接入系统间切换的移动性锚点；

③ E-UTRAN 空闲模式下数据缓存以及触发网络侧 Service Request 流程；

④ 合法监听；

⑤ 数据分组路由和转发；

⑥ 上下行传输层数据分组标记；

⑦ 基于用户和承载的计费。

（4）P-GW

P-GW（PDN GW）是 SAE 网络的边界网关，提供承载控制、计费、地址分配和非 3GPP 接入等功能，相当于传统的 GGSN。它的功能如下。

① 用户级数据分组过滤；

② 合法监听；

③ UE IP 地址分配；

④ 路由选择和数据转发功能；

⑤ PCRF 的选择；

⑥ 对 EPS 承载的存储和管理，基于 PCC 进行 QoS 处理，作为 PCC 的策略执行点；

⑦ 非 3GPP 接入；

⑧ 基于业务的计费。

（5）HSS

HSS（Home Subscriber Server）是 SAE 网络用户数据管理网元，提供鉴权和签约等功能，具体如下。

用户注册：当用户向网络发起注册时，HSS 询问相应的核心网节点，以便验证用户的订阅权限。用户订阅权限可以的验证可以由 MSC、SGSN 或 MME 来完成，取决于网络和请求注册的类型；

终端位置更新：随着终端改变位置区域，HSS 随之进行更新，并记录所知道的最新区域；

用户被叫时会话请求：HSS 询问并向核心网节点提供所记录的当前用户位置。

3．TD-LTE 关键技术

（1）OFDM

OFDM 是 HPA 联盟（HomePlug Powerline Alliance）工业规范的基础，它采用一种不连续的多音调技术，将被称为载波的不同频率中的大量信号合并成单一的信号，从而完成信号传送。由于这种技术具有在杂波干扰下传送信号的能力，因此常常会被利用在容易被外界干扰或者抵抗外界干扰能力较差的传输介质中。

无线信道的频率响应曲线大多是非平坦的，具有比较明显的频率选择性。OFDM 技术的主要思想就是在频域内将给定信道分成许多正交子信道，在每个子信道上使用一个子载波进行调制，并且各子载波并行传输，这样使得虽然总的无线信道是非平坦的，但是每个子信道是相对平坦的，在每个子信道上进行的是窄带传输，信号带宽小于信道的相应带宽，因此就可以大大消除信号波形间的干扰。由于在 OFDM 系统中各个子信道的载波相互正交，于是它们的频谱是相互重叠的，这样不但减小了子载波间的相互干扰，同时又提高了频谱利用率。另外 OFDM 之所以备受关注，其中一条重要的原因是它可以利用离散傅里叶反变换/离散傅里叶变换（IDFFT/DFFT）代替多载波调制和解调。OFDM 收发机框图如图 4-4 所示。

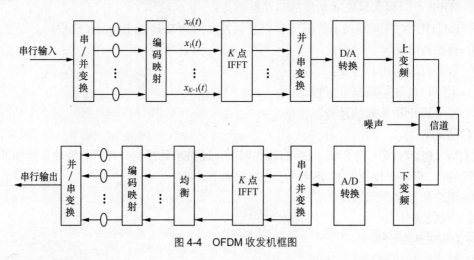

图 4-4　OFDM 收发机框图

OFDM 技术的优点如下。

① OFDM 技术的最大优点是对抗频率选择性衰落或窄带干扰。在单载波系统中，单个衰落或干扰能够导致整个通信链路失败，但是在多载波系统中，仅仅有很小一部分载波会受到干扰。对这些子信道可以采用纠错码来进行纠错。

② 可以有效对抗信号波形间的干扰，适用于多径环境和衰落信道中的高速数据传输。当信道中因为多径传输而出现频率选择性衰落时，只有落在频带凹陷处的子载波以及其携带的信息受影响，其他的子载波未受损害，因此系统总的误码率性能要好得多。

③ 通过各个子载波的联合编码，具有很强的抗衰落能力。OFDM 技术本身已经利用了信道的频率分集，如果衰落不是特别严重，就没有必要再加时域均衡器。通过将各个信道联合编码，就可以使系统性能得到提高。

④ OFDM 技术抗窄带干扰性很强，因为这些干扰仅仅影响到很小一部分的子信道。

⑤ 易于实现。可以选用基于 IFFT/FFT 的 OFDM 实现方法。

⑥ 信道利用率很高，这一点在频谱资源有限的无线环境中尤为重要。当子载波个数很大时，系统的频谱利用率趋于 2Baud/Hz。

相对于 CDMA 更高的频谱利用效率，以及更加灵活和精确的带宽分配能力，使得 OFDM 成为 LTE 系统最终采用的多址技术的关键原因。但 OFDM 系统相对于单载波系统也存在如下的缺点。

① 对同步误差十分敏感，OFDM 子信道的频谱相互混叠，只有保证各个子载波之间保持正交才能解调出每一路数据。但是无线信道具有多径时变特性，在传输过程中出现的无线信号频谱偏移或者发射机与接收机振荡器之间的频率偏差都会破坏子载波间的正交性，引起严重的子信道间干扰。

② 峰值平均功率比（PAPR）较高。OFDM 系统的输出是多个子信道信号的叠加，输出信号的包络起伏大，当 OFDM 系统中的多个信号相位一致时，叠加信号造成的瞬时功率会远远大于信号的平均功率，造成出现较大的峰值平均功率比。这要求发射机的放大器要有很大的线性动态范围，否则就会引起信号畸变，破坏各子信道信号之间的正交性，使系统性能恶化。

（2）MIMO

多输入多输出（Multiple Input Multiple Output，MIMO）技术是无线通信领域智能天线技术的重大突破。该技术能在不增加带宽的情况下成倍地提高通信系统的容量和频谱利用率。MIMO 技术利用空间中的多径因素，在发送端和接收端采用多天线同时发送信号，可以实现分集增益或复用增益，进而提高小区容量、扩大覆盖范围、提升数据传输速率等性能指标。根据收、发两端天线数量，相对于普通的 SISO（Single Input Single Output）系统来说，MIMO 还可以包括单输入多输出（Single Input Multiple Output，SIMO）系统和多输入单输出（Multiple Input Single Output，MISO）系统。

在 LTE R8 标准中下行支持 1、2、4 天线发射，终端侧 2、4 天线接收，下行可支持最大 4 层（Layer）传输。上行只支持终端侧单天线发送，基站侧最多 4 天线接收。LTE R8 的多天线发射模式包括开环（Open loop）MIMO、闭环（Closed loop）MIMO、波束赋形（Beamforming，BF），以及发射分集。

① LTE 中的下行 MIMO 技术。为了满足系统在高速数据传输速率和高系统质量方面的需求，LTE 系统的下行 MIMO 基本天线配置为 2×2，即 2 发射天线 2 接收天线。可以采用 7 种传输模式，具体见表 4-1。

表 4-1　　　　　　　　　　　　　　LTE R8 下行链路的传输模式

传 输 模 式	传 输 方 案
1	单天线端口
2	发射分集
3	开环空分复用
4	闭环空分复用
5	多用户 MIMO
6	闭环单层预编码
7	专用端口波束赋形

下行链路中采用的 MIMO 技术有：发射分集、空分复用和波束赋形，多用户 MIMO 和闭环单层预编码都只是空分复用的一种形式或特例。

（a）发射分集是空间分集的一种形式。当发射天线的数目比接收天线多，就称之为发射分集。空间分集的主要原理是利用空间信道的弱相关性，结合时间/频率上的选择性，为信号的传递提供更多的副本，提高信号传输的可靠性，从而改善接收信号的信噪比。发射分集的优点是将多天线带来的复杂性置于发射端，接收端只需要使用单天线即可获得分集增益。

（b）空分复用（Spatial Division Multiplexing，SDM）的主要原理也是利用空间信道的弱相关性，通过在多个相互独立的空间信道上传递不同的数据流，从而提高数据传输的峰值速率。LTE 系统中空分复用技术包括：开环空分复用和闭环空分复用。

开环空分复用主要用在反馈不太可靠的高速移动场景，用户端不需要反馈预编码矩阵指示（PMI）信息，但需要反馈信道秩指示（RI）信息。在 RI 大于 1 的时候开启开环空分复用，否则将采用发射分集方案。在 LTE 中的开环空分复用采用循环延迟分集方案，即通过在不同的天线上发送具有不同相对时延的同一信号来获得分集增益。

闭环空分复用需要用户端反馈 PMI 和 RI，通过 PMI 和 RI 来选择预编码矩阵码本来获得分集增益。

闭环单层预编码是对应 RI=1 的情况下闭环空分复用的一种特例。

多用户 MIMO 是 SDM 的另外一种特例，同时支持下行两个用户的同时传输，每个用户限制 RI=1。多用户 MIMO 要求两个 UE 的预编码向量尽量正交，最小化用户间干扰，这由调度算法实现。下行 MU-MIMO 是提高 LTE 系统下行频谱效率的一个重要手段，主要用于高负载区，用于提高平均吞吐量，但无法提高单用户峰值速率。

（c）波束赋形是一种利用小间距天线阵列的多天线传输技术，其主要原理是利用空间信道的强相关性，利用波的干涉原理产生强方向性的方向图，从而提高信噪比，增加系统容量或覆盖范围。

下行 MIMO 以闭环 SDM 为基础，SDM 可以分为多码字 SDM 和单码字 SDM。在多码字 SDM 中，多个码流可以独立编码，并采用独立的循环冗余码校验（Cyclical Redundancy Check，CRC），码流数量最大可达 4 个。对每个码流，可以采用独立的链路自适应技术。

② LTE 中的上行 MIMO 技术。在 LTE 中应用 MIMO 技术的上行基本天线配置为 1×2，即一根发送天线和两根接收天线。考虑到终端实现复杂度的问题，对于上行目前并不支持一个终端同时使用两根天线进行信号发送。在当前阶段，上行仅仅支持上行天线选择和多用户 MIMO 两种方案。

对于 FDD LTE，存在开环和闭环两种天线选择方案。但是对于 TDD 模式，可以利用上行与下行信道之间的对称性。这样上行天线选择可以基于下行 MIMO 信道估计来进行。一般来讲，最优天线选择准则可以分为两种：一是以最大化多天线提供的分集来提高传输质量；另一种是以最大化多天线提供的容量来提高传输效率。

上行多用户 MIMO 是一个虚拟的 MIMO 系统，即每一个终端均发送一个数据流，但是两个或者更多的数据流占用相同的时频资源，这样从接收机来看，这些来自不同终端的数据流可以被看做来自同一个终端上不同天线的数据流，从而构成一个虚拟的 MIMO 系统。虚拟 MIMO 技术的本质就是利用多天线所提供的多个信号的自由度来复用多个移动台的数据。在 LTE 系统中，用户之间不能相互通信，所以该方案必须由基站统一调度。

虚拟 MIMO 系统为空间维度资源的开发提供了可能。为了充分利用空间维度资源分配的自由度，增大系统的多用户分集增益，需要挑选出适当的用户，配对成虚拟 MIMO 链路。好的配对算法可以最大化虚拟 MIMO 的信道容量，从而达到提高系统吞吐量的目的。目前已提出了若干相应的配对算法，包括随机配对、正交配对和基于路径损耗和慢衰落排序的配对 3 种方案。

（a）随机配对。就是随机选择两个用户进行配对。这种方法有着计算简便的特点，但是不能取得最大化信道容量。

（b）正交配对。这种配对方法主要使用 Round Robin 等调度算法来进行用户选择，而不是随机选择用户。这种算法可以减少用户之间的配对干扰，但是由于选择正交用户计算量大，所以复杂度较大。

（c）基于路径损耗和慢衰落排序的配对。首先将用户路径损耗加慢衰落值的和进行排序，然后对排序后相邻的用户进行配对。这种配对方法简单，复杂度低。在用户移动缓慢、路径损耗和慢衰落变化缓慢的情况下，用户重新配对的频率也会降低。由于配对用户的路径损耗加慢衰落值的值相近，所以也降低了用户产生"远近"效应的可能性。该方案的缺点是：配对用户信道相关性可能较大，配对用户之间的干扰可能会比较大。

（3）链路自适应

链路自适应（Link Adaptation，LA）可以连续动态地跟踪信道变化，这样当前信道的容量、传输的信息符号速率、发射功率、编码速率和编码方式、调制的星座图尺寸和调制方式等参数也就得以确认，因此可以在发送信息量、误码率、保持发射功率的恒定，对其他用户的干扰，对不同业务的需求适应性，以及系统的整体吞吐量等方面有很大的提高。

由于无线信道的不断变化，需要通过调度、自适应调制编码（Adaptive Modulation and Coding，AMC）、功率控制、混合自动重传请求（Hybrid Automatic Repeat Request，HARQ）等技术适应信道的特性，灵活调整系统配置。对于移动通信系统，由于信道和终端位置的不确定性，终端甚至要在多个基站之间进行选择，并和其他终端竞争接入，这就大大增加了移动通信的物理过程的复杂性。要实现新一代无线通信的高速传输的要求以及多种业务的支持能力，必须考虑 LA 技术。LA 技术包括 AMC、HARQ、动态功率控制等技术。

① AMC。AMC 技术就是根据信道条件的瞬时变化，动态地选择适当的调制和编码方式。AMC 扩展了系统自适应信道条件的能力，在 FDD LTE 中，信道条件应基于从接收机的反馈信息来估计；而在 TD-LTE 系统中，可根据信道的互易性，直接将上行估计结果用于下行链路。

由于信道条件随时间变化，接收机需收集一系列信道的统计参数，用于提供给发射机和接收机以优化系统参数，如调制编码格式、信号带宽、信号功率、信道估值滤波器，以及自动增益控制等。自适应传输方案实施的前提是信道变化不能太快，否则选择的信道参数将很难与信道实际情况相匹配。因此，该技术只适用于多普勒扩展不是很大的情况。

AMC 在 OFDMA 这样一个多载波系统中应用时，还需要考虑一个重要的问题：是否要使得同一个用户的不同频率资源块使用不同的 RB-dependent AMC。从理论上分析，由于频率选择性衰落，这样做可以取得比在所有频率资源上采用相同的 AMC 配置更好的性能。但在实际的评估模型和系统假设下，经过仿真研究，结果表明这种方法并没有在增益上有很大的优势，反而会增加不少信令开销。因此，LTE 最终采用 RB-common AMC 的方式。也就是说，对于一个用户的一个数据流，在一个 TTI（Transmission Time Interval）内，一个层 2 的 PDU 只采用一种调制编码格式，当然在 MIMO 的不同流之间可以采用不同的 AMC 组合。

另外说明一下，AMC 操作和频域调度、功率控制、HARQ、MIMO 预编码等技术有非常密切的关系，它们都是为了在多变的信道条件下增加系统容量而采用的自适应技术。它们可以对一部分反馈信息进行共享，举个例子，AMC 和频域调度都可以基于信道质量信息（CQI）反馈来实现。

② HARQ。为了规避无线移动信道时变和多径衰落对信号传输的干扰，基于前向纠错（FEC）和自动重传请求（ARQ）等差错控制方法被广泛使用，以起到降低系统误码率从而提高服务质量的作用。FEC 方案有较小的时延，但编码上的冗余会对系统吞吐量产生不利影响；ARQ 能够在误码率不大的时候有很好的性能，但是时延明显，不适合提供实时服务。因此取长补短，取两者之长产生了 HARQ 方案：即在一个 ARQ 系统中包含一个 FEC 子系统，当 FEC 的纠错能力能够应对这些错误时，则不需要使用 ARQ；只有当 FEC 力不能及的时候，才通过 ARQ 反馈信道请求重发错误码组。ARQ 和 FEC 的有效结合取两种方案之长，同时兼顾了可靠性和吞吐量。

基本的 HARQ 可以分为 3 种类型：HARQ-I 型、HARQ-II 型和 HARQ-III 型。

（a）HARQ-I 型。HARQ-I 是传统的 HARQ 方案，它把纠错码技术引入到了 ARQ 中，其中包括循环冗余校验（CRC）比特和 FEC 编码这两个过程。接收端使用这两个步骤对数据进行校验，发现错误的时候就放弃分组的数据，然后向发送端传送 NACK 信令请求重新发送和上一帧一样的数据分组。一般来说，为了防止由于信道内长期恶劣的慢衰落而导致某个用户的数据分组不断地重发，浪费信道资源，通常物理层都设有最大重发次数的限制。一旦当达到最大的重传次数时，接收端仍不能正确解码（如 LTE 最大重传次数是 3），就把这个数据分组判定为错误数据，丢弃，然后通知发送端发送新的数据分组。当发生错误的时候，这种 HARQ 方案没有充分利用错误数据分组中存在的有用信息。所以，HARQ-I 型的性能取决于 FEC 的纠错能力。

（b）HARQ-II 型。HARQ-II 也称作完全增量冗余方案。在这种方案下，信息比特经过编码后，将编码后的校验比特按照一定的周期打孔，根据码率兼容原则依次发送给接收端。接收端对已传的错误分组并不丢弃，而是与接收到的重传分组组合进行解码；其中重传数据并不是已传数据的简单复制，而是附加了冗余信息。接收端每次都进行组合解码，将之前接收的所有比特组合形成更低码率的码字，从而可以获得更大的编码增益，达到递增冗余的目的。每一次重传的冗余量是不同的，而且重传数据不能单独解码，通常只能与先前传输的数据合并后才能被解码。

（c）HARQ-III 型。HARQ-III 型是完全递增冗余重传机制的改进。对于每次发送的数据分组采用互补删除方式，各个数据分组既可以单独解码，也可以合成一个具有更大冗余信息的编码分组进行合并解码。另外，根据重传的冗余版本不同，HARQ-III 又可进一步分为两种：一种是只具有一个冗余版本的 HARQ-III，各次重传冗余版本均与第一次传输相同，即重传分组的格式和内容与第一次传输的相同，接收端的解码器根据接收到的信噪比（SNR）加权组合这些发送分组的拷贝，这样可以获得时间分集增益；另一种是具有多个冗余版本的 HARQ-III，各次重传的冗余版本不同，编码后的冗余比特的删除方式是经过精心设计的，使得删除的码字是互补等效的。所以，合并后的码字能够覆盖 FEC 编码中的比特位，使解码信息变得更全面，更利于正确解码。

按照重传发生的时刻来区分，可以将 HARQ 可以分为同步和异步两类。

（a）同步 HARQ 是指一个 HARQ 进程的传输（重传）发生的时刻是确定的，由于接收端已经提前知道传输的发生时刻，因此不需要标示 HARQ 进程的序号，就不会产生额外的信令开销，此时通常可以从子帧号获得 HARQ 进程的序号。

（b）异步 HARQ 是指一个 HARQ 进程的传输可以发生在任何时刻，接收端不能提前知道传输的发生时刻，因此需要和数据一起发送 HARQ 进程的处理序号。

根据重传时的数据特征变化与否又可将 HARQ 分为非自适应和自适应两种，传输的数据特征有资源块的分配、调制方式、传输块的长度、传输的持续时间 4 种。

（a）自适应传输：发送端可以在每一次重传过程中结合实际的信道状态信息，改变部分传输参数。因此，在每次传输的过程中要同时发送含有传输参数的控制信令。这些传输参数包括调制方式、资源单元的分配和传输的持续时间等在每次传输中都是可变的。

（b）非自适应系统传输：与自适应传输相反，其中的传输参数接收端都是提前知道的，所以非适应系统不需要传输包含传输参数的控制信令。

LTE 系统在下行链路采用异步自适应的 HARQ 技术，和同步非自适应的 HARQ 技术相比，异步 HARQ 能够更加充分地利用信道内的状态信息，而且异步 HARQ 可以杜绝重传时资源分配发生冲突造成的性能损失的情况。LTE 系统在上行链路采用同步非自适应 HARQ 技术。虽然异步自适应 HARQ 技术相比同步非自适应技术而言，在灵活调度方面有优势，但是同步非自适应技术所需的信令开销更少。由于上行链路的复杂性，不能对其他小区的干扰进行估计，因此基站无法精确知道每个用户实际的信干比（Signal to Interference Ratio，SIR）。特别地，在自适应调制编码系统中，根据信道的质量情况，由 AMC 技术在各种合适的调制和编码方式中做出合适的选择；HARQ 则根据信道条件精确地调节编码速率，由于 SIR 值的不准确性导致上行链路对调制编码模式的选择不够精确，因此系统性能的确保更多地则是依靠 HARQ 技术。因此，上行链路的平均传输次数会高于下行链路。通过以上分析，在考虑到控制信令开销问题的情况下，在上行链路使用同步非自适应 HARQ 技术更加合适。

（4）小区间干扰控制

LTE 采用 OFDM 的多址技术，使同一个小区内的用户信息承载在相互正交的不同载波上，有效地避免了小区内干扰，但来自其他小区的干扰则不可避免。在小区边缘，由于来自相邻小区占用同样载波资源的用户干扰比较大，加之距离基站较远，造成信干噪比（SINR）相对较小，难以支持多流传输，无法享受到 MIMO 技术带来的性能提升，同时小区中心可以使用的高价调制在小区边缘也很难使用，造成小区中心和边缘的性能差距越来越大。因此，在 LTE 中抑制小区间干扰对整个系统性能的提高将起着至关重要的作用。

关于小区干扰控制技术，主要的研究集中在小区间干扰随机化、小区间干扰消除、小区间干扰协调与避免这 3 种技术。CDMA 系统原有的加扰技术由于技术发展成熟而继续在干扰随机化中得到应用，且易于实现。但是，将干扰视为白噪声处理的问题，会由于统计特性的不同而造成测量上的误差。而小区边缘性能提升可以引入干扰消除技术，但是不太适用于带宽较小的业务（如 VoIP），与 OFDMA 系统结合的应用难度也较大，所以之后讨论不多。干扰协调与避免技术实现简单，可以应用于各种带宽的业务，并且对于干扰抑制有很好的效果，适合于 OFDMA 这种特定的接入方式，但是在提高小区边缘用户性能的同时带来了小区整体吞吐量的损失。目前，LTE 系统采用 504 个小区扰码（和 504 个小区 ID 绑定）进行干扰随机化作为基本的小区区分手段。

（5）多媒体广播多播业务

广播和多播是一种从一个数据源向多个目标传送数据的技术。在传统移动网络中，小区广播业务（Cell Broadcast Service，CBS）允许低比特率数据通过小区共享广播信道向所有用户发送。但越来越多的多媒体业务，如视频点播、电视广播、视频会议、网上教育等，要求多个用户能同时接收相同数据。这些移动多媒体业务与一般的数据相比，具有数据量大、持续时间长、时延敏感等特点。但因为移动网络具有特定的网络结构、功能实体和无线接口，传统的 IP 组播技术并不适用于移动网络。

为了有效地利用移动网络资源，3GPP 在 3G 标准的 R6 版本中引入了多媒体广播多播业务（Multimedia Broadcast Multicast Service，MBMS），在移动网络中提供一个数据源向多个用户发送数据的一点到多点业务，实现网络资源共享，提高网络资源的利用率，尤其是空口接口资源。

在 R6/R7 中，MBMS 功能是通过在 3G 系统中增加新的功能实体广播组播业务中心（BM-SC）来提供与管理 MBMS 业务，并在已有的功能实体上（包括 GGSN、SGSN、BSC/RNC 和 UE）增加对 MBMS 业务的支持。因此只是对 3G 系统的一种功能扩展。

在 3GPP 的 R9 版本中，把增强型 MBMS（E-MBMS）写入了标准中，定义了完整的逻辑架构。如图 4-5 所示，完整的 E-MBMS 架构由 3 个部分组成：在核心网中定义的 MBMS 逻辑实体和在接入网中定义的动态管理（MCE）功能实体，以及相关的控制面、用户面接口。这种完整、独立的逻辑架构，便于 MBMS 各部分功能进行灵活的部署，并给 MBMS 的资源优化和性能提升带来了很大的便利。

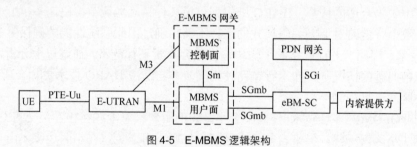

图 4-5　E-MBMS 逻辑架构

① E-MBMS 的业务承载类型。E-MBMS 定义了介于广播和多播之间的增强广播承载类型，它兼具了广播中流程简单和多播中资源优化的优点。从业务流程上看，增强广播同样包括了多播的订阅、加入以及离开等过程，这些过程都需要针对特定的 MBMS 承载业务实现从 UE 到 BM-SC 的注册和注销。其中不同的是，多播的加入和离开过程涉及承载网络层（GTP 层），因此需要将 UE 信息保存在 RNC、SGSN 和 GGSN 等承载网络的网络节点上，并使其成为承载网络业务多播树的组成部分；而增强广播的加入和离开过程在应用层实现，承载网络对此是不可感知的。因此，对于承载网络而言，增强广播更接近于广播。

使用 MBMS 多播承载时，用户通过在单播承载上发送因特网组管理协议/多点传输听众发现（IGMP/MLD）加入消息来发起业务，收到该消息的 GGSN 会向 BM-SC 请求授权，获得授权后 GGSN 会发起承载网络层的加入过程，将 UE 信息加入到承载网络中相关节点对应的组成员关系中。由此可见，多播的加入/离开过程发起于 IP 层而实现于承载网络层，因此需要在承载网络层的相关网络节点之间进行复杂的信令交互。

使用 E-MBMS 增强广播承载时，只需要在应用层上通过加入/离开过程就可实现从 UE 到 BM-SC 的注册/注销，无需在承载网络层进行信令交互和信息存储。增强广播是对广播的一种优化和扩展，如：在接入网，增强广播不会向那些没有接收用户的小区发送数据。

② E-MBMS 的传输方式。E-MBMS 在接入网中引入了单频网（SFN）传输方式，即 MBSFN 传输方式，就是在同一时间以相同频率在多个小区进行同步传输。使用这种传输方式可以节约频率资源，提高频谱利用率。同时这种多小区同频传输所带来的分集效果可以解决盲区覆盖等问题，增强接收的可靠性，提高覆盖率。

③ E-MBMS 的信道结构。MBMS 有两种进行业务下发的模式：p-t-p 和 p-t-m。p-t-m 可以使多个用户在同一个传输信道 FACH（前向接入信道）上获取同一个信息。和 p-t-p 模式相比，能大大提升无线信道的效率和性能。与此同时，FACH 工作时的发射功率比专用传输信道（DCH）大，当 MBMS 用户不多时，FACH 的使用会造成功率浪费。因此对两种下发模式进行取长补短，在同时考虑发射功率和使用效率的情况下，MBMS 的下发业务有两种模式可选：p-t-m 模式下的传输信道为 FACH，p-t-p 模式下的传输信道为 DCH。

为了提供 p-t-m 模式，MBMS 定义了新的功能实体 MAC-m 和新的逻辑信道 MTCH（多点时间信道）、MCCH（多点控制信道）和 MSCH（多点调度信道），分别用于下发 MBMS 的业务数据、控制信息和调度信息。这些逻辑信道只在 p-t-m 模式下使用，并且都被映射到传输信道 FACH 上。

而在 E-MBMS 中只定义了两个逻辑信道来支持 p-t-m 下发：MCCH 和 MTCH。这是由于 E-MBMS 中 MBMS 业务的调度信息和控制信息都能够通过 MCCH 信道下发，因此不需要再使用专门的 MSCH 信道。为了支持 MBSFN 的传输方式，E-MBMS 定义了新的传输信道——多播信道（MCH）。这种信道不仅能够实现对整个小区的广播覆盖，还能在多个小区之间进行 MBMS 同步传输。当 MBMS 业务在单小区传输时（非 MBSFN 传输方式），选择下行共享信道（DL-SCH）进行传输；当进行多小区传输（MBSFN 传输方式）时，同步传输就需要动用 MCH 信道。

总的来说，E-MBMS 是 MBMS 在逻辑架构、业务模式、传输方式和信道结构等多个方面全面演进的产物。通过这些演进，E-MBMS 能够适应更高的业务要求，并具有更强的竞争力。

（6）TD-LTE-Advanced 技术发展

3GPP 于 2009 年 3 月发布第一版（Release 8），R8 版本为 LTE 标准的基础版本；于 2010 年 3 月发布第二版（Release 9），R9 版本为 LTE 的增强版本，主要增加了支持多流 Beamforming、eMBMS、SON、Home eNode B 等新功能。而 LTE 在 R10 版本后，进入 LTE-Advanced 阶段。相对于 TD-LTE，TD-LTE-Advanced 引入了一系列无线通信领域最新的技术研究成果，包括载波聚合、高阶 MIMO 技术、协调多点传输（Coordinated Multipoint Transmission and Reception，CoMP）和中继（Relay）等。

① 载波聚合。IMT-Advanced 要求的最大 100MHz 带宽，下行 1Gbit/s、上行 500Mbit/s 的超高峰值速率，主要实现途径是载波聚合技术。如聚合 5 个 20MHz 的载波，这些载波可以是连续的，也可以是离散的，可以在同一频段上，也可以在不同频段上。这使得运营商可

以有效利用自己拥有的不同载波，大大增加了部署的灵活性。当进行载波聚合时应该基于上下行需求对上下行载波带宽进行灵活调节，多载波间应进行协调调度和控制。

② 高阶 MIMO。LTE 标准最多支持 4×4 的 MIMO，而在 LTE-Advanced 中将在下行引入 8×8 甚至有更高阶的 MIMO，在上行引入 4×4 MIMO，并可能通过改进单用户 MIMO 和多用户 MIMO 算法、使用更多码字的多码 MIMO 等，来实现更高的峰值速率。

③ CoMP。在 LTE 系统中，相邻小区通过传输流量负载指示和过载指示来协调相邻小区之间的干扰水平，可以算作一种简单的 CoMP 技术。在 LTE-Advanced 系统中，为了得到更好的小区边缘性能，提升小区的吞吐能力，需要采用更复杂的多点合作技术。

根据基站间是否共享用户的数据信息，可将 CoMP 分为联合处理（Joint Processing，JP）和协作调度两类。联合处理是一种消除基站间干扰的方式，具体是通过协调多个基站（称为协作簇）对用户数据进行联合预处理。协作簇内的多个基站间需要共享信道信息和用户的数据信息，整个协作簇同时为一个或者多个用户服务。协作调度是通过协作对系统资源进行有效的分配，尽可能避免小区边缘用户使用的资源在时频资源上的冲突。在此协作方式下，协作簇内的多个基站间只需要共享信道信息，不需要共享数据信息，每个用户只由一个基站提供服务。

协作簇的选择主要有静态协作、动态协作、半动态协作 3 种方式。静态协作利用一定的准则来固定地选取几个基站进行协作，最简单易行，但难以适应 UE 环境和地理位置的动态变化。动态协作根据 UE 反馈的干扰源信息，由主服务基站动态选择对该 UE 服务的协作簇，能够最大化地消除干扰，但是实施负责，代价较高。半动态协作是在一个预先确定的大协作集中动态地选择参与协作基站，其效果要比静态协作好，代价要比动态协作低，是目前 3GPP 主要讨论的一种协作簇选择方式。

④ Relay。根据现在的频谱分配方案，可以分配给 LTE-Advanced 的大带宽频谱都在较高频段，但是这些频段路损和穿透损耗都比较大，很难实现良好的覆盖。为了解决这个问题，Relay 作为一项关键技术被引入 3GPP R10 中。Relay 技术是在原有站点的基础上，引入 Relay 节点，Relay 节点和基站通过无线连接，下行数据先由基站发送到中继节点，再由中继节点传输至终端用户，上行则反之。根据功能和特点的不同，Relay 可分为两类：Type1 和 Type2 Relay。Type1 Relay 具有独立的小区标识，具有资源调度和混合自动重传请求功能，对于遵循 3GPP R8 标准的终端类似于基站，而对于 LTE-Advanced 的终端可以具有比基站更强的功能。Type2 Relay 不具有独立的小区标识，对 R8 标准的终端透明，只能发送业务信息而不能发送控制。3GPP R10 版本主要考虑 Type1 Relay。

Relay 技术不仅具备扩展网络覆盖的能力，而且网络容量还有提高的潜力。在 Relay 节点引入基带信号处理，Relay 节点的作用有：① 放大信号；② 抵抗移动信道的大尺度衰落；③ 抑制干扰与噪声。

由于 Relay 能够同时提升网络覆盖和网络容量，因此 Relay 技术可以用于网络补盲或农村等偏远地区。在热点地区，也可以利用 Relay 节点补偿无线信道大尺度衰落，抑制对干扰和噪声的放大，提升系统容量。另外，由于 Relay 节点采用无线回传技术，不需要光纤接入，而且对无线传播环境也远不如微波链路那样敏感，因此 Relay 节点部署灵活、快速，是一种理想的应急通信的方案。此外，在公共交通中，例如高速铁路，可在车厢部署 Relay 节点，补偿无线信号穿透损耗，为旅途中的用户提供高速数据接入服务。

4．LTE 面临的技术挑战

目前，LTE 标准已经接近完成，但在产品研究方面，设备是否能够发挥 LTE 标准的预期性能还是一个未知数。LTE 标准定义了比 3G 标准更强的能力，但同时也对设备研发带来了更大挑战，具体如下。

（1）调度技术带来的挑战

自适应调度是 LTE 系统的主要技术特征之一，但是否能进行有效的调度，也受限于调度算法的复杂度。一个优化的调度器的主要作用是：同时为多个用户分别选择合适的时隙、合适的资源块、合适的调制编码格式、合适的 MIMO 格式，满足他们的 QoS 要求，并兼顾公平性，同时还要回避小区间干扰，如果系统是使用多用户 MIMO，可能还要进行空间配对。如果要同时实现这些功能，采用完全优化的算法则复杂度过高，采用次优的算法则难免对性能有一些负面影响。

频域调度是 OFDM 系统的主要技术优势之一，在实际的 LTE 中，是否获得预期的频域调度增益，取决于调度算法优化与否。对于频域调度的准确性，主要依赖于终端侧对信道质量的测量，一旦终端侧的误差较大，基站很难进行准确的调度；其次，频域调度的增益取决于频域粒度和时域周期，但目前 LTE 设备频选调度的时频域粒度均较粗，距离充分发挥频域调度的性能优势还有一定差距。

在多用户调度方面，传统的轮询调度算法虽然简单，但无法获得多用户调度增益；而采用最大信干比（Max C/I）算法，将资源分配给信道质量好的用户，则缺乏公平性。最可能能够满足未来 LTE 技术需求的是正比公平（Proportional Fair）调度算法，这种算法对频谱效率和公平性进行了折中考虑，并可以通过调整公平性参数，在极端贪婪策略和极端公平策略之间灵活地进行调整。相对应的，公平性参数的引入必将又给调度增加了一重复杂性，因而又增加了调度的难度。

（2）MIMO 技术带来的挑战

在传统蜂窝网络的规划中，通常选择在 LOS（视距）信道较多的覆盖制高点作为基站站址，通常这种场景下的无线信道天线间有较高的相关性，对 MIMO 技术的应用不利（通过采用正交极化天线阵列可以对这种情况有所缓解）。而多流空间复用和空分多址则通常对 SINR（信干噪比）的要求比较高。

在各种无线环境下，都需要在各种 MIMO 设置之间做出选择，比如空间复用和波束赋形，比如大间距天线阵列和小间距天线阵列；之后对各种具体的天线阵列配置做出选择，如阵元数量、采用双极化阵列与否、采用光纤拉远与否等。

在基带复杂度上，需要对 MIMO 干扰消除接收机的性能和复杂度做出权衡，同时考虑发射信号优化程度和测量反馈量做出最优选择。在 RRU（远端射频单元）实现方面，则需要考虑 MIMO 系统的 RRU 实现复杂度，以及 Ir 接口（BBU（基带处理单元）和 RRU 之间的接口）的实现复杂度。

（3）LTE 组网技术带来的挑战

① OFDMA 本身只是一个小区内多址技术，它可以使 LTE 在小区内获得更高的频谱效率，但不能够赋予 LTE 小区间多址的能力，有更大的同频组网难度。

② LTE 的公共信道和控制信道依靠零相关码实现同频组网，在理论上显示出良好的干扰抑制效果，但在实际上有待验证，并提高了网络规划的难度。

③ 对于 LTE 系统来说，更有效的小区间多址依赖于小区间的智能化调度，目前尚不能完全实现。

④ LTE 系统将大量使用的宏、微小区、室内、家庭基站重叠覆盖，使干扰结构大为复杂，很难仅仅依赖干扰调度解决问题。

⑤ LTE 系统的使用从观念上到方法上对网规网优技术提出新的挑战。LTE 采用的新技术、新特性造成可调的参数成倍增加，MIMO 技术对站址的选择也和非 MIMO 系统有很大不同。LTE/2G/3G 联合组网、联合网规网优将使这个问题进一步复杂化。

LTE 标准化接近完成，但 LTE 系统研发仍处于初期阶段，面临很多新的挑战，仍需巨大努力才能充分发挥 LTE 技术的预期潜力，展现 LTE 的技术优势。

5. LTE 业务应用

2G 取代 1G 是由明确的使用需要（安全、统一制式、漫游等）触发的技术革新。而 3G、4G 以及将来的移动系统，主要是带宽越来越宽、速率越来越快，当然安全性、稳定性都会有提升。这些提升的性能用来干什么？如何发掘出足够的业务，让新一代技术有用武之地？业务应用的发展逐渐成为影响技术进步的重要因素，而技术自身的发展和业务的发展相比，反而是一件相对容易的事情。

目前，3G 逐步在全球规模商用，尤其是 3G 增强型技术 HSPA/EV-DO 的普及和推广，使得移动多媒体业务和移动互联网得到快速发展。在给用户带来新体验的同时，由于用户对于数据业务需求的爆发，导致网络容量和业务承载的压力日益增大。并且，对于许多高带宽业务，如移动视频类、大容量文件传输和无线上网等业务，随着用户数量的激增，对带宽的占用快速增加，用户业务体验也开始逐步下降。

在 3G 发展的阶段中，存在手持终端丰富程度不足、功能性不强、网络覆盖不到位等问题，LTE 与其类似，在这些方面上仍需要逐步完善。

随着移动互联网产业进入一个持续、快速、稳定的发展时期，丰富多彩的移动互联网应用已成为人们生活中必不可少的部分。移动互联网相比传统互联网的发展，已经不再满足于传统的语音服务，而是追求更多丰富多彩的应用，进入了"应用为王，内容至上"的时代。

正因为应用为王的引领，移动互联网发展对宽带业务提出了越来越高的要求，因此 TD-LTE 的发展也极其迫切。运营商如何利用 TD-LTE 的技术优势，来转为商业利润，就需要运营商对 TD-LTE 应用业务进行详细分析，总结业务特点以及应用展望，从而在 TD-LTE 商用阶段为用户提供差异化服务，满足用户多样化的需求。

目前，TD-LTE 业务按照面向用户群体的差异，可以分为个人业务、企业业务和专业业务 3 类。3 种业务按照面向客户的不同、需求不同以及应用特点的差异，涵盖了 TD-LTE 业务发展的几大方向。可以说，TD-LTE 的多方面应用，实实在在改变了我们周围的生活。

移动数据业务的兴起带来了很多新应用和新市场，这些新的应用体现了用户对于业务和带宽的需求也在发生着变化，呈现出新的趋势。

（1）个人应用类业务

随着 3G 时代的发展，个人业务在 TD-LTE 时代可能会有更突飞猛进的突破，个人用户在突破了传统终端的束缚后，无线宽带的束缚将再次被打破。

个人业务的主要特点是分布较为分散，具有移动性特点，对于数据业务的速率一般要求较高。个人业务包括移动互联网类业务、高清手机点播、手机在线游戏等。

① 移动高清视频点播业务。移动高清视频点播,是一种可以按用户需要点播节目的交互式视频系统,可以为用户提供各种交互式信息服务。TD-LTE 网络能够在移动情况下提供高速下行带宽,在保证图像高清晰度和流畅性的基础上,支持多路高质量视频片源的同时在线播放。

移动高清视频点播业务的出现,使得人们摆脱了传统电视受时空限制的束缚,解决了一个想看什么节目就看什么,想看就看的问题。目前移动无线高清视频点播的码流可实现 1080P 高清画质,传统有线方式下的业务,在无线的环境下也可以流畅地播放。

以上海世博会为例,中国移动在世博园区现场展示了 TD-LTE 移动高清视频点播业务。

上海世博会的 TD-LTE 移动高清视频点播系统有别于国内外的移动视频点播,以往主要都是以单路传输为主,系统吞吐量并不足以支持多路高清画质,而上海世博会的 TD-LTE 移动高清视频点播多路视频流可以同时下行、单路带宽 2～3Mbit/s,在室外场景下单个 TD-LTE 终端即可实现 8～10Mbit/s 的下行传输速率,实现了 1080P 高清画质。而且如果有需要,还可进一步扩展带宽。

可以预测,一旦 LTE 网络真正部署,人们随时随地都可以点播高清的视频节目,手机将成为个人娱乐中心和最重要的媒体。

② 3D 手机随拍随传。随着智能终端的普及,手机拍摄照片实时分享已经成为普通用户较常用的功能,而在 TD-LTE 网络时代,视频拍摄实时分享,高清乃至 3D 手机拍摄效果的增加,也给 TD-LTE 个人业务提出了新的需求——3D 手机随拍随传。

3D 手机随拍随传,就是利用手机、平板电脑等具有视频采集功能的终端,通过使用 TD-LTE 网络,实现实时的录像直播、分发和浏览,以及视频通信功能。3D 手机随拍随传,可以实现 3D 视频效果、720P 以及 1080P 图像的实时传送,可以广泛应用于个人视频分享、手机视频直播、媒体采编平台乃至安防监控系统等,如图 4-6 所示。

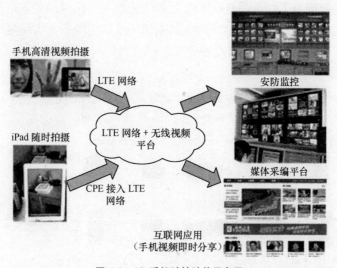

图 4-6　3D 手机随拍随传示意图

（2）企业应用类业务

企业业务针对大中型企业,在完成办公、教学等特殊应用中的业务需求。这类业务对带宽的要求较高,且需要较高的 QoS 保证,在目前的一些应用中,由于特殊需求,普遍采用有线方式实现。随着 TD-LTE 网络的部署，企业用户可以利用 TD-LTE 无线网络，提高企业业务的移动性和灵活性。

企业业务包括高清视频会议、高清视频监控、移动商务应用等。

① 移动高清视频监控业务。随着网络技术、编解码技术及存储技术的不断发展，以嵌入式技术为依托，以网络、通信技术为平台，以智能图像分析为特色的网络视频监控系统逐渐走向了前台。数字化、智能化、网络化的视频监控业务成为一种趋势。但是目前已有的视频监控业务存在以下问题。

（a）传统的有线视频监控部署较为困难、成本投入大；

（b）WLAN 无线视频监控业务的摄像头无法满足摄像前端高速跨区移动的需求；

（c）基于 2G/3G 等现有无线移动网络的视频监控业务承载速率较低。

基于 TD-LTE 网络的视频监控业务解决了以上问题，提高了监控效率，在保证传统视频监控业务所有功能的同时，能够获得更为逼真、清晰的数字化图像质量与更为便捷、实用的监控管理和维护。

与此同时，TD-LTE 移动高清视频监控呈现出多元化的特点，可以在任何地点任何时间将所摄制的画面通过 TD-LTE 网络传送到视频监控服务器平台上，通过 TD-LTE 网络空口上下行观看视频，很好体现出了 TD-LTE 高带宽、低时延、高频谱利用率的优势。

以上海世博会的 TD-LTE 移动高清视频监控系统为例。传统视频监控系统，在世博会安防应用中面临两难选择。一方面，公交、轮渡等应用场合存在对移动性的天然要求；另一方面，一般的移动视频监控通常要在清晰度上做出较大牺牲：视频前端编码的分辨率通常采用 CIF 或者 QCIF，只能达到标清质量的 1/4 或者 1/16。

中国移动 TD-LTE 移动高清视频监控系统的引入，使得上述难题迎刃而解：移动摄像前端的视频采集达到标清质量，视频质量提升多大 16 倍，移动客户端可以观看 720P/1080P 高清质量的视频。这就解决了移动性与清晰度之间的矛盾，不仅视频质量可与固定网络的效果媲美；而且更好地结合了移动性，也使得端到端体验及应用场景大大超越了传统视频监控业务。图 4-7 所示为 TD-LTE 视频监控业务平台组网方案。

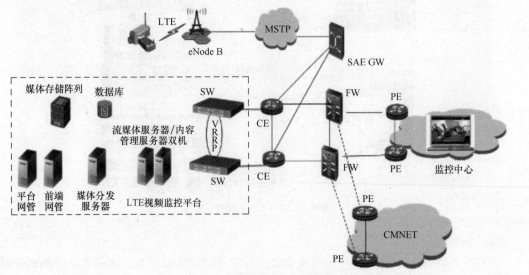

图 4-7　TD-LTE 视频监控业务平台组网方案

上海世博 TD-LTE 移动视频监控系统可分为无线接入侧、业务平台、监控观看侧等。其主要特点如下。

（a）业界领先的天线监控高清视频图像传输技术。受限于网络速度，CIF 等较低清晰度的格式仍然在无线监控领域广泛使用。但在 TD-LTE 的大带宽、高速度的帮助下，传输 DI 乃至 HD 级别的视频也不再是问题，这两种格式的分辨率分别达到了 704×576 和 1280×720。

（b）支持更小型化的视频监控设备。一个背包就可以装下所有设备，设备重量不超过 3kg，为开展移动高清视频的子业务——便携视频提供了方便，随时随地即可实现单人视频监控。

（c）可以实现视频、声音的同时监控。设备通过外接 DV 和编码器，便可以做到视频图像和声音的同时传送，由此监控者可以进行视频和音频多维监控。

（d）大大提升了监控系统的灵活性。不但可以同时满足总体和细节上的各种监控需求，获得更为翔实的现场信息，还具有非凡的灵活性，监控系统的部署可以依照需要时刻调整。

② 飞享系统。"飞享系统"即"多点触摸点播系统"，是大唐移动基于 TD-LTE 网络自行研发的、典型的高带宽多媒体视频应用业务；融合"多点"互动技术，彻底摆脱了"鼠标+键盘"的传统交互方式，可广泛应用于各类视频互动场景中，是对传统视频会议系统的极大突破。

飞享系统采用 TD-LTE 无线接入方式，突破传统触摸屏尺寸大小和用户数量的限制，将触摸屏与大屏幕登录同一对接软件中，支持多人同时操作；在触摸屏上的操作内容通过一个"甩"的动作，即可将其图片、视频、PPT 等文件移动在大屏幕上，实现资源共享和多屏联动的演示效果；通过甩屏这一新颖传切互动方式，实现单路或多路视频在两屏幕之间的切换，体现移动业务的炫、酷。

飞享业务可以广泛应用于公司的办公、教学、展厅设计等企业业务，不仅可以利用 TD-LTE 高速率实现多媒体信息的共享，更可以体会到业务分享效果的视觉体验。图 4-8 所示为飞享业务示意图。

图 4-8　飞享业务示意图

③ 移动高清视频会议业务。视频会议是通过终端与网络，使身处异地的与会者可以就同一议题参与讨论，相互之间不仅可以听到发言者声音而且还可以看到发言者的图像及背景，同时还可以交流有关该议题的数据、文字、图表等信息，因而与会者可获得比电话会议丰富得多的各种信息。

当前，随着全球一体化的迅速推进，对视频会议设备需求量猛增，许多大公司都通过视频会议、远程电话会议、网络会议等手段进行商业活动。但是目前的视频业务存在一定问题，具体如下。

（a）传统的有线视频会议部署较为困难、成本投入大；

（b）基于 2G/3G 等现有无线移动网络的视频会议业务承载速率较低；

（c）对于移动性的视频会议存在现场感不强、沟通存在障碍等缺陷。

但在如今这个与时间赛跑的时代，人们追求高视频质量的同时也希望能随时随地地进行视频通信。因此，如何在移动的环境中实现高清视频会议是目前视频会议的发展热点。

基于 TD-LTE 的移动高清会议技术很好地解决了以上问题，它彻底地摆脱了对于固定会议室的依赖，使得会议交流具备了移动性：可以随时随地与身处各地的人们进行交流，无论身处何地，只要处于 TD-LTE 网络的覆盖范围之内即可；也可以在移动状态下参与到会议中来，例如在高速行驶中的汽车中；同时也实现了高质量的画面效果，带给人们视觉、听觉上的双重冲击，弥补了以往视频会议存在的现场感不强、沟通存在障碍等缺憾。

以上海世博会为例，中国移动通过在世博会区内建立 TD-LTE 信号覆盖区，实现了移动高清会议这一项新技术。图 4-9 所示是中国移动利用 TD-LTE 技术所得出的移动高清会议系统组网图。

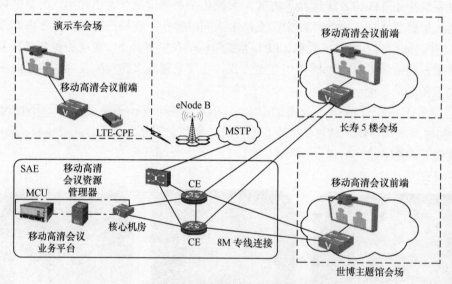

图 4-9　移动高清会议业务系统组网图

高清会议系统布置时可以有不同的位置，由此可以分成高清会议系统前端和高清会议系统业务平台，而不同功能的业务平台又可以分为网关、网守和 MCU 三部分。

（a）高清会议系统前端

移动高清会议系统前端可以分成两个部分：移动高清会议系统业务前端和通信前端。支架、终端设备、65 寸高清显示屏和高清摄像头组成业务前端，主要任务是：前端视频流采集、压缩编解码处理和视频流的呈现。由 TD-LTE 的通信终端模块 TD-LTE CPE 完成通信前端的功能，高清会议系统前端的入网任务则由 TD-LTE 的通信终端完成，接入业务平台则通过 TD-LTE 网络对高清会议系统前端进行数据的交互。

（b）网关

网关是实时地在 H.323 终端和广域网上其他 ITU 终端之间提供两方通信的设备。网关有两项转换任务：信令的转换和媒体信息编码的转换。对于后者来说，如果把网关视为原来网络的一个终端，则网关需要把用户信令转换为 H.323 控制协议；如果网关两侧分别与不同的网络相连接，如 PBN 和 SCN，则需要把其他网络信令转换至 H.323 协议。H.323 网关的主要作用是实现异种网络互通、信令消息格式和内容转换、通信协议流程转换以及媒体流格式转换等。

（c）网守

网守是网络的管理点，一个网守管理的所有终端、网关和 MCU 的集合称之为一个管理区（Zone）。一个管理区至少包含一个终端，可以有也可以没有 MCU 或网关，但必须有且仅有一个网守。网守为 H.323 端点提供以下服务。接入认证：网络资源使用许可，身份验证；地址解析：别名和网络地址之间的翻译；带宽管理：初始带宽申请，带宽改变控制；计费管理：提供计费信道；区域管理：下辖设备的管理；呼叫控制：提供各种补充业务。

（d）MCU

多点控制单元（MCU）在会议通信中有重要作用，主要作用有：多点会议管理和控制、与会终端的管理、媒体流控制、混音、多画面等。在高清移动会议系统中，MCU 位于核心机房的移动高清会议业务平台内。MCU 主要由网络接口单元、呼叫控制单元、复用和解复用单元、音频处理器、视频处理器、数据处理器、控制处理器、密钥处理分发器及呼叫控制处理器等部分组成，它包含多点控制（MC）和多点处理（MP）两部分。

MC 指示信息可发送的操作模式，通过 MC 和参加会议的每个端点执行"能力交换"过程来实现。如果有终端要加入或离开此会议，MC 向各终端发送的能力集信息可能会变化。

MP 接收、处理来自各参会端点的音频、视频和数据信号流并回送给各端点。因此，MP 可以对各种媒体信息进行编解码。

（3）专业应用类业务

专业业务主要针对一些特殊业务应用，在 TD-LTE 网络应用之前，未考虑使用无线传输应用需求。而 TD-LTE 带来了高速带宽以及低时延特性，也给专业应用使用无线网络带来了冲击。

专业业务包括可以应用于媒体、建筑、金融、医疗等特殊行业，对原有行业业务模式有较大改变的应用，TD-LTE 专业业务典型应用如下。

① 即摄即传系统。目前，电视台进行现场直播时通常采用有线电缆、微波或卫星信道传输方式。因为电视台在制作直播节目时需要大量视音频数据的实时传输，而视频传输对误码容忍度低，从而对信道带宽和质量有较为严格的要求，同时对网络时延、抖动等参数都有很高的要求。但是采用上述的方式进行传输，存在以下一些问题。

（a）有线方式：现场拉线工作量大，摄像机移动不便，例如转播一场 18 洞的高尔夫球赛需要铺设的视频线缆长达 100km。

（b）微波方式：微波只支持视距传输，对于现在城市高楼林立的情况越来越不适合，如进行一次马拉松转播需要架设 40 个微波站。资金、设备、人力和时间消耗都很大。

（c）卫星方式：需要提前 3 个月以上申请租用卫星信道，电视台需配备卫星转播车，信道租用成本、配套设备和人力投入成本都很高。

随着社会发展，人们对即时资讯的需求越来越大，以上传统的电视直播或新闻现场采访方式已经越来越不能满足人们的需求，电视转播方式迫切需要进行技术革新。

结合广播电视行业现场直播的需求和 TD-LTE 技术优势，即摄即传业务应运而生，并在世博会上大放异彩。TD-LTE 采用了多项具有革命性的无线通信技术，在通信带宽上相比之前的技术有了很大的提升，峰值速率可达到上行 50Mbit/s、下行 100Mbit/s 的速度。即摄即传业务使用基于 TD-LTE 编码的通信设备取代传统的使用微波和卫星信道的采编播系统。使用灵活，携带方便，在提供高清晰度图像的同时，保证了传输的实时性，使媒体能够从容应对各类突发事件。

即摄即传业务是 TD-LTE 的亮点业务之一，通过充分利用 TD-LTE 网络无线、宽带和移动的优势，实现拍摄现场与编播后台的信号同步。以中国移动的即摄即传业务为例，该业务将摄影机与 TD-LTE 编码通信设备有机集成，使用户在拍摄时能方便快捷地将正在拍摄的内容通过 TD-LTE 网络实时传送到解码端进行编辑或直播。同时，该业务实现了 720×576 的图像分辨率，达到了标清水平，且业务的端到端时延不足 1s，短于卫星通信车 2s 的时延，真正做到了即摄即传、即拍即播。高带宽的 TD-LTE 网络充分保证了图像的清晰度和流畅性。

中国移动的即摄即传系统的网络连接如图 4-10 所示。

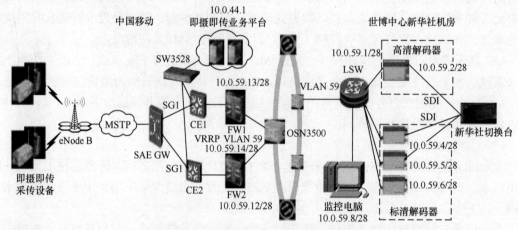

图 4-10　即摄即传业务系统网络连接结构图

系统网络主要由除网络外的三部分组成：拍摄前端、业务平台和解码终端，三者组成了一个基本业务系统，上述三部分协同工作，完成现场直播所需的各项任务。该系统的业务特点如下。

（a）高清晰度图像实时传输

该业务通过优化图像编解码能力，提高编解码设备对无线网络的适应能力，在充分利用 TD-LTE 网络高带宽、低延时技术特点的基础上，实现了无线环境下基于便携设备的高清晰度视频的实时传输。

（b）业务端到端时延小于 1s

TD-LTE 优越的网络性能保证数据传输的时延在 100ms 以内，同时通过提高图像处理能力，优化图像编码格式，提升整体系统处理速度，整个业务的端到端时延小于 1s。大大优于卫星通信车的 2s 时延。

（c）前端设备体积小集成度高

该业务全新研发了一款将编码模块和 TD-LTE 通信模块集成为一体的便携式业务前端。该业务前端同时实现了图像编码和与 TD-LTE 基站通信的功能。整个业务前端长 12cm、宽 11cm、高 22cm，与专业摄像机高度相同，能够借助专业摄像机电池卡口与专业摄像机完美结合。

（d）前端设备兼容性强适配范围广

业务前端具有极好的通用性，不仅能与专业摄像机适配，也能与普通家用摄像机适配。不仅具有 SD1 接口，支持高清视频流输入，同时也具有 AV 接口，支持普通视频流输入。事实上，该业务前端支持目前市场上所有主流的专业和非专业摄像机作为输入源。

（e）采用通用编解码格式，应用范围广

本业务采用业界通用的音视频流格式 .wmv 进行编解码，支持任何装有 Windows 操作系统的主机使用自带 Windows Media Player 软件进行解码播放。使用标准编解码格式不仅使该业务的部署更为灵活简单，从而使应用场景更为丰富，同时更有利于用户对音视频流的二次编辑，例如在网页上进行实时发布。

② 移动远程医疗。提起未来医疗及未来医疗行业的发展方向，移动医疗首当其冲。根据 GSM 数据，预计到 2017 年移动设备总数会达到 97 亿部。由于移动终端的便携性、强大的处理能力以及覆盖最广的人群，使得其在慢性疾病的监控、传染病预防、预约服务、沟通等方面能发挥更好的作用，能有效降低医疗成本和提升医疗服务效率。

而基于 TD-LTE 网络的移动远程医疗，借助了 TD-LTE 高清、移动、无线的技术优势，将在移动远程医疗的发展上起到巨大的推动作用。一方面是因为 TD-LTE 网络高带宽、低延时和移动性的特点可保证大数据量的无线传输，大大提高了移动上网的速率，使人们在移动状态下观看或上传高清影像成为可能；另一方面是 3D 实时影像在远程医疗领域有着广泛的应用前景，目前的移动远程医疗普遍采用的是 2G/3G 网络，只适合小数据的传输，而类似冠心病、远程医疗指导等远程就诊服务，普通的 2G/3G 网络并不能很好地实现实时的语音和高清图像的交流。

可以预测，在未来的移动远程医疗中，借助 TD-LTE 更高的带宽能力，将可以帮助救护车上的医护人员通过移动高清视频获得清晰、快速的远程指导，为病人提供及时治疗，不错过治疗的"黄金半小时"；还可以为医生护士提供与病人远程"面对面"沟通的体验和移动场景下的高清视频通话，社区医生带上移动医疗诊断设备，可随时请大医院的医生进行远程会诊；社区医疗信息平台可利用手机以短信、彩信、WAP、呼叫中心等方式向公众提供掌上易迅、预约挂号等服务，真正实现"随时在线"的医疗服务架构。图 4-11 所示为移动医疗在医院的应用示意图。

以江苏省的冠心病移动远程医疗系统为例。该系统依托 4G 技术 TD-LTE，在国内首次实现了冠心病高清造影影像的实时数字化采集和远距离视频传输。它改变了传统的会诊模式，实现了高清影像的多移动终端实时接入会诊，将在推进我国远程医疗发展、促进医疗信息化建设等方面发挥重要作用。

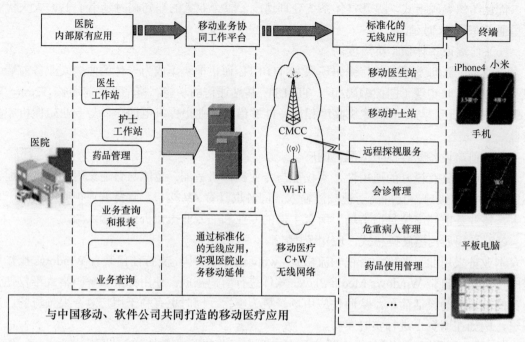

图 4-11 移动医疗在医院的应用

在传统的远程会诊模式下，由于冠心病介入图像数据庞大，信息量丰富，因此无法做到介入影像资料的实时、清晰、便捷传输。而新一代的"冠心病移动远程医疗系统"融合了 TD-LTE 高速无线网络，实现将实时的冠心病的高清造影影像传输至会诊中心，打破时间和空间上的割裂，形成以集视频、语音、文字和数据交互的方式进行无缝隙的异地交流讨论和指导学习。通过远程观看实时的诊疗视频，而不需要到现场就可以指导医生进行现场手术，为远程医疗带来新的变革。

另一方面，通过以影像资料为基础的区域信息共享平台，患者可节省重复检查费用，得到更全面的健康服务、康复治疗和健康跟踪随访；医疗卫生人员通过该平台可了解患者完善、有效的健康监护，为医生自身继续教育、提升医疗服务质量和增强科研能力提供资源。

6. LTE 对无线城市发展的影响

LTE 作为下一代移动通信技术，是未来通信发展的方向，它包括两种制式：LTE TDD 和 LTE FDD。其中 TD-LTE 作为我国自主知识产权的新一代无线高速宽带网络，已形成由我国主导、全球广泛参与的产业链，目前已有 51 个国家中 113 个 LTE 网络，全球 105 个国家中的 360 个运营商正在投资建设 LTE 网络，全球用户规模已超过 200 万。随着 TD-LTE 在我国和全球更多国家商用后，将为产业链上下游带来前所未有的发展机遇，给我国经济社会带来巨大的经济和社会价值。

作为 TD-LTE 全球发展的引领者和主导者，中国移动在国内率先开通运营 4G 网络，在上海、深圳、杭州、南京、广州、厦门等 13 座城市启动 TD-LTE 扩大规模试验，开展大规模客户体验活动，并提出了 TD-LTE "双百计划"——4G 网络覆盖将超过 100 个城市，建设 20

万个基站，4G 终端采购将超过 100 万部，构建全球最大的 TD-LTE 网络，从而借助 TD-LTE 技术的高速数据业务能力，推动无线城市的发展迈上新台阶。

当前，现有的无线城市核心架构是 3G+Wi-Fi 模式，但是随着未来网络流量的不断增长，尤其是 3D 和高清视频业务的不断普及，现有的无线城市网络模式将明显不足以承载这种大容量的传输，因此无线城市的核心架构从现有的 3G+Wi-Fi 为基础向 3G+LTE+Wi-Fi 过渡将成为必然。这是因为，一方面 TD-LTE 网络高带宽、低延时和移动性的特点可保证未来大数据量的无线传输；另一方面，相比现有的 3G 技术，TD-LTE 对移动多媒体业务的支持能力更强，无论用户走到哪里都可以享受移动电视、高清视频、超高速上网和在线游戏，收看自己喜欢的节目，以及浏览最新的高清大片等。作为下一代的无线通信技术，LTE 融合到无线城市的建设中，必将极大地丰富无线城市的内涵，提升用户体验，推动无线城市更快更好地向前发展。

LTE 助力无线城市新发展，并不是简单地发展 LTE，而是在原来的网络上进行融合，实现 2G、3G、WLAN 和 LTE 4 张网络融合使用，并通过业务属性来决定用户应该上哪张网，实现智能分配或用户也可按需选择，从而解决了网络资源分配问题，也使已有网络基础设施和频谱得以有效利用，实现双重价值。

目前，在上海，TD-LTE 正成为无线城市建设的重要支撑。中国移动在上海已建成宏基站 700 个、室内覆盖基站 300 个，人民广场、外滩、城隍庙、徐家汇商圈、中山公园商圈、淮海路商圈等内环内重点区域和重点楼宇均有覆盖。TD-LTE 网络高速、通道智能、应用丰富的独特优势日益凸显：即摄即传应用，为执法取证、行政监管等政府行业应用提供移动状态下的解决方案，展现"强政"愿景；4G 移动远程视频监控，作为有线监控的补充和扩展，体现"兴企"功能；在公交交通、城市旅游线路、公共医疗等场景覆盖 4G 网络，积极推进满足市民日常需求的应用，提供高清视频的播放体验服务等，实现"惠民"目的。

然而，LTE 在推进无线城市发展的同时也带来了以下一些挑战。

（1）LTE 带给传输的压力

LTE 定位于满足高带宽高质量的数据流量需求，如果 GE 环上的 LTE 站点较多，业务带宽需求超过 800Mbit/s，则需将环上的 GE 接入设备升级为 10GE 接入设备或对 GE 环进行裂环。裂环有以下方案。

一是采用升级为 10GE 设备，将增加投资；

二是采用 GE 环裂环方案，将造成纤芯资源的紧张，并随着接入环数量的增加，汇聚层面的设备光口槽位以及设备数量也将随之增长。

（2）LTE 带给终端的压力

LTE 初期其覆盖范围小且不连续，LTE 用户很容易移动到 LTE 覆盖范围之外，导致其提供的通信不能连续，所以需要 2G 网络协助保持通信的连续性。

双模或者多模终端是必须在 LTE 试商用初期阶段会产生大量的位置更新或路由区更新，会给网络带来信令流量压力，也加大终端功耗（LTE 最大系统功耗为 2.2W）。

虽然 LTE 在推进无线城市发展中会遇到挑战，但是这些都是可以克服的。LTE 建设已成为无线城市建设不可或缺的一部分，在未来，LTE 将在无线城市中发挥更大的作用。

LTE 的快速发展和广泛应用，将催生新的移动互联网应用模式，打破传统通信网络带来的业务拓展瓶颈，转变人们日常工作生活方式，促进城市信息化科技发展，呈现出一个智能高效、五彩缤纷的移动互联网世界。

4.3.2 WiMAX

WiMAX 可以应用于广域网接入、企业宽带接入、家庭"最后一公里"接入、热点覆盖、移动宽带接入以及数据回传（Backhaul）等所有宽带接入。在有线基础设施薄弱的地区，尤其是广大农村和山区，WiMAX 更加灵活、成本低，是首选的宽带接入技术。

IEEE 802.16-2004（802.16d）是 2~66GHz 固定宽带无线接入系统的标准，是对 IEEE 802.16、IEEE 802.16a 和 IEEE 802.16c 的整合。IEEE 802.16-2004 也是目前 IEEE 802.16 家族中最成熟的、商用化产品最多的标准。

IEEE 802.16e 在继承 IEEE 802.16-2004 能力的基础上增加了对全移动性的支持，理论移动速度可以达到 120km/h。

作为与 LTE 一起成为 4G 标准的 802.16m，其性能有了大幅提高，根据 IEEE 相关文献显示，802.16m 可在"漫游"模式或高效率/强信号模式下提供 1Gbit/s 的下行速率。该标准还支持"高移动"模式，提供 100Mbit/s 速率。802.16m 高速传输的达成主要采用与 LTE 相同的 MIMO 技术，同时 802.16m 也支持 OFDMA。

目前在国际上为 WiMAX 规划的执照频率主要为 2.5GHz（美国）和 3.5GHz（全球除美国），非执照频率为 5.8GHz，潜在的频率还包括 3.3GHz。而我国 2~11GHz 频段已分配完毕，未给 WiMAX 留下空白频段。同时国家大力支持的 TD-SCDMA 发展成熟，近期也不会发放移动 WiMAX 的运营牌照。因此，在我国 WiMAX 大规模组网还需要在频率资源分配和国家产业政策上寻求突破。

目前中电华通在国内 WiMAX 网络主要采用的是 802.16d 版本，也即无线固定接入，工作在 3.5GHz 频段（国家批准中电华通拥有 3.5GHz 频段固定无线接入使用权）。

移动 WiMAX 采用 2G/3G 移动通信网络相同的网络结构——蜂窝网络，网络架构如图 4-12 所示。而固定 WiMAX 的组网方式较为简单，基本上是点对点或一点对多点的无线连接。

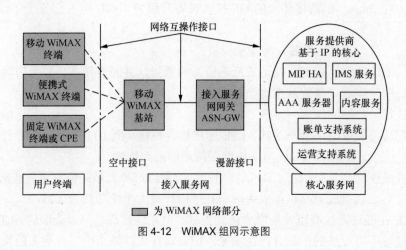

图 4-12 WiMAX 组网示意图

4.4　Wi-Fi

4.4.1　Wi-Fi 技术进展

Wi-Fi 最初只是基于 IEEE 802.11b 协议的 WLAN 市场推广名和产业联盟名，由于 Wi-Fi 市场推广的巨大成功，Wi-Fi 名声大震，现在泛指基于 IEEE 802.11 协议族 WLAN 协议。Wi-Fi 的原始设计是专注于无线局域网的技术，定位于有线网络的延伸和提供无线接入的便利，俗称"最后 10 米的网络解决方案"。Wi-Fi 单个接入点在室外空旷地带的覆盖半径只有两三百米。

Wi-Fi 的主要协议为 11、11a、11b、11g、11n，其他相当于补丁；11b 是所有 WLAN 标准演进的基石，后来的标准均兼容 11b；WAPI 是中国无线局域网强制性安全机制标准，是 WLAN 的中国补丁。其中应用最广泛的 802.11n 是 Wi-Fi 联盟在 802.11a/b/g 之后的一个代表性的无线传输标准协议，为了实现高带宽、高质量的 WLAN 服务，使无线局域网达到以太网的性能水平，802.11 任务组 N（TGn）因此应运而生。未来 WLAN 朝着 1Gbit/s 的方向发展，802.11ac/ad 是其中主要代表技术标准，下面简单介绍其相应应用范围和技术指标。

IEEE 802.11，1997 年，原始标准（2Mbit/s，工作在 2.4GHz）。

IEEE 802.11a，1999 年，物理层补充（54Mbit/s，工作在 5GHz）。

IEEE 802.11b，1999 年，物理层补充（11Mbit/s，工作在 2.4GHz），11b 是所有 WLAN 标准演进的基石，后向兼容基准。

IEEE 802.11c，符合 802.1D 的媒体接入控制层桥接（MAC Layer Bridging）。

IEEE 802.11d，根据各国无线电规定做的调整（有的国家不能用 2.4GHz）。

IEEE 802.11e，对服务等级（Quality of Service，QoS）的支持。

IEEE 802.11f，基站的互连性（IAPP，Inter-Access Point Protocol），2006 年 2 月被 IEEE 批准撤销。

IEEE 802.11g，2003 年，物理层补充（54Mbit/s，工作在 2.4GHz）。

IEEE 802.11h，2004 年，是为了减小对同处于 5GHz 频段的雷达的干扰。

IEEE 802.11i，2004 年，无线网络安全方面的补充。

IEEE 802.11j，2004 年，根据日本规定做的升级。

IEEE 802.11k，2008 年，为无线局域网应该如何进行信道选择、漫游服务和传输功率控制提供了标准。

IEEE 802.11l，由于 11l 字样与安全规范的 11i 容易混淆，预留及准备不使用。

IEEE 802.11m，主要是对 802.11 家庭规范进行保护、修正、改进，以及为其提供解释文件。

IEEE 802.11n，2008 年，传输速率由 802.11a 及 802.11g 提供的 54Mbit/s、108Mbit/s，提高到 300Mbit/s 甚至高达 600Mbit/s。

IEEE 802.11o，针对 VoWLAN 而制订，更快速的无限跨区切换，以及更高的语音传输优先权。

IEEE 802.11p，2010 年是针对汽车通信的特殊环境而出炉的标准。

IEEE 802.11q，制订支援 VLAN 的机制。

IEEE 802.11r，2008 年，快速基础服务转移，主要是用来解决客户端在不同无线网络 AP 间切换时的延迟问题。

IEEE 802.11s，2007 年，Mesh 网络，拓扑发现、路径选择与转发、信道定位、安全、流量管理和网络管理。

IEEE 802.11t，提供提高无线电广播链路特征评估和衡量标准的一致性方法标准，衡量无线网络性能。

IEEE 802.11u，2011 年，与其他网络的交互性。

IEEE 802.11v，2011 年，无线网络管理。基于 802.11k 所取得的成果再进一步。

IEEE 802.11w，2009 年，针对 802.11 管理帧的保护。

IEEE 802.11y，2008 年，针对美国 3650～3700MHz 的规定。

IEEE 802.11z，2010 年，DLS 扩展。

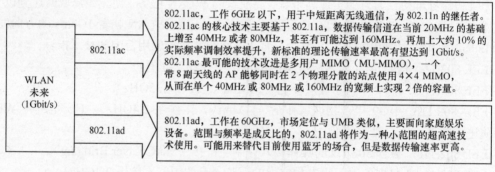

图 4-13　802.11ac/ad

4.4.2　802.11n 简介

Wi-Fi 联盟在 802.11a/b/g 后面的一个无线传输标准协议，为了实现高带宽、高质量的 WLAN 服务，使无线局域网达到以太网的性能水平，802.11 任务组 N（TGn）应运而生。802.11n 标准至 2009 年才得到 IEEE 的正式批准，但采用 MIMO OFDM 技术的厂商已经很多，包括 D-Link、Airgo、Bermai、Broadcom 以及杰尔系统、Atheros、思科、Intel 等，产品包括无线网卡、无线路由器等，而且已经大量在 PC、笔记本电脑中应用。如图 4-15 所示。

802.11n 主要是通过物理层和 MAC 层的优化来充分提高 WLAN 技术的吞吐速率。主要的物理层技术涉及 MIMO、MIMO-OFDM、40MHz、Short GI 等技术，从而将物理层吞吐速率提高到 600Mbit/s。如果仅仅提高物理层的速率，而没有对空口访问等 MAC 协议层进行优化，802.11n 的物理层优化将无从发挥。就好比即使建了很宽的马路，但是车流的调度管理如果跟不上，仍然会出现拥堵和低效。所以 802.11n 对 MAC 采用了 Block 确认、帧聚合等技术，大大提高了 MAC 层的效率。

在传输速率方面，802.11n 可以将 WLAN 的传输速率由目前 802.11a 及 802.11g 提供的 54Mbit/s，提高到 300Mbit/s 甚至高达 600Mbit/s。得益于将 MIMO（多入多出）与 OFDM（正交频分复用）技术相结合而应用的 MIMO OFDM 技术，提高了无线传输质量，也使传输速率得到了极大提升。

802.11n 采用智能天线技术，使用多组独立天线组成天线阵列，可以对波束进行调整，保证让 WLAN 用户接收到稳定的信号，增加覆盖范围，并可以减少其他信号的干扰。因此其覆盖直径可以扩大到好几公里，使 WLAN 的移动性得到极大的提高。

在兼容性方面，802.11n 采用了一种完全可编程的硬件平台——软件无线电技术，在这一平台上可以实现不同系统的基站和终端的互通及兼容，因而极大地改善了 WLAN 的兼容性。这意味着 WLAN 将不但能实现 802.11n 向前、后兼容，而且可以把 WLAN 与无线广域网结合起来。

4.4.3　802.11n 引进的新技术

1. 物理层提升

802.11n 物理层通过一些相应的关键技术提升来提高物理层传输的关联速度，主要关键技术包括更多子载波、更高编码速率、信道绑定、短 GI 和 MIMO 等，表 4-2 对主要的关键技术进行了介绍。

表 4-2　　　　　　　　　　　　　　802.11n 物理层提升

关 键 技 术	改 进 之 处	性能提升	关联速率（Mbit/s）
更多子载频	802.11a/g 使用一个 OFDM 符号中的 48 个数据子载频，而 802.11n 则使用了 52 个	约 8%（52/48）	58.5
更高编码速率	802.11a/g 使用码率为 3/4 的 FEC 编码，而 802.11n 采用码率为 5/6 的 FEC 编码	约 11%[(5/6)/(3/4)]	65
信道绑定	802.11a/g 的信道宽度是 20MHz，802.11n 提供了一个可选的 40MHz 信道宽度模式。由于信道宽度加倍，其中所含的子载频数量也将从 52 个增加到 108 个，略多于倍数值	约 208%（108/52）	135
短 GI	OFDM 符号保护间隔由 802.11a/g 的 800ns 缩短为 802.11n 的 400ns（符合时间为 4μs）	约 11%（4/3.6）	150
MIMO	系统的吞吐量随 MIMO 空间复用流数的增加而呈线性倍增（目前设备支持 2 个空间流）	2 倍（有条件）	300

（1）802.11n——更多的子载波

与 802.11a/g 相比，802.11n 将 20MHz 带宽支持的子载波从 52 个提高到 56 个，除去 4 个导频子载波，数据子载波达到 52 个。理想速率为 54×（52/48）=58.5Mbit/s。图 4-14 为子载波示意图。

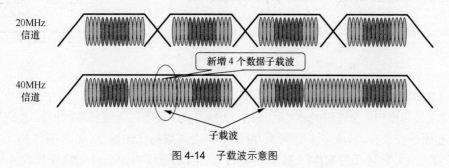

图 4-14　子载波示意图

（2）802.11n——更高的编码效率

802.11n 采用了更高效率的编码方案：5/6 的 FEC 编码，而 802.11a/g 使用码率为 3/4 的 FEC 编码，使得单个空间流的理想数据速率可以达到 58.5×[(5/6)/(3/4)]=65Mbit/s。

（3）802.11n——信道捆绑

IEEE 802.11n 将两个相邻的 20MHz 带宽捆绑组成一个 40MHz 通信带宽，速率提高一倍。同时，为了防止相邻信道干扰，802.11a/g，在 20MHz 带宽的信道两侧预留了一小部分的保护带宽。通过频带绑定技术，这些预留的带宽也可以用来通信，从而进一步提高了吞吐量。如图 4-15 所示。理想数据速率可以达到：65×2×(108/104)=135Mbit/s。

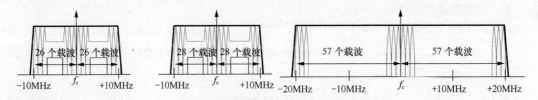

52 个子载波（48 个可用）for a 20MHz non-HT mode (legacy 802.11a/g) 信道　56 个子载波（52 个可用）for a 20MHz HT mode(802.11n) 信道　114 个子载波（108 个可用）for a 40MHz HT mode(802.11n) 信道

图 4-15　信道捆绑

（4）802.11n——短 GI

射频芯片在使用 OFDM 调制方式发送数据时，整个帧被划分成不同的数据块进行发送，由于无线信号在空间传输会因多径等因素在接收侧形成时延，如果后续数据块发送过快，会和前一个数据块形成干扰，因此数据块之间会有 GI，用来规避这个干扰，以保证接收侧能够正确的解析出各个数据块，如图 4-16 所示。802.11a/g 的 GI 时长为 800ns，802.11n 通过 Short GI 特性，将 GI 时长减少为 400ns，从而可以将数据传输速率提高至 135×(3.2+0.8)/(3.2+0.4)=150Mbit/s。

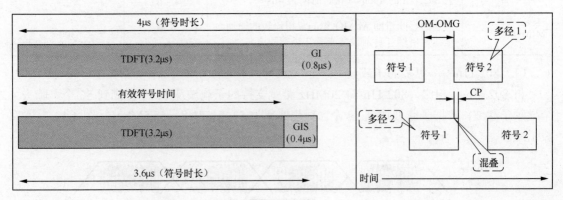

图 4-16　短 GI

（5）802.11n——MIMO

MIMO 是 802.11n 物理层的核心，通过使用 MIMO 技术，无线传输同时发送多个无线信号，并且利用多径效应，形成多个空间流，可以成倍提高数据传输速度。如图 4-17 所示。802.11n 标准定义了 1~4 空间流的 MIMO 技术，采用 4 空间流可以将 802.11 的速率提升 4 倍，达到

600Mbit/s。目前的 802.11n 产品普遍支持到 2 空间流，理论峰值速率可达 300Mbit/s。收发端天线数最小值为最大可能空间流数，其余天线属分集技术。

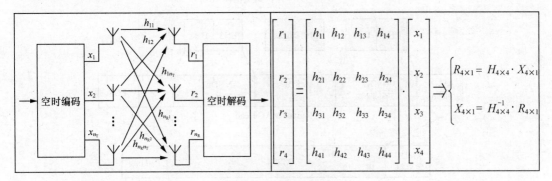

图 4-17　MIMO 原理

2. MAC 层提升

（1）802.11n——帧聚合技术

802.11g 传输的每一个帧都有固定开销，为了减少开销，802.11 提出了帧聚合的技术，把两个以上的帧聚合成一个帧传输，使多个帧的开销缩减为一个，大大增加了 MAC 层的数据吞吐量，如图 4-18 所示。

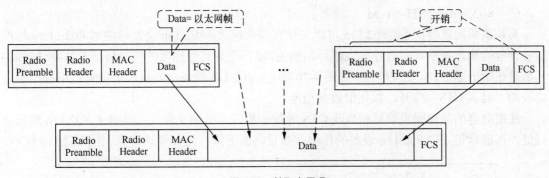

图 4-18　帧聚合原理

另一方面，采用 A-MPDU 技术，多个 MPDU 只用抢占一次信道，减少了因竞争信道而产生冲突的概率，提高了信道利用率，如图 4-19 所示。帧聚合技术如下。

① MSDU（MAC Service Data Unit）的聚合（A-MSDU）。A-MSDU 是指把多个 MSDU 聚合成一个较大的载荷，从而减少了发送每一个 802.11 报文所需的 PLCP Preamble、PLCP Header 和 802.11MAC 头的开销，同时减少了应答帧的数量，提高了报文发送的效率。

② MPDU（MAC Protocol Data Unit）的聚合（A-MPDU）。A-MPDU 聚合的是经过 802.11 报文封装后的 MPDU，通过一次性发送若干个 MPDU，减少了发送每个 802.11 报文所需的 PLCP Preamble、PLCP Header，从而提高系统吞吐量。

（2）802.11n——Block ACK

为保证数据传输的可靠性，802.11 协议规定每收到一个单播数据帧，都必须立即回应以 ACK 帧。A-MPDU 的接收端在收到 A-MPDU 后，需要对其中的每一个 MPDU 进行处理，因此同样需要对每一个 MPDU 发送应答帧。Block ACK 机制使用一个 ACK 帧来完成对多个

MPDU 的应答，以降低 ACK 帧的数量。

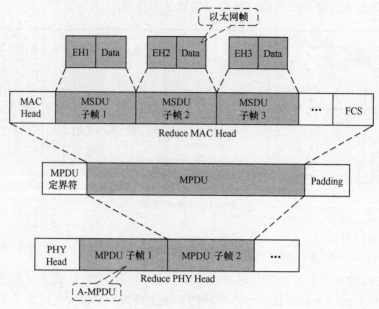

图 4-19　帧聚合技术

（3）802.11n——HT-mixed

为解决后向兼容问题，802.11n 可以工作在混合模式：802.11n 会发送能够 802.11a/g 标准设备读取的物理帧格式的前导同步信号和帧头，以表明有其他标准的信号传送及其持续时间，其后是正常的 802.11n 物理帧帧，如图 4-20 所示。802.11n 设备会发送一个能够被旧标准设备读取的"自我 CTS"信号，以使旧设备退避。

使用兼容的前导同步信号和自我 CTS 等保护模式，开销非常大，抵消了 802.11n 的部分好处，在混合模式中 802.11n 设备的传输吞吐量将会下降。纯 n 模式将极大化 802.11n 优势。

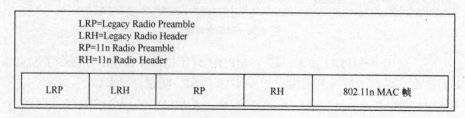

图 4-20　HT-mixed

4.4.4　WLAN 新技术

1. WOC

WOC（WLAN Over CATV）是基于 CATV 系统的 WLAN，它通过现在的 CATV 有线电视系统实现房间内的优质 WLAN 信号覆盖，提供可靠和真正可以使用的高速无线网络。

同轴电缆已经广泛分布于各大住宅小区，是一种非常成熟和常见的传输介质，利用如此宽广的有线网络来传输无线信号，解决了目前传统无线传输出现死角和信号强度逐步减弱的问题，真正做到每个房间、每个角落的无线覆盖。WOC 系统结构如图 4-21 所示。

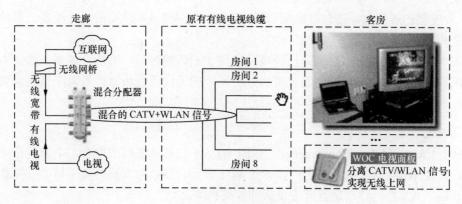

图 4-21　WOC 系统结构

WOC 利用有线电视系统传输 802.11b/g/n 无线网络，1 个 AP 可以覆盖 8 个或更多房间（一般工业 AP 可以支持 15 个房间），能够为酒店客房实现其他技术或方案达不到的优质无线信号覆盖，突破性地从无线物理层彻底解决了目前所有酒店无线系统共同面对同频干扰的难题，使得无线网络连接可靠，实现高速上网。

以 CATV 承载作为 WALN 的网络承载不仅可以提供可靠和真正可以使用的高速无线网络，该系统还具有以下优点。

① 网速高：没有同频干扰问题，使得无线网络的传输速率有了进一步的提升。

② 无干扰：系统自身无干扰。采用反传统做法，楼道 AP 做上屏蔽和防泄漏处理，AP 信号通过全屏蔽的 CATV 线路传输到客房内，有效避免了楼上、楼下和同层 AP 的干扰。AP 信号分支到 8 个或 8 个以上的房间，加上 CATV 线缆的自然损耗，客房内的无线信号不会过强，不会穿越其他房间而造成干扰。

③ 信号强：无线信号不用穿墙，通过 CATV 线路直达房间内，信号强，覆盖均匀，没有死角。

④ 辐射低：WOC 为无源天线系统，终端辐射功率较低，约为传统覆盖方式的几十分之一，远低于国家相关规定，确保人身安全。

⑤ 清晰有效的无线管理：房间无线连接到指定 AP，无线管理有效清晰，客户端问题排除容易。

⑥ 施工简单：不需要进行现场无线勘测和天线计划，根据 CATV 图纸更换 WOC 设备即可，施工快捷、有效、简单。WOC 兼容所有品牌 AP，无须更改现有同轴电缆网结构。

⑦ 无线连接稳定：相连几个房间在同一 AP 下有效工作和管理，没有其他 AP 信号的入侵，不会在同一房间内收到多个 AP 信号，传统覆盖方式的"时断时续，无线网络跳来跳去"的跳转连接现象将会有极大的改善。

⑧ 产品通过国家广播电视产品质量监督检验中心检测，符合有线电视标准，可以安全合格使用，不影响现有 CATV 系统运作。

该系统也有以下一些缺点。

① 稳定性较低：相比有线宽带稳定性较低，且目前 WLAN 认证系统存在问题，可能会

出现登录失败、无法下线等问题，影响用户体验。

② 故障维护难度大：需与广电配合排查故障，且 WLAN 涉及的后台设备、系统较多，故障定位和解决耗时较长。

目前 WOC 系统自推出以来，已经成功应用于酒店的客房、酒店会议室、酒店大堂、咖啡厅、医院病房、学生公寓、别墅公寓和办公场所的无线覆盖场景。各大电信运营商也在积极研究。

2. WMC

WMC（Wi-Fi Mobile Convergence）也即 WLAN 与移动通信的融合，主要是指终端和服务融合，也是 Wi-Fi 的认证项目之一，如图 4-22 所示。目前对双模终端做核心互操作和安全方面的认证。WMC 为移动运营商带来新的发展机遇。

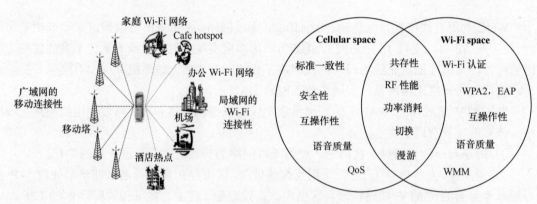

图 4-22　WMC 系统结构图

随着通信技术，无线技术的发展，针对即将大规模推广的 3G 网络，3GPP 组织、IETF（Internet Engineering Task Force，因特网工程任务组）、UMA（免执照移动访问）等多个组织先后开展 3GPP 和 WLAN 融合的研究。各国也相继提出了 WLAN 的适用协议标准。全球多家设备制造商如 Nokia、Cisco、Ericsson 等公司都投入了研发力量，并提出了移动通信运营商部署 WLAN 的方案。我国的 WLAN 与通信网络融合技术的开发也非常迅速。目前包括华为、中兴在内的多家设备制造商都已经推出了自己的解决方案。

3. WMM

在市场调研公司 Gartner 发布的 2011 年全球移动和无线市场报告中，有几个数据令人印象深刻：到 2014 年，大多数移动用户将把手机作为首要通信设备；到 2016 年，智能手机存储容量将达到 100G，相当于 2005 年桌面电脑的水平，另外，50%的智能终端将提供 3G/4G、Femtocell 和 Wi-Fi 之间的无缝漫游；到 2014 年，90%的组织将支持基于个人设备的企业应用；到 2013 年，80%的企业将支持员工使用平板设备。美国 AT&T 2012 年第 3 季度连接数量增长了 320%，这其中就检测到了 2.2 亿 Wi-Fi 用户。

为全面满足 Wi-Fi 与 3G 在技术融合方面的需要，全球 Wi-Fi 联盟（Wi-Fi Alliance）已经推出 Wi-Fi 多媒体交互认证体系——IEEE 802.e，以此作为 802.11 网络 QoS 的进一步演进和延伸。WMM（Wi-Fi 多媒体）全面定义了 4 种连接内容，其中包括语音、视频、best effort 以及 background，以此优化网络通信的质量，以保障这些应用与网络资源建立稳定连接。同时，WMM 优化了 Wi-Fi 原始终端用户的通信体验，在一个更为广泛、更为庞杂的网络环境和通信环境中，提供高质量的数据、语音、音乐、视频应用的网络连接性能。图 4-23 所示为 WMM 系统结构图。

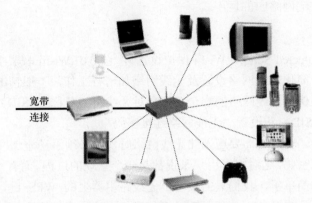

宽带
连接

图 4-23　WMM 系统结构图

4．WPA2

WPA2（WPA 第二版）是 Wi-Fi 联盟对采用 IEEE 802.11i 安全增强功能的产品的认证计划。简单一点理解，WPA2 是基于 WPA 的一种新的加密方式。

Wi-Fi 联盟是一家对不同厂商的无线 LAN 终端产品能够顺利地相互连接进行认证的业界团体，由该团体制定的安全方式是 WPA（Wi-Fi Protected Access，Wi-Fi 保护访问）。2004 年 9 月发表的 WPA2 支持 AES 加密方式。除此之外，与过去的 WPA 相比在功能方面没有大的区别。古老的 WEP 加密方式，在安全上存在着若被第三者恶意截获信号密码容易被破解的问题。但也有部分较老的设备不支持此加密方式。

为了提高安全性，IEEE（美国电气电子工程师协会）过去曾一直致力于制定 IEEE 802.11i 方式，但标准化工作却花费了相当长的时间。因此，Wi-Fi 联盟就在 2002 年 10 月发表了率先采用 IEEE 802.11i 功能的 WPA，希望以此提高无线 LAN 的安全性。

此后，到了 2004 年 6 月 IEEE 802.11i 制定完毕。于是，Wi-Fi 联盟经过修订后重新推出了具有与 IEEE 802.11i 标准相同功能的 WPA2。该联盟表示"WPA2 可以满足部分企业和政府机构等需要导入 AES 的用户需求"。

WPA2 有以下 4 个关键因素。

① 双向鉴权。WPA2 用 IEEE 802.1x（WPA2 企业版）和 PSK（WPA2 个人版）提供双向鉴权。在单向鉴权的情况下，客户端设备发送证书，如果被批准接入，客户端设备就会连上网络。双向鉴权要求客户端设备在建立连接之前验证网络证书，以防用户连上未经授权的接入点。

② 强加密。AES 是最早公开的加密机制，符合美国政府保护敏感机密信息的"要求 3"。当通过 WPA2 网络传输的数据用采用 AES 的 CCMP 算法进行加密后，就受到目前最先进的标准数据加密方法的保护。

③ 可互操作性。WPA2 是基于标准的解决方案，得到 2006 年以来接受测试的所有 Wi-Fi CERTIFIED 设备的支持。无论何种设备品牌，WPA2 都可在接入点和客户端设备支持 WPA2 的任何会话中被激活。

④ 使用简便。WPA2 不但是保护 Wi-Fi 用户的强大工具，而且容易激活。2007 年，Wi-Fi 联盟推出了独立认证项目——Wi-Fi Protected Setup（WPS）Wi-Fi 保护设置，以简化 WPA2 的配置，加速其在住宅网络中的运用。

5. WPS

WPS（Wi-Fi Protected Setup，Wi-Fi 保护设置），它是由 Wi-Fi 联盟组织实施的可选认证项目，它主要致力于简化无线网络设置及无线网络加密等工作。一般情况下，用户在新建一个无线网络时，为了保证无线网络的安全，都会对无线网络名称（SSID）和无线加密方式进行设置，即"隐藏 SSID"和设置"无线网络连接密码"。

当这些设置完成，客户端需要连入此无线网络时，就必须手动添加网络名称（SSID）及输入冗长的无线加密密码，这对很多用户来说都是一个繁琐的过程。而有了 WPS"一键加密"，这个过程就变得异常简单了，我们只需按一下无线路由器上的 WPS 键，就能轻松快速地完成无线网络连接，并且获得 WPA2 级加密的无线网络，让客户端用户可以迅速并安心地体验无线生活。

WPS 的优势：客户端自动配置网络名（SSID）及无线加密密钥。对于普通用户来说，无需了解 SSID 和安全密钥的概念就能实现安全连接；而且用户的安全密钥不可能被外人破解，因为它是随机产生的；最重要的是用户无需记忆冗长的无线加密密码，避免了忘记密码的麻烦。

WPS 的不足：WPS 是 Wi-Fi 可选认证项目，因此使用 WPS 简化网络安全配置的最基本要求就是无线接入点和客户端设备均须通过 WPS 认证；而且由于各厂商产品间存在差异，不同品牌的接入点和客户端也会出现兼容性的问题，因此建议选择同一品牌的产品。

4.4.5 WLAN 独立组网方式

WLAN 组网方式有两种：集中控制型的 Wi-Fi Mesh 网络结构和 Wi-Fi 网络结构。采用哪种组网方式主要取决于网络建设者的有线宽带接入网资源。

（1）Wi-Fi Mesh

Wi-Fi Mesh 网络由大量对等的 Mesh 节点（AP）组成，采用多跳路由和对等网络技术的组网方式，Wi-Fi Mesh 具有自组网、自维护和冗余路径等特点。在 Wi-Fi Mesh 网络中过多的路由跳转，将严重影响网络吞吐量（通常建议 2～3 跳）。Wi-Fi Mesh 节点设备大多采用 802.11b/g 协议，为了避免干扰，Mesh 节点间的通信采用 802.11a 协议，而用户接入采用 802.11b。

Wi-Fi Mesh 组网一般常用的网络结构如图 4-24 所示，不需要每个 AP 都与有线网络直接相连，比较适合有线宽带接入资源较缺乏的网络建设者采用。

在图 4-24 中，每个 Mesh 组群内构成 Mesh 网络，如图 4-25 所示。

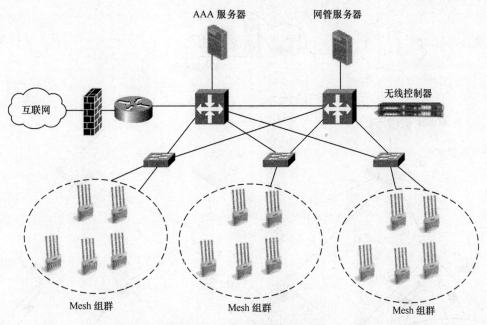

图 4-24　Wi-Fi Mesh 组网示意图

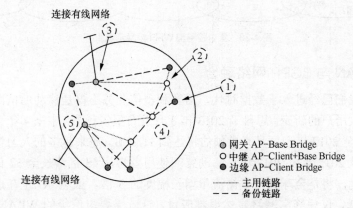

图 4-25　Wi-Fi Mesh 组群内网络示意图

可以看到，每个节点都有两条以上的上联链路。因此，正常情况节点 1 的主用链路为节点 2，节点 2 的主用路径为节点 3，然后到达有线网络。在节点 1 和节点 2 之间的链路出现故障时，节点 1 选用备用路径到达节点 4，然后通过节点 4 的主用路径到节点 5 进入有线网络。

设备商通常建议以 3 跳左右的 Mesh 组群作为一个单元进行无线网络的设计，否则严重影响数据传输速率。在每个单独的 Mesh 组群中设置一个或多个根节点 AP 接入有线网络，最边缘的 Mesh AP 节点最多不超过 3 跳就可以接入有线网络，而且每个 AP 节点都有主用和备份的链路。

（2）集中控制型 Wi-Fi

集中控制型 Wi-Fi，也即 AC+AP 组网方式。常用的组网方式如图 4-26 所示，一般每个 AP 都通过有线方式连接到 AC（无线接入控制器），允许存在个别 AP 通过无线链路桥接到另一个与有线网络相连的 AP。对于有线接入资源非常丰富的运营商来说，非常适合采用集中控制型 AC+AP 的组网方式。集中控制型 Wi-Fi 具有网络结构清晰，网管/网维灵活简便、网络安全较易保障，以及 AP 可以零配置等优点。

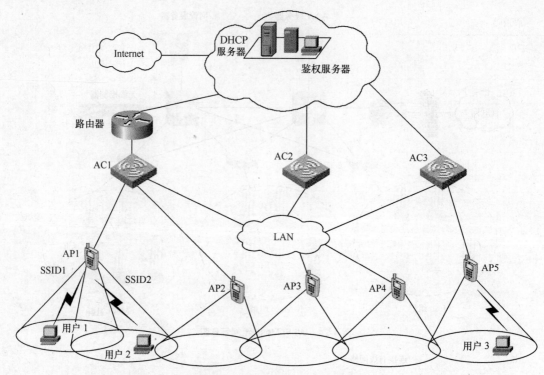

图 4-26　集中控制型 Wi-Fi 组网示意图

4.4.6　WLAN 与 3GPP 网络融合

毫无疑问，我们已经进入了数据时代，语音和短信业务不再是移动通信网络中的主角，数据业务成为广大用户的新宠。思科于 2013 年 3 月发布报告预测，未来 4 年全球移动数据流量将增长 13 倍，至 2017 年，每月流量预估将达到 11.2EB。越来越多的人习惯使用移动终端享受数据业务，从 2012 年至 2017 年，移动终端使用者将从 43 亿增长至 52 亿，全球移动数据流量的增长幅度，将是全球固网数据流量增长幅度的 3 倍。虽然 4G 正在蓬勃发展，但面对这样的流量风暴，仅凭蜂窝网络显然很难应付，这就需要电信级的 WLAN 网络发挥重要作用。

但是由于 WLAN 覆盖范围的限制，大范围的网络覆盖并不现实。覆盖场景主要在诸如学校、商务酒店、商务楼宇、机场、火车站等热点区域。据统计，网络流量 70% 以上流量来自校园热点，85% 以上流量来自笔记本终端，移动终端的使用率很低。其中主要的原因是智能终端的普及率还不高，并且终端用户接入 WLAN 较繁琐，用户接入 WLAN 需要进行单独的认证，不像 2G/3G 手机用户开机自动完成认证那样方便，WLAN 认证的便利性需要进一步提高。但是随着大屏手机和平板电脑等移动终端的普及，使用移动终端接入 WLAN 网络的需求进一步增加，认证融合的便捷性成为最主要的问题。

移动在技术研究、规划和建设施工过程中有很多的成果和经验，下面章节主要介绍移动 TD 与 WLAN 融合的案例。如果读者有兴趣的话可以阅读相关方面文章。表 4-3 给出了 3GPP 提出的融合场景及其特点和功能。场景 1 和 2 属于认证融合，场景 3 至 6 属于业务融合；当前中国移动处在场景 1，并开始进行场景 2 的建设，中国电信 C+W 处在场景 3，场景 4 受产业链限制正在开展研究。

表 4-3　　　　　　　　　　　　3GPP 提出的融合场景及其特点和功能

3GPP 场景	主要特点	统一账单	统一认证	漫游	接入 PS	切换	VoIP
场景 1	采用 Portal 认证，统一计费	√					
场景 2	实现基于 EAP-SIM/AKA 的统一认证	√	√	√			
场景 3	通过 WLAN 接入核心网 PS 域	√	√	√	√		
场景 4	网络间切换时的业务连续性，但切换过程用户可能有中断感知	√	√	√	√	√	
场景 5	无缝切换，即实现用户无感知的切换	√	√	√	√	√	
场景 6	实现 3GPP CS 业务的连续性	√	√	√	√	√	√

在现有网络融合方案中，根据 WLAN 与 TD 互联位置的不同，网络融合的实现方式主要有松耦合、网关融合和紧耦合。下面将主要通过对融合点、松耦合、网关融合、紧耦合和认证融合的介绍来给读者呈现出 WLAN 与 3GPP 融合的情况。

1. 融合点

融合点在网络中位置的不同，派生出不同的融合方案；不同融合方案的技术目标和实现难度、设备及终端的支持度、网络强壮性及网络后续演进的适应性、投资规模和保护已有投资等情况各有不同，见表 4-4。图 4-27 所示为网络结构图。

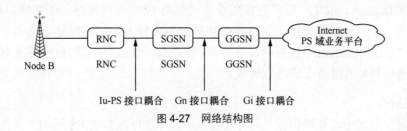

图 4-27　网络结构图

表 4-4　　　　　　　　　　　　　　　　融合场景

融合点	与蜂窝网关联度	可选方案	主要功能	3GPP 场景
Iu-PS 或 Gb 接口融合	紧耦合	UMA 方案、AP WG 方案	统一认证、接入 CS、PS 业务	场景 6
Gn 接口耦合	中耦合（网关耦合）	3GPP TTG 方案	统一认证、接入 PS 业务	场景 3
Gi 接口耦合	松耦合	3GPP PDG 方案	统一认证、接入 PS 业务	

2. 松耦合

松耦合在 3 种融合方案中融合程度最低，实现起来最简单，如图 4-28 所示。

松耦合方案中的 WLAN 是作为 TD 网络的一个补充，它只利用 TD 网络的用户数据库，而与 TD 的核心网络没有接口。二者的松耦合在 Gi 参考点进行，此时 WLAN 旁路 TD 网络。

因此 WLAN 和 TD 网络关系对等，彼此独立，各自具有不同的接入控制方式、数据路由方式、移动性支持、计费方式和安全机制。

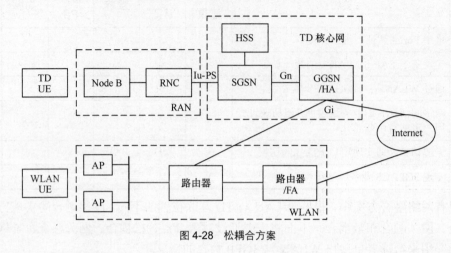

图 4-28　松耦合方案

　　该方案最大限度地保持了 WLAN 和 TD 系统各自的独立性，应用范围较广，并且采用移动 IP 实现对用户的移动性支持。移动 IP 和 TD 链路层的移动管理机制不同，它屏蔽了物理层、链路层等具体实现方式，直接对网络层进行移动管理，尽可能减少对现有 TD 和 WLAN 网络的改造，只要添加相应的 FA/HA 功能，易于实现异构网络间的切换。另外，松耦合方案中实现了 TD 用户认证信息的共享，使用户可以在 WLAN 环境下完成认证和授权，可以方便地直接接入到 Internet。但是，用户设备需要实现移动 IP 以支持网络间的切换。移动 IP 需要进行代理发现、位置登记等过程，其自身的缺陷会引起较大的切换时延，不利于实时业务的切换。而且，在进行 Internet 服务时，从外部网络发送到用户终端的数据并没有实现最佳的路由，必须通过 HA 以隧道方式进行转发。

3．网关融合

　　在网关融合方案中，互联网关是基于 Gn 接口接入 TD 核心网 PS 域的。如图 4-29 所示，TD 用户终端能够通过 TD 网络正常访问其 PS 域业务，传统 WLAN 终端也能够以标准的 IP

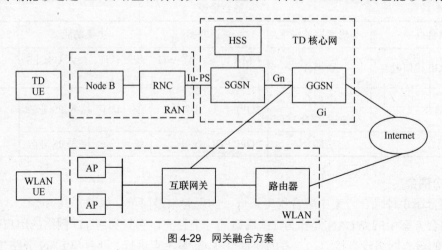

图 4-29　网关融合方案

方式访问 WLAN 提供的 Internet 业务，它们都保持了各自的独立性。只有在 WLAN 用户访问 TD PS 域业务时，才需要通过互联网关在 TD 网络和 WLAN 之间交换相关的信令和数据。和松耦合方案通过移动 IP 方式实现多用户移动性支持不同的是，网关融合方案是通过同 TD 的移动性管理以及两网间的会话为用户提供移动性支持。

网关融合方案具有以下优点。

① 在一定程度上保持了 WLAN 和 TD 网络的独立性，可以在各自的网络上，互不影响地开展业务；

② 不限制 WLAN 的归属，应用范围广，同时 WLAN 采用基于 TD 的会话和移动性管理实现系统间切换，时延较小；

③ 支持基于 TD PS 域的业务访问；

④ 包括 Internet 业务在内的大部分数据可以通过 WLAN 直接以 IP 方式向通信对端发送，在一定程度上减轻了 TD 系统的负荷。

网关融合方案的缺点如下。

① 基于 TD PS 域的业务，用户数据仍需通过反向隧道到达 GGSN；

② SGSN 路由区更新信令开销大，切换时延和分组丢失率等性能较之紧耦合方案还存在一定差距；

③ 互联网关需要实现 Gn 接口协议栈，双模终端也要在传统 TD 或 WLAN 终端的基础上进行改动，实现复杂度高；

④ 终端和互联网关的 WLAN 承载需要提供必要的 QoS 以支持 TD 业务。

4. 紧耦合

紧耦合方案如图 4-30 所示，WLAN 通过 Iu-PS 接口接入 SGSN。从核心网角度来看，与 SGSN 相连的 WLAN 网关相当于 BSC/RNC，AP 相当于 BTS/Node B。整个 WLAN 网络被视为 TD 的一个路由区，不区分是 TD 系统覆盖区域还是 WLAN 覆盖区域，即使用 SGSN 把 WLAN 的物理特性屏蔽了。为此，WLAN 网关需要确保 Iu-PS 接口以及部分空中接口协议栈的兼容，而用户终端则需要同时具备两种网络接入的能力，并动态地在网络环境变化的时候切换底层传输方式。此时，WLAN 仅作为 TD 的接入层承载，负责传送 TD 信令和数据。由

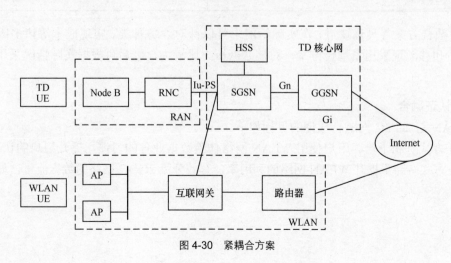

图 4-30　紧耦合方案

于 TD 接入层高层协议（如 TD Uu 接口的 RRC）和非接入层协议（SM、GMM）被保留了下来，用户在 TD 和 WLAN 覆盖区域内可以以两种方式进行分组访问：通过标准的 GPRS 附着和 PDP 上下文激活过程从 GGSN 处获取 IP 地址的方法。而且 WLAN 和 TD 系统间的切换由于 WLAN 采用单独的路由区标识，因此可由路由区更新过程实现（视为路由区间的切换）。切换过后用户的 IP 地址能够保持不变，以保证业务的连续性。

紧耦合方案基于 Iu-PS 接口接入 TD PS 域，WLAN 只作为 TD 的接入层承载，能完全利用 TD 网络的用户数据库和 AAA 系统，整个核心网并不需要作任何改动。对用户终端来说，网间切换与普通蜂窝小区切换类似，具有传输时延小、分组丢失率低、支持动态负载平衡的特点。此外，基于 TD PS 域的所有业务均可在 WLAN 环境下得到支持，且基本能够具有相同的 QoS 保证。

此方案有它自身的缺陷：WLAN 和 TD 网络融合程度太高，WLAN 只起到了接入层承载的作用，所有的信令和数据最终都要通过 TD 网络传送，未能充分发挥 WLAN 高带宽的优势，使得核心网成为了带宽的瓶颈。同时，WLAN 终端无法通过 WLAN 直接访问 Internet 服务，互联网关也需要实现必要的 TD 协议栈，实现复杂度高。

5. 网络融合方案对比

通过分析，对松耦合、网关融合、紧耦合方案总结见表 4-5。

表 4-5 3 种网络融合方案对比

方　　案	松　耦　合	网　关　融　合	紧　耦　合
实现复杂度（TD）	中	低	低
实现复杂度（WLAN）	低	中	高
组网形式	独立	部分独立	共同
切换时延	长	短	短
安全性	低	高	高
终端要求	低	中	高

3 种融合方案各具优缺点，在实际组网中可以针对业务种类、实现成本等诸多因素灵活选择。贵州移动现采用紧耦合方案，对核心网压力比较大，之后可根据实际情况采用网关耦合方案。

6. 认证融合

WLAN 与 2G/3G 网融合认证的目标如下。

认证方式有利于培养用户使用 WLAN 网络体验数据业务的习惯，提升用户的认证体验；

认证方式有利于提升 WLAN 网络的利用率，有效分流 2G/3G 网络的数据流量，如图 4-31 所示。

图 4-31　WLAN 与 2G/3G 网络认证融合发展进程

（1）PPPoE 认证

PPPoE：以太网上的 PPP（PPPoE，Point to Point Protocol over Ethernet）在以太网上承载 PPP 协议（点到点连接协议），它利用以太网将大量主机组成网络，通过一个远端接入设备连入因特网，并对接入的每一个主机实现控制、计费功能。极高的性价比使 PPPoE 在包括小区组网建设等一系列应用中广泛采用。

用户通过拨号客户端软件输入用户名及密码，采用 PPPoE 协议完成认证后，建立 WLAN 连接。该方式适用于笔记本终端，手机终端不支持，无法向业务融合演进。

（2）Portal 认证

Portal 在英语中是入口的意思。Portal 认证通常也称为 Web 认证，一般进行 Portal 认证的网站被称为门户网站。未认证用户上网时，用户会被设备强制登录到特定站点，用户可以免费访问其中的服务。当用户需要在互联网中使用其他信息时，只有通过门户网站进行认证，认证通过后互联网资源才可以被使用。

已知的 Portal 认证网站可以让用户主动访问，用户输入用户名和密码进行认证，这种 Portal 认证的方式称作主动认证。与此相对应，就有强制认证，指如果用户试图通过 HTTP 访问其他外网，将被强制访问 Portal 认证网站，从而开始 Portal 认证的过程。但是，这种认证方式需要重复输入用户名及密码，业务体验不尽如人意。Cookie 认证是在 Portal 认证基础上，通过备份用户 Cookie 信息，使用户不需要重复输入其用户名和密码，在一定程度上提升了用户 WLAN 业务体验。现有的认证方式更适合笔记本终端，手机终端的体验相对较差，认证便捷性还有待提高。

Portal 业务可以为运营商提供方便的管理功能，门户网站可以开展广告、社区服务、个性化的业务等，使宽带运营商、设备提供商和内容服务提供商形成一个产业生态系统。

现今用户仍未养成使用 WLAN 的网络习惯，大部分用户仍通过 2G/3G 网络上网，因此需要改变用户习惯，以提高 WLAN 利用率，并分流蜂窝网络的数据流量。认证问题是改变用户习惯的重中之重。现有的 Portal 认证无法向业务融合演进，不能很好地满足用户需要，因此急需一种新的认证方式来满足用户需求。（U）SIM 认证可以有效解决以上问题，为用户提供方便、便捷的上网体验。

（3）（U）SIM 认证

EAP-SIM/AKA 是 EAP 认证方法的一种实现方式，其通过用户（U）SIM 卡信息进行认证，与蜂窝认证方式相同，当用户使用 SIM 卡时，执行 EAP-SIM 认证流程，当用户使用 USIM 卡时，执行 EAP-AKA 认证流程，整个认证过程不需要用户介入任何手工操作，完全由终端自动完成，建立 WLAN 连接。

（U）SIM 认证是最佳的融合认证方式，认证便捷，符合网络融合方向，有利于后续业务开展。

（4）认证融合演进进程

以中国移动为例，目前采用二级组网方式，即 AC 双接集团和省公司 Radius 方式，WLAN 用户采用 Portal 认证，如图 4-32 所示。

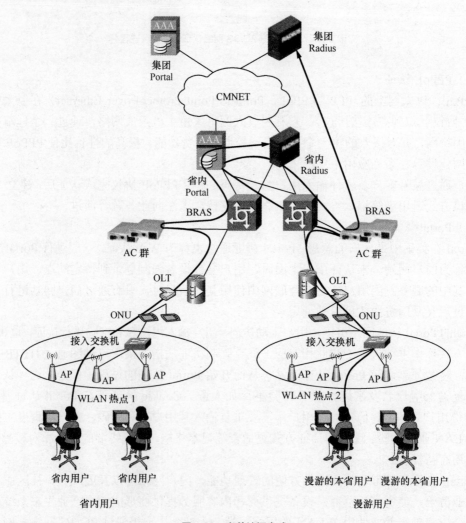

图 4-32　当前认证方式

在过渡阶段，省内用户采用 SIM 认证，漫游用户采用 Portal 认证。方式 1：采用单省二级融合组网方式，AC 双接集团和省公司 Radius。方式 2：AC 不接集团 Radius，省公司 Radius 接集团 Radius，如图 4-33 所示。

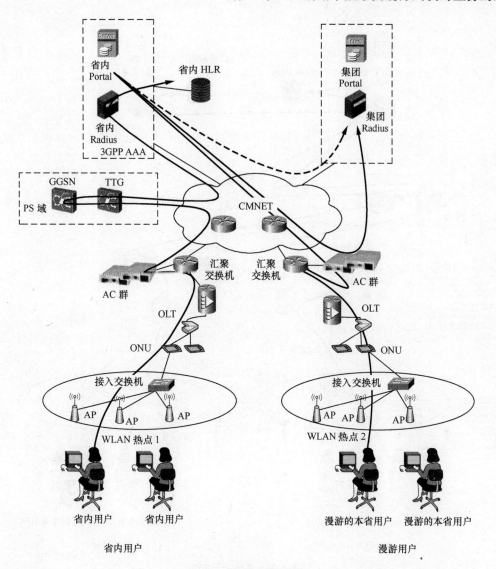

图 4-33　过渡时期认证方式

最终的目标是各省 3GPP AAA 网状网互联；省内用户、漫游用户采用（U）SIM 认证，如图 4-34 所示。

4.4.7　多技术共分布系统的问题和解决

多技术共分布式系统在建设和维护过程中会面临一系列的问题，如器件兼容问题、天线覆盖半径、合路点选择、空间双流问题和干扰问题等。下面主要重点介绍中国拥有自主知识产权的 TD 网络和 2G/WLAN 网络融合问题。

1．器件兼容问题

分布系统多技术共享是 WLAN 与 2G/3G 网络融合在无线网侧的体现，也即 WLAN、GSM、TD 及其 LTE 共用一套信号分布天馈系统。室分多技术共存节省建设成本和维护费用、共享资源，有助于实现节能减排的目标。但要实现分布系统多技术共存，还有许多问题需要解决。

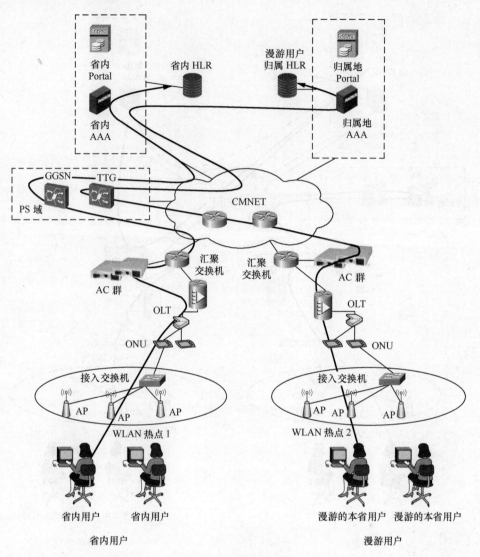

图 4-34　最终认证方式

（1）器件兼容问题描述

器件兼容问题主要表现在两个方面：器件工作频段的兼容和功率容限的兼容。

① 室分多技术共存要求无源器件的工作频率要涵盖 GSM、TD/LTE、WLAN（2.4GHz）频段，也即分布系统所用的天线及无源器件工作频带均为 800～2500MHz。但现网中还有部分站点不支持 2.4GHz 频段。

② 现网室分系统中的无源器件功率容限为 30～50W（中功率）和 100W（大功率）。在多技术共存时，有可能出现部分器件超出功率容限的问题，特别是在 TD-LTE 引入时，更应注意功率容限。

（2）器件兼容问题解决方案

① 不满足频段和功率容限要求的器件必须更换。

② WLAN 系列标准中，802.11a 工作为 5.8GHz 频段，802.11n 可以工作在 2.4GHz 和 5.8GHz 双频段。多系统合路方式只考虑 2.4GHz WLAN 合路，对于 5.8GHz 频段，由于要宽

频合路器且天线密度较小，因此对 5.8GHz AP 目前仅考虑单独布放。

③ 若原分布系统老化严重、改造成本较高，可以考虑重建一套多网共存的分布系统。

2. 天线覆盖半径

（1）天线覆盖半径问题描述

TD/2G/WLAN 各个系统所要求的覆盖指标存在差异，TD 系统的覆盖要求为-85dBm，GSM 系统的覆盖要求为-85dBm，而 WLAN 系统的覆盖要求为-75dBm，对于 802.11n，无线信号覆盖要求-70dBm。再考虑信号频率衰减特性，在同等天线口功率时，WLAN 系统最早出现覆盖受限，然后是 TD 系统，再以后是 2G 系统，2G 系统覆盖半径最大。

而原有的分布系统是以典型场景 GSM 系统的频段和覆盖特性设计的天线密度和功率，与 WLAN 系统的特点存在较大的差距。

TD 系统由于频段较高，分布系统的损耗、穿透损耗和自由空间的损耗远大于 GSM 系统，所以 TD 室内分布系统建设的主要方式是以 2G 天线分裂为主要手段的"低功率、高密度"的覆盖方式。

而 WLAN 系统的工作频段较 TD 系统高，损耗更大，同时 WLAN 系统的覆盖指标远大于 TD 系统，如何保证 WLAN 系统合路到已有的分布系统后的网络质量是一个问题。

（2）天线覆盖半径解决方案

多技术合路建设室内分布系统的主要矛盾集中在天线的覆盖半径和天线口功率。

① 在室分系统已有 TD 或已做 TD 改造，多技术共分布系统的天线覆盖半径＝min（GSM900、TD）的情形下，通过增大 WLAN 系统天线口功率实现 GSM、TD、WLAN 系统天线口功率的匹配程度，实现 WLAN、GSM 和 TD 信号的同覆盖。

② 在原室分系统没有做 TD 改造，或依然采用 2G 典型场景的天线覆盖密度的情形下，天线密度无法满足覆盖要求，WLAN 直接合路后覆盖效果无法达到网络建设目标；建议按照"低功率，高密度"的建设方式做天线分裂，多技术共分布系统的天线覆盖半径＝WLAN 覆盖半径，并匹配天线口功率。

③ 若原室分系统改造代价高，则可新建一套多技术共存的信号分布系统。天线覆盖半径＝WLAN 覆盖半径，并匹配天线口功率。

3. 合路点选择

（1）合路点选择问题描述

① 对于已经存在 2G/3G 蜂窝网络信号分布系统的场所，由于 AP 的发射功率比较低、天线口功率要求比较大，因此 AP 无法在前端机房与其他无线系统合路。

② 原有分布系统的拓扑结构和路由设计没有考虑后期 WLAN AP 合路的需求，因此在实施 AP 末端合路时，无法找到最优的合路点，使 WLAN 信号的覆盖质量、覆盖区域和容量需求同时得到满足。

（2）合路点选择问题解决方案

① 室内分布系统所有的结构全都为星形/总线型结构，多系统合路时共用的部分越长（器件越多、馈线越长），无源器件的电气特性引起的差异越不利于合路。因而在使用无源综合室内分布系统时 WLAN 系统应采用末端接入方式，即 WLAN 的接入点在靠近分布系统天线的一端接入。

② 应根据链路预算和原室内分布系统结构和路由，合理选择合路点的安装位置，在满足 WLAN 覆盖/容量要求的前提下，尽量减少合路节点；对于没有合适合路点的分布系统，要做必要的改造，使其满足 AP 合路要求。

4. 空间双流问题

对于纯新建 WLAN 热点、后期 LTE 也必然建设潜在业务量大、空间信道较好满足双流条件的站点，宜建设四网共存、LTE 和 802.11n 支持双流的信号分布系统。

（1）空间双流问题描述

绝大部分室分系统不是双路室内分布系统，802.11n 和 LTE 共享该室内分布系统时，在建设方式上不能支持空间双流，也即无法进一步提升数据空口速率。

（2）空间双流问题解决方案

随着 LTE 系统的建设步伐越来越近，对双路室内分布系统建设的呼声越来越高。建议对数据业务要求高、无线信道满足 MIMO 条件的场所（散射体丰富、多径环境），适度建设双路室内分布系统，以支持 LTE 和 802.11n（2.4GHz）的空间双流（多流）功能，实现数据速率空中接口翻倍。

支持双流的室内分布系统需要通过一副双极化天线或一对物理位置不同的普通单极化天线进行收发，从信号源到天线需要两条独立的信号通道，才能实现 2×2 MIMO 组网。对802.11n 产品来说，也可单独布放，实现双流。

（3）四网共存支持双流的室分建设

在办公室和会议室等较为封闭多径的场所采用一对单极化天线建设双通道室内分布系统时，由于电磁波信号接收相关性随着一对天线间距的增长而减小，建议一对天线布放间距大于 4 个波长（约 50cm），如图 4-35 所示。

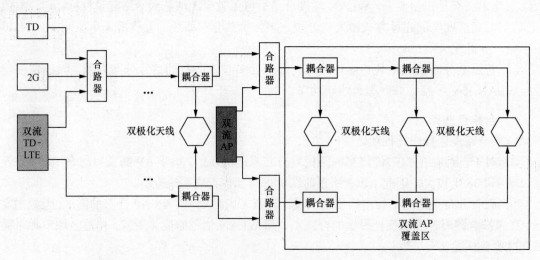

图 4-35 室分建设场景一

在狭长走廊，由于 Key-hole 效应的存在，天线接收电磁波相关性较大，在进一步增大放置间距（达到 6 个波长以上）的同时，应确保一对天线的排列方向垂直于走廊方向，以降低天线相关性，如图 4-36 所示。

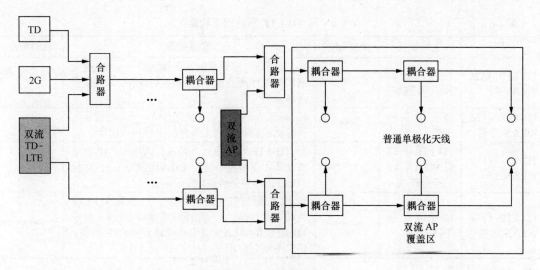

图 4-36　室分建设场景二

在已有室内分布系统双路改造和新建双路室内分布系统时，应保证两路通道的功率平衡（两路馈线长短不一致，两通道上无源器件的插损不一致），否则会造成系统性能的下降。如有需要，应在通道衰减少的那一路加装衰减器。

5．干扰问题

（1）干扰问题描述

由于多系统共存，必然存在系统间的加性噪声干扰、交调干扰、阻塞干扰、杂散干扰等。任何其他系统的离散型干扰对扩频系统而言都可化作噪声的增加从而转化成系统容量的下降或覆盖区减小。

（2）干扰问题解决方案

通过提高多系统间的隔离度可规避多技术共室内分布系统带来的加性噪声干扰、交调干扰、阻塞干扰和杂散干扰等。WLAN 信号和 GSM/TD-SCDMA 的信号是通过特定的合路器（带外耦合损耗能够达到 90dB 左右）来进行合并和实现干扰隔离的，合路器包含以下两个滤波器。

① 与 WLAN 基站相连的滤波器，用于降低 WLAN 发射机的带外杂散干扰，同时也滤除对 WLAN 基站接收机来说是干扰的带外信号，这些干扰信号频点集中在 2110～2170MHz。

② 与 GSM/TD-SCDMA 基站相连的滤波器用于滤除对 GSM/TD-SCDMA 基站接收机来说是带外的阻塞干扰信号，这些干扰信号频点集中在 2400～2500MHz。

若合路器不具有该性能，也可在 WLAN 信号接入室内覆盖系统前增加滤波器，改善 WLAN 设备的频谱泄漏以满足共存要求。

（3）WLAN 与 TD-LTE 系统间干扰

WLAN 采用 CSMA/CA 技术，工作在 2.4～2.4835GHz；TD-LTE 采用 TDD 技术，依据目前的频谱计划，TD-LTE 可能工作于 2.32～2.37GHz，两系统间有 30MHz 的频带隔离；因此 WLAN 与 TD-LTE 系统间不存在邻频干扰，但存在交叉时隙干扰，且无法协调，见表 4-6。

表 4-6 WLAN 与 TD-LTE 系统间干扰表

干扰方	主导干扰	干扰程度	规避措施	规避难度
TD-LTE 基站 WLAN AP	相互间杂散和阻塞干扰	**	1. 分别布放室分系统，天线间距 1m，且增大系统间工作频点间距；2. 共室分系统，采用合路器隔离	**
TD-LTE 基站 WLAN 终端	相互间杂散干扰	***	1. 相距 2m 以上；2. 优化基站杂散指标或加装外部滤波器，且增大系统间工作频点间距	**
TD-LTE 终端 WLAN AP	TD-LTE 终端对 WLAN AP 的杂散干扰	****	1. TD-LTE 终端上行功控；2. WLAN AP 加装滤波器，或增大系统间工作频点间距；3. 优化 TD-LTE 终端杂散性能	****
TD-LTE 终端 WLAN 终端	相互间杂散干扰	*****	1. 增大系统间工作频点间距；2. 优化 TD-LTE 终端杂散性能；3. 允许降低灵敏度；4. 对于 TD-LTE 和 WLAN 双模终端或双模 CPE 来说，建议不同时使用	*****

4.4.8　WLAN 工程相关和扩容解决方案

1. 链路预算

（1）传播模型

由于 AP 在室外覆盖范围在几百米范围内，因此通常 AP 在开放空间可以采用自由空间传播模型，2.4GHz 自由空间电磁波的传播路径损耗符合：

L_0（dB）$=92.4+20\lg$（d（km））$+20\lg$（f（GHz）），其中 L_0 为自由空间损耗；d 为传输距离；f 为工作频率。

在室内环境下，通常可以选取衰减因子模型作为室内无线传播模型，其表示式为：

$$PL(d)[\text{dB}] = PL(d_0) + 10n\lg(\frac{d}{d_0}) + FAF$$

其中 $PL(d_0)$ 为 $d_0=1\text{m}$ 处的自由空间路径损耗，当频率为 2.4GHz 时，其值为 40dB；n：衰减因子，与传播环境有关（见表 4-7）；FAF：附加衰减，指由于楼板、隔板、环境与衰减因子表墙壁等引起的附加损耗。

表 4-7 环境与衰减因子关系表

环　　境	衰减因子 n 典型值
自由空间	2
全开放环境	2.0～2.5
半开放环境	2.5～3.0
较封闭环境	3.0～3.5

由于 AP 功率较小，WLAN 覆盖范围也较小，覆盖范围受到建筑物内部设施、房间分隔的影响，实际应用中一般以不穿透墙或只穿透一堵墙为宜。

（2）天线口功率

依据 WLAN 终端在无干扰条件下接收电平值所能获得的最大传输速率表，见表 4-8。在室内分布系统融合组网中，WLAN 信号覆盖的边缘场强取 −75dBm 作为设计标准较为合理，对应的传输速度为 36Mbit/s。

表 4-8　　　　　　　　　　无干扰条件下接受电平值对应最大传输速率表

传输速率	接收电平（典型值）	传输速率	接收电平（典型值）
6Mbit/s	−86dBm	24Mbit/s	−79dBm
9Mbit/s	−85dBm	36Mbit/s	−75dBm
12Mbit/s	−84dBm	48Mbit/s	−70dBm
18Mbit/s	−81dBm	54Mbit/s	−69dBm

图 4-37 所示是−75dB 下所对应的天线功率图，发射天线口功率可以通过公式算出来，具体公式为：发射天线口功率=用户接收灵敏度−接收天线增益（取 0dB）+快衰落等干扰余量（取 10dB）+空间路径损耗−发射天线增益（2dB）。

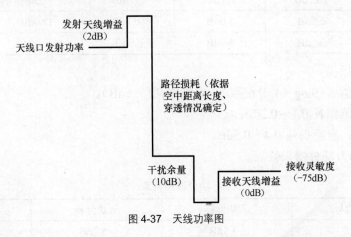

图 4-37　天线功率图

通常情况下天线口功率设计为 10～15dBm，能够保证在覆盖区的边缘有较好的数据速率。依此计算，在室内分布系统中 500mW 的 AP 大约可接 8 副天线（理论上可到 16 副天线，但要核算用户并发用户数），100mW 的 AP 大约可接 4 副天线，表 4-9 是天线口功率对应的空间路径损耗和覆盖半径表。

表 4-9　　　　　　　　　　空间路径损耗和覆盖半径表

天线口功率（dBm）	穿　　墙	空间路径损耗（dB）	覆盖半径（m）
10	不穿墙 FAF=0dB	77	22
12		79	26
14		81	31
15		82	33
10	穿一堵普通砖墙 FAF=12dB	77	8
12		79	10
14		81	11
15		82	12
10	穿一堵钢筋混凝土墙 FAF=20dB	77	4
12		79	5
14		81	6
15		82	6

2．工程经验

在 WLAN 工程建设施工过程中积累了很多建设经验，下面重点介绍馈线损耗、功分器插损、耦合器插损、天线点位设计和天线覆盖半径等经验。

（1）馈线损耗

表 4-10 所示为馈线损耗表。

表 4-10　　　　　　　　　　　　　　馈线损耗表

频段	800MHz	900MHz	1900MHz	2100MHz	2400MHz
8D 馈线	13.1dB	14.0dB	22.2dB	23.8dB	26.0dB
10D 馈线	10.2dB	11.1dB	17.7dB	18.5dB	21.0dB
1/2′硬馈	6.5dB	7.0dB	10.7dB	11.0dB	12.1dB
7/8′硬馈	3.6dB	3.9dB	6.0dB	6.2dB	6.9dB

（2）功分器插损

功分器插损值＝10log（1/分配数）－自然损耗值（dB）。

腔体式：自然损耗 0.1～0.2dB；

微带电路式：自然损耗 0.4～0.5dB。

表 4-11 所示为功分器损耗表。

表 4-11　　　　　　　　　　　　　　功分器损耗表

功分器类型	二功分器	三功分器	四功分器
微带电路式	−3.5dB	−5.2dB	−6.5dB
腔体式	−3.2dB	−5.0dB	−6.2dB

（3）耦合器插损

耦合器耦合端插损值计算：插损值＝− 耦合度− 自然损耗值（dB）；

耦合器直通端插损值计算：插损值＝10log[1−10^（−耦合度/10）]−自然损耗值（dB）。

腔体式：自然损耗 0.1～0.2dB；微带电路式：自然损耗 0.4～0.5dB。

表 4-12 所示为耦合器损耗表。

表 4-12　　　　　　　　　　　　　　耦合器损耗表

常用耦合器直通端插损	5dB	6dB	7dB	10dB	15dB	20dB
微带电路式	−2.1dB	−1.7dB	−1.4dB	−0.9dB	−0.5dB	−0.5dB
腔体式	−1.8dB	−1.4dB	−1.1dB	−0.6dB	−0.3dB	−0.2dB
大功率耦合器	25dB	30dB	35dB	40dB	45dB	/
直通端插损值	−0.2dB	−0.2dB	−0.2dB	−0.2dB	−0.2dB	/

（4）天线点位的设计

天线点位设计要遵循以下原则。

① 走廊、大厅吊顶内，易于布线；

② 检修口附近，易于维护；

③ 远离柱子、钢筋混凝土墙等；

④ 位置低于横梁、金属吊顶、金属风管等;

⑤ 覆盖半径内直射、穿射,避免斜穿、绕射。

（5）天线覆盖半径的设计

天线覆盖半径建设原则如下。

① 室内空旷区域：12～20m;

② 商场型区域：10～15m;

③ 写字楼型：8～12m;

④ 宾馆型：6～10m。

3. 建设策略

试验表明：802.11n 在覆盖、性能、容量等多个方面均到达或者超过 802.11g,应大力推广。对于网络需求高的热点,应直接使用 11n 设备进行建设。在 11n 建设过程中,采取如下策略。

（1）双流

双流的实现严重依赖于空间信道环境,对于空间环境散射体丰富的场所,可建设双流室分系统或独立布放双流 AP,实现空间双流。

① 在仅有单流线路的室分合路条件下,使用单流模式;

② 在有双流线路的室分合路及单独放装建设中尽量使用单双流自适应模式;

③ 在新建的室分系统中,有业务发展需要且空间信道环境适宜的场所,要优选考虑发展 802.11n 与 LTE 共用的双路室分系统;

④ 在设备和系统具备双流能力时,将 AP 工作状态设置为单双流自适应。

（2）信道捆绑

通常 2.4GHz 频段存在较多干扰,建议采用 20MHz 带宽进行组网,选择 1、6、11 三个互不重叠的信道。在允许中国移动独立布网、干扰较少,且 AP 数量较少、只需要使用 1～2 个频点组网的环境,可采用 40MHz 或一个 20MHz 和一个 40MHz 频段组网。由于 5.8GHz 频段总体干扰较少,可采用两个 40MHz 和一个 20MHz 三个信道组网（与 2.4GHz 三个信道对应）;在干扰较少、AP 数量较少或链状部署的情况下,采用一个或两个 40MHz 组网方案;在 AP 密集部署,干扰不易控制时可采用 5 个 20MHz 信道组网。

（3）用户容量

11n 用户限速为 2Mbit/s,单 11n AP 以可支持并发用户约 25 个。

（4）配套

统筹考虑 802.11n 设备所需配套系统的改造和更新,对于部分耗电量较高的设备改用 PoE+交换机或者独立供电模块;综合考虑用户未来发展、实际用户数、11n 的容量等,核算热点传输需求,推进传输承载系统的升级。11n 单 AP 在双流、40MHz 信道和较少干扰时吞吐量可达 200Mbit/s 以上,故 AP 上行热点交换机须采用吉比特端口。

（5）混合模式

用户为 g、n 混合模式时,n 用户速率仍高于 g 用户速率;网络内随 n 用户比例上升,AP 侧总吞吐量呈上升趋势;故与其他运营商共存时,建议使用 11n AP。

（6）边缘场强

建议 11n 边缘场强为-75dBm;在高速业务需求强盛的场所,建议边缘场强为-70dBm。

4．频率规划

（1）2.4GHz

WLAN 802.11b/g 工作在 2.4GHz 频段，频率范围为 2.400～2.4835GHz，共 83.5MHz 带宽，划分为 13 个子信道，每个子信道带宽为 22MHz，如图 4-38 所示。该频段存在较多干扰，802.11n 工作于该频段时，一般采用 20MHz 带宽进行组网，选择 1、6、11 三个互不重叠的信道。

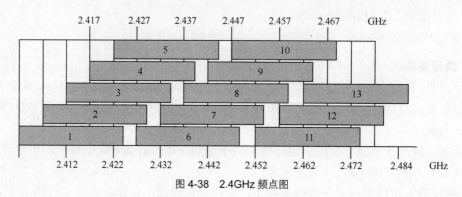

图 4-38　2.4GHz 频点图

（2）5.8GHz

802.11a 和 802.11n 可工作于 5.8GHz 频段，其频率范围为 5.725～5.850GHz，共 125MHz 带宽，划分为 5 个互不重叠信道，每个信道带宽为 20MHz。5.8GHz 频段相对干扰较少，802.11n 可采用两个 40MHz、一个 20MHz 组网方案（与 2.4GHz 三个频点对应）及 5 个 20MHz 频段组网（AP 部署密集时）；建议在干扰 AP 较少或仅允许独立运营商布网时，802.11n 采用一个或两个 40MHz 组网。图 4-39 所示为 5.8GHz 频点图。

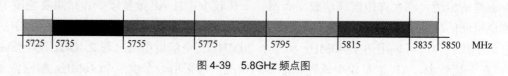

图 4-39　5.8GHz 频点图

5．干扰分析

（1）与蜂窝网路间干扰

从理论干扰上来讲，共址站之间的干扰主要分为三部分：杂散干扰、阻塞干扰和互调干扰。接收机灵敏度的下降通常是由于干扰的引入，为了确保得到较好的系统性能，必须尽可能减小或避免接收机侧的 3 种干扰，两个同址系统内的天线必须要保证有较好的隔离度。

为了对抗这 3 种干扰，一般来说，工程上应遵守以下准则。

① 被干扰基站从干扰基站接收到的杂散辐射信号强度应与接收噪声底限之间留出 10dB 的余量。

假设被干扰基站的接收噪声底限是 N_B（dBm），干扰基站的杂散辐射对于被干扰基站的接收机的噪声功率为 N_I（dBm），则被干扰基站自身的噪声和杂散干扰引入的噪声的功率之和为：$P_{Total} = 10\log(10^{\frac{N_B}{10}} + 10^{\frac{N_I}{10}})$（dBm）。当 $N_I = N_B - 10$ 时，由被干扰基站引入的噪声恶化量为：

$$P_{\text{Total}} - P_{\text{B}} = 10\log\left(\frac{10^{\frac{N_{\text{B}}}{10}} + 10^{\frac{(N_{\text{B}}-10)}{10}}}{10^{\frac{N_{\text{B}}}{10}}}\right) = 10\log 1.1 = 0.41\text{dB}$$

0.41dB 的噪声恶化量不会明显地影响被干扰系统，因此杂散辐射信号会在接收机处比它的接收噪声底限的强度低 10dB。

② 依第一条准则类推，被干扰基站生成的三阶互调干扰电平应比接收噪声底限低 10dB。

③ 受干扰站从干扰站接收到的总载波功率应比接收机的 1dB 压缩点低 5dB，这主要是因为工程上为了避免放大器工作在非线性区，常把工作点从 1dB 压缩点回退 5dB。

如果系统间的隔离度能够满足以上准则，受干扰系统的接收机的灵敏度将只有 0.5dB 左右的损失，绝大多数通信系统都可以接受这一结果。一般来说，3 种干扰中最严重的是杂散干扰，只要杂散干扰能够避免，阻塞干扰和互调干扰一般也可以避免。

（2）杂散干扰隔离度计算

被干扰系统的天线连接处接收到的杂散干扰按以下公式进行计算：$I_{\text{B}} - 10\log(W_{\text{B}} = C_{\text{TX}} - E_{\text{杂散隔离度}} - 10\log(W_{\text{A}}))$，其中 I_{B} 为干扰基站天线连接处接收到的干扰电平；C_{TX} 为干扰基站天线连接处输出的杂散辐射电平；$E_{\text{杂散隔离度}}$ 为隔离度；W_{A} 为干扰电平的可测带宽；W_{B} 为被干扰系统的信道带宽。

目前 GSM 基站接收机的噪声系数 N 都能做到 5dB，接收机的天线口的等效底噪为：$-174 + 10\log f + N = -174 + 10\log（200\times1000）+ 5\text{dB} = -116\text{dBm}/200\text{kHz}$，其中 f 为 GSM 系统信道带宽。为了将 WLAN 杂散辐射对 GSM900 灵敏度的影响降低到一定的程度，一般要求落入 GSM900 接收机的杂散必须小于接收机底噪 10dB，即 $-116 - 10 = -126\text{dBm}/200\text{kHz}$。

按照我国信部无[2002]353 号文要求，WLAN 在 GSM 工作频段上杂散发射 $\leqslant -30\text{dBm}/1\text{MHz}$。因此，WLAN 对 GSM 系统的干扰隔离度应不小于：

$$E_{\text{杂散隔离度}} = C_{\text{TX}} + 10\log\left(\frac{W_{\text{B}}}{W_{\text{A}}}\right) - I_{\text{B}} = -30 + 10\log\left(\frac{200\text{k}}{1\text{M}}\right) - (-136) = 89\text{dB}$$

表 4-13 为杂散干扰表。

表 4-13　　　　　　　　　　　　　　　杂散干扰表

干扰系统 ＼ 被干扰系统	GSM	DCS	TD-SCDMA	LTE	WLAN
GSM		46	32	83	86
DCS	38		32	83	86
TD-SCDMA	34	42		31	86
LTE	36	44	59		86
WLAN	89	88	88	87	

对于多技术共室内分布系统而言，无法通过空间水平距离的隔离来达到隔离度的要求，一般需要利用合路器的隔离度来保证，建议合路器的隔离度为 90dB。

对于室外共址系统,可以增加天线间空间距离或利用楼顶建筑物隔离等达到隔离度要求,若还不能到达隔离度要求,可在接收端和发射端加装隔离滤波器。

（3）与同频段系统间干扰

2.4～2.4835GHz 频段为免照的共用频段,除了 WLAN,还有蓝牙技术、无绳电话、无线 USB、无线电定位技术等工作于该频段。因此同频段系统间的干扰主要来自以下几个方面。

① WLAN 系统内的干扰:主要来自于中国移动 WLAN 网络内相邻小区（覆盖区）间的邻道干扰和相隔小区（覆盖区）间的同频干扰。

② WLAN 系统之间的干扰:主要来自于其他运营商和业主的 WLAN 网络间的干扰。

③ 同频段其他技术系统间的干扰:来自于蓝牙技术、无绳电话、无线 USB、微波炉（2450GHz）等工作于该 2.4GHz 频段设备的干扰。

6. 扩容

WLAN 系统内的干扰与 WLAN 系统之间的干扰都是 WLAN 技术体制内的干扰,体制内的干扰主要通过频率规划、频率协调、优化 AP 发射功率和增加隔离来解决。

同频段的其他系统一般不持续工作,可敬告用户使用 WLAN 时应错时或远离正在使用中的同频段其他系统,避免干扰。

WLAN 无线网络的扩容主要以下几种方式,以及这些方式的灵活组合运用。涉及新增 AP 的方式,一定要做好频率协调和干扰评估。

（1）增加单 AP 吞吐量

对干扰导致 AP 吞吐量下降的情况,可以在 AP 端安装滤波器设备或优化频点,减少同、邻频带来的干扰,增加单 AP 的吞吐量;适当降低单 AP 的发射功率,避免相邻楼层、相邻楼宇间的干扰。该方法以优化为主,容量提升有限,在设备或配套资源受限的情形下可采用。

（2）简单增加 AP

对于直放 AP 情形,调整原 AP 的覆盖范围,增加新 AP,共同完成原区域的覆盖;对于覆盖区域较小的情形,也可直接放置异频 AP,新、旧 AP 同覆盖。

（3）合路增加 AP

对于合路室分系统的情形,可采用分频分段技术,将原有的室分系统在支路中分成多段,在每段合路新增 AP（前提条件是分布系统可分段）。对于覆盖区域较小的情形,可采用专用合路器来合路两个或多个其他频点的 AP。

（4）用 11nAP 代替

对于原采用 11b/g 标准 AP 的情形,可以用频段 11n 标准 AP 替换;即使没有双流和信道捆绑,11n 也比 11g 吞吐量提高近 1 倍。在新设备没有安装空间时,可采用。

（5）5.8GHz AP 应用

保持原有 2.4GHz WLAN 系统,实现较广区域的覆盖,在数据业务密集区域布放 5.8GHz 频段 802.11n 的 AP,尽可能设置为单双流自适应和 40MHz 信道。该方式比较简单有效,但也有赖于支持 5.8GHz WLAN 终端普及率的进一步提高。

（6）单通道改双通道

在改造成本较低、且无线信道环境较好满足双流要求的场所,将原来单通道分布系统改造为双通道分布系统,实现空间双流,增加系统容量。

7. 传输

目前，传输网络承载 WLAN 业务的部署关键在于 AP 业务的回传上。目前的回传技术主要包括 MSTP、GPON、PTN 和光纤直驱等方式。

（1）MSTP 方式承载 WLAN 业务

目前 WALN 业务主要通过 MSTP 承载，在骨干汇聚点进行端口汇聚，以 VLAN 进行业务区分，每条 FE 电路中为 3～5 个 WALN 热点的用户，通过独立的传输连接至 WLAN 承载网的汇聚交换机，如图 4-40 所示。但是，由于骨干汇聚点端口数量有限，这种承载方式已经无法满足 WLAN 业务全面铺开的资源需求。

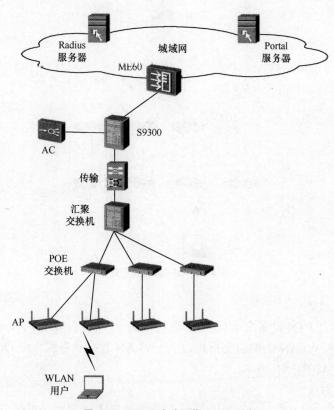

图 4-40　MSTP 方式承载 WLAN 业务

（2）GPON 方式承载

WLAN 业务属于低 QoS 业务，GPON 采用 GEN 封装格式，本身支持以太数据的传送，并且具有较高的传送效率，所以 WLAN 业务非常适合通过 GPON 来承载。

在网络拓扑结构上，GPON 网络也顺应着 WLAN 业务的发展。GPON 通过共享城域网的接入资源，使用城域网多业务交换机分流至 WLAN 承载网汇聚交换机，并且多业务分流交换机与 WLAN 汇聚交换机已建立大量 GE 连接。WLAN 热点接入 GPON 网络后，通过 GE 接口上联至多业务分流交换机，直接可以经多业务分流交换机接入 WLAN 承载网，实现 WLAN 业务的快速开通，如图 4-41 所示。

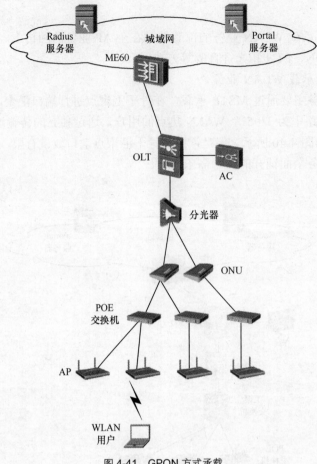

图 4-41　GPON 方式承载

（3）PTN 方式承载

WLAN 热点通过 PTN 设备来承载，AP 通过末端 PTN 设备接入 PTN 后，经汇聚点 PTN 设备以 GE 形式接入 WLAN 汇聚层交换机，由于 WLAN 数据业务属于低 QoS 业务，所以 PTN 方式承载基本满足 AP 的回传业务。

（4）光纤直驱方式

由于高速的热点例如郊区校园热点覆盖，目前主要是通过裸光纤直驱方式接入 WLAN 汇聚交换机。由于 AP 回传带宽要求较高，如果采用设备来承载，需占用大量高带宽的传输通道，在目前传输资源紧张的情况下是不利的。

4.4.9　WLAN 与 2G/3G/LTE 融合组网建设案例

1. 高校

高校是年轻人高度聚集的场所，人员成千上万，手机拥有率可达 100% 以上，且普遍开通数据业务；同时在大学中高年级学生中笔记本电脑的普及率也非常高，上网的需求非常巨大。分析大学生的上网行为，可以发现宿舍是大学生上网的主要场所，图书馆和教室一般比较少，在体育馆以及室外更少。高校重点覆盖宿舍楼、教学楼、图书馆和其他按需覆盖的场所，如图 4-42 所示。

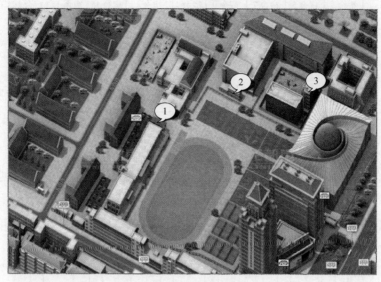

图 4-42　·高校场景

学校宿舍楼的建筑结构一般有走廊单边宿舍、走廊双边宿舍以及小区套间结构。建筑材质一般以钢筋混凝土为主；外侧有较大窗户，屏蔽效应较弱；无线信号从走廊穿透宿舍的损耗中等，无线网络覆盖重点是宿舍区每个房间。

教学楼、自习室建筑结构一般有走廊单边、走廊双边教室，室内结构简单、空旷。建筑材质一般以钢筋混凝土为主，木门；外侧窗户较大，屏蔽效应较弱；无线信号直接从走廊穿透教室的损耗中等。无线网络覆盖重点是教学楼每间教室。

图书馆一般室内结构简单、空旷；外侧窗户较大，屏蔽效应较弱。WLAN 信号主要覆盖阅览室、自习室和借阅室等区域。

通常高校的宿舍楼一般没有蜂窝网络室内分布系统，在没有有线宽带的时候，无线上网需求非常大，因此 WLAN 建设是以容量满足为主，可采用室内 AP 直接覆盖和 WLAN 独立分布系统等建设方式。

教学楼通常也无蜂窝网络室内分布系统，无线上网的需求相对较少，因此 WLAN 建设主要以覆盖满足为主，可采用 WLAN 独立分布系统和 AP 合路分布系统等建设方式。

图书馆很有可能建设蜂窝网路室内分布系统，无线上网有一定需求，因此 WLAN 建设主要以覆盖满足为主，可采用 AP 合路分布系统、室内 AP 直接覆盖等建设方式。

宿舍楼：尽管天线走廊安装要比房间内或室外安装（室外 AP 覆盖室内）的穿透损耗大，但是考虑安装维护方便和设备寿命等因素，宿舍楼 AP 及其天线还是安装在室内走廊为佳。

对于宿舍楼房间信号穿透损耗相对较小（如采用木质门）、6 人以下的宿舍，可采用 WLAN 独立分布系统和全向吸顶天线进行覆盖。建议采用 2.4GHz 802.11n AP，以吊顶安装为主。如果是单边宿舍，则图 4-43 中的全向天线换为定向天线。

对于宿舍楼房间信号穿透损耗相对较大（如实心水泥墙体等）、房间开间较大、8 人左右的宿舍，可采用室内 AP 直接覆盖，如图 4-44 所示。建议采用双频单双流自适应 802.11n AP，可壁挂安装或吊顶安装。

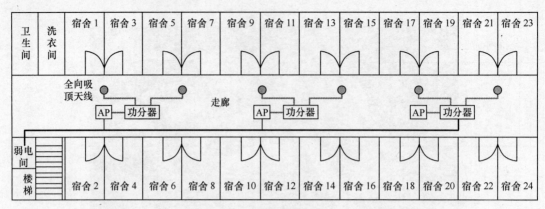

图 4-43　宿舍 1

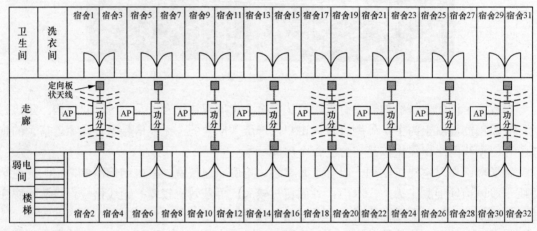

图 4-44　宿舍 2

对于宿舍楼房间信号穿透损耗较大（如实心水泥墙体或靠门处有卫生间等）、房间纵深较大的宿舍，可采用 WLAN 独立分布系统和定向板状天线进行覆盖。建议采用 2.4GHz 802.11n AP，以吊顶安装为主，如图 4-45 所示。

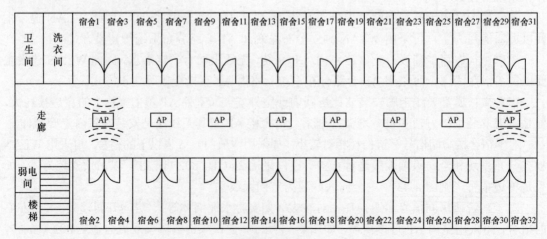

图 4-45　宿舍 3

教学楼：尽管天线走廊安装要比教室内或室外安装的穿透损耗大，但是考虑安装维护方便和设备寿命等因素，教室楼 AP 及其天线还是安装在室内走廊为佳，如图 4-46 所示。

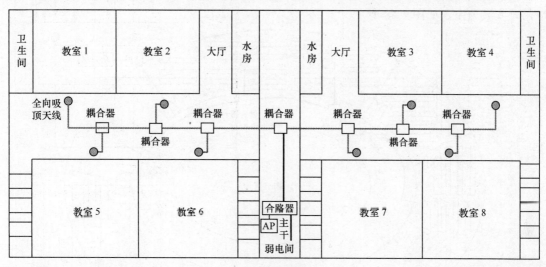

图 4-46　教学楼 1

若该教学楼没有蜂窝网络室内分布系统，则可采用 AP 合路室分系统的建设方式，新建一套 WLAN 与 2G/3G/LTE 网络融合的教学楼室内分布系统；若已有，且器件和天线覆盖半径满足兼容要求，则选择合适的合路点，AP 合路原有室分系统。建议采用 2.4GHz 802.11n AP，以吊顶安装为主。

如没有必要建设教学楼四网融合的室内分布系统或已有室内分布系统改造成本巨大，也可采用 WLAN 独立分布系统的建设方式。建议采用 2.4GHz 802.11n AP，以吊顶安装为主，如图 4-47 所示。

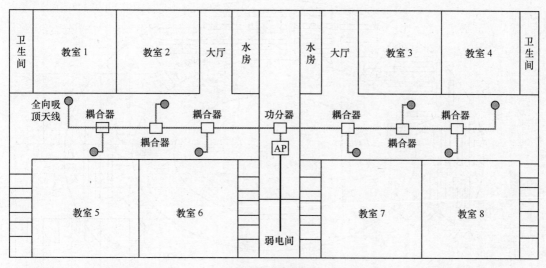

图 4-47　教学楼 2

图书馆：有别于教室和宿舍，应尽量将天线安装在房间内。

若该教学楼没有蜂窝网络室内分布系统，则可采用 AP 合路分布系统的建设方式，新建一套 WLAN 与 2G/3G/LTE 网络融合的教学楼室内分布系统；若已有，且器件和天线覆盖半径满足兼容要求，则选择合适的合路点，AP 合路原有室分系统。建议采用 2.4GHz 802.11n AP，以吊顶安装为主，如图 4-48 所示。

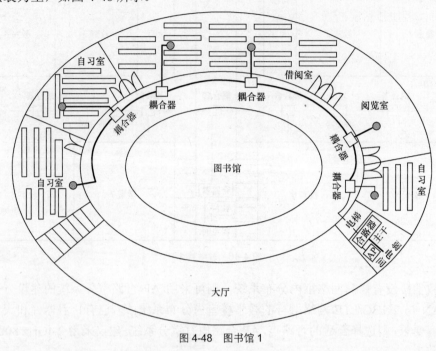

图 4-48　图书馆 1

如没有必要建设图书馆四网融合的室内分布系统或已有室内分布系统改造成本巨大，也可采用室内 AP 直接覆盖的建设方式。建议采用双频单双流自适应 802.11n AP，以吊顶安装为主，如图 4-49 所示。

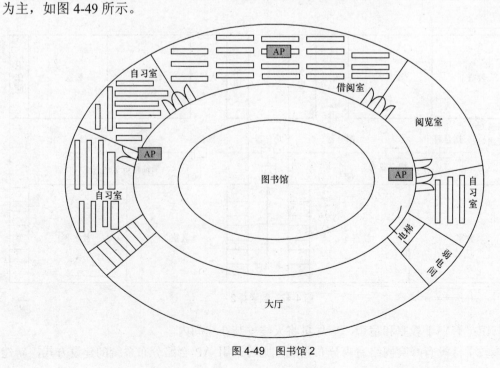

图 4-49　图书馆 2

2．办公写字楼

办公写字楼是人员密集的办公场所，对蜂窝网络的需求较大，也存在一定的 WLAN 应用需求，因此 WLAN 建设以覆盖为主。办公写字楼的平层结构一般有开放型和隔断型两类。建筑内部材质以轻质材料隔断为主，无线信号穿透损耗较小，无线网络覆盖重点是办公区域和公共区域。

通常办公写字楼应该建设有蜂窝网络室内分布系统，因此 WLAN 建设一般采用 AP 合路分布系统的建设方式。对于小型办公区也可采用室内 AP 直接覆盖的建设方式。

若该办公写字楼没有蜂窝网络室内分布系统，则可采用 AP 合路分布系统的建设方式，新建一套 WLAN 与 2G/3G/LTE 网络融合的室内分布系统；若已有，且器件和天线覆盖半径满足兼容要求，则选择合适的合路点，AP 合路原有室分系统。建议采用 2.4GHz 802.11n AP，如图 4-50 所示。

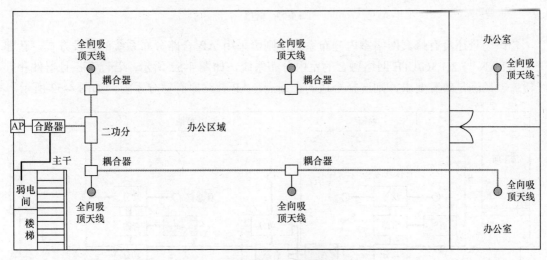

图 4-50　办公写字楼

3．商场

商场一般楼层面积大，无隔断或轻质隔断，隔断穿透损耗较小。无线网络覆盖重点是商铺区域。商场一般已有 GSM/TD 室分系统，WLAN 建设初期以覆盖为主。商场用户主要为经营业主和流动人口，存在一定的 WLAN 业务需求。该场景 WLAN 建设一般采用 AP 合路分布系统，根据面积大小来确定 AP 数量，合理设计分布系统的主干和分支。

若该商场没有蜂窝网络室内分布系统，则可采用 AP 合路室分系统的建设方式，新建一套 WLAN 与 2G/3G/LTE 网络融合的室内分布系统；若已有，且器件和天线覆盖半径满足兼容要求，则选择合适的合路点，AP 合路原有室分系统。建议采用 2.4GHz 802.11n AP，AP 安装在天花板上，如图 4-51 所示。

4．车站、机场等候大厅

车站、机场等的等候大厅一般单体面积巨大，室内净空较高、结构简单、空旷，平层内部建筑隔断较少。该类场所一般人群巨大、流动性大，蜂窝移动通信需求大，因此一般都建设有蜂窝网络分布系统。在等候期间，商旅人士和年轻休闲客均有一定的上网需求。

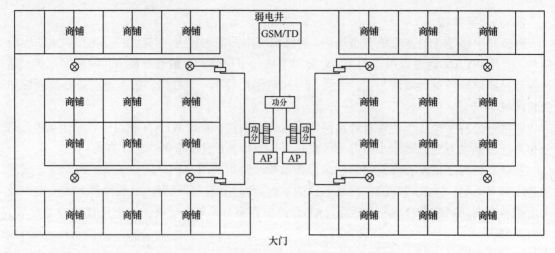

图 4-51　商场

若该场景还没有蜂窝网络室内分布系统，则可采用 AP 合路分布系统的建设方式，新建一套 WLAN 与 2G/3G/LTE 网络融合的室内分布系统，如图 4-52 所示；若已有，且器件和天线覆盖半径满足兼容要求，则选择合适的合路点，AP 合路原有室分系统，如图 4-53 所示。

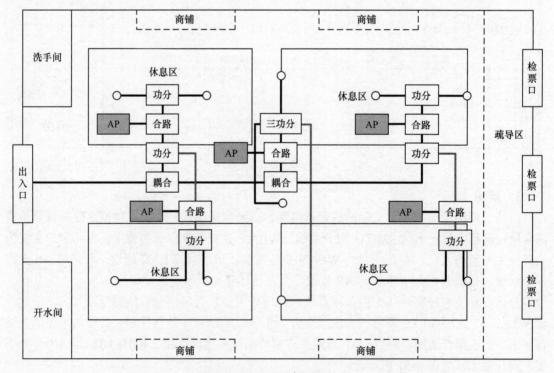

图 4-52　车站、机场等候大厅 1

车站、机场等候大厅的 WLAN 建设通常以覆盖为主，为了避免相互间的干扰，尽量采用 AP 链式部署。机场候机大厅通常上网需求更大，高端用户较多，因此不但要保证覆盖，还要保证速率和容量。在 2.4GHz AP 保证覆盖的前提下，采用 5.8GHz 802.11n 双流 40MHz 信道的室内 AP 直接部署满足容量需求。AP 和其他器件一般安装在天花板或大厅上空走线架上。

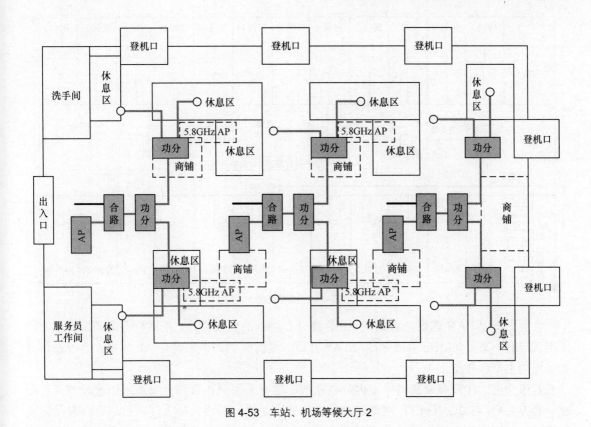

图 4-53　车站、机场等候大厅 2

5．宾馆客房

宾馆客房通常是钢筋混凝土结构、中间走廊双边房间，木门，外侧有窗户。客房走廊墙壁一般不是承重墙，穿透损耗相对较小，但卫生间通常在进门处，提高了整体穿透损耗。宾馆内客户密度有限、流动性较大，但客户有较大的休闲上网需求。酒店中的客房一般有线电视已建设到位，且有线电视末端线缆资源一般由酒店方统一维护管理。

该场景 WLAN 建设一般采用 AP 合路分布系统，根据面积大小来确定 AP 数量，合理设计分布系统的主干和分支。如能与酒店签订合作协议，也可采用 WOC 模式。

若该宾馆没有蜂窝网络室内分布系统，则可采用 AP 合路分布分系统的建设方式，新建一套 WLAN 与 2G/3G/LTE 网络融合的室内分布系统。若该宾馆内已建有蜂窝网络室分系统，且器件和天线覆盖半径满足兼容要求，则选择合适的合路点，AP 合路原有室分系统。建议采用 2.4GHz 802.11n AP，AP 安装在天花板上，天线一般安装在走廊的顶部，如条件允许，可将天线延伸至房间内，如图 4-54 所示。

6．会展大厅

会展中心多为钢筋混凝土结构，通常楼层较高，室内结构简单、空旷，平层内部建筑隔断较少（展会举行时通常有 2.5m 高的隔断），覆盖区域一般分为展览区域、休息区域和会议区。在展会期间人群巨大、流动性较大，蜂窝通信需求较大，因此一般都建设有蜂窝网络分布系统。观展客和参展商都有一定的上网业务需求，WLAN 建设初期以覆盖为主。

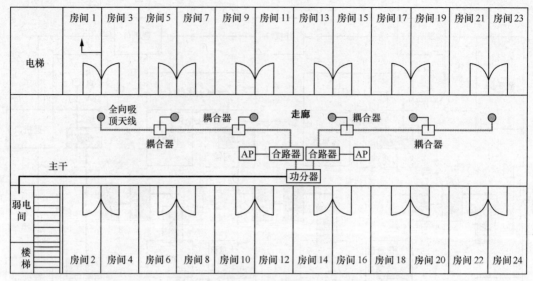

图 4-54　宾馆客房

会展大厅 WLAN 建设一般采用 AP 合路分布系统的建设方式，在容量不能满足要求时可采用 5.8GHz 双流 40MHz 信道 802.11n AP 补点。根据面积大小来确定 AP 数量，合理设计分布系统的主干和分支。

若该会展大厅没有蜂窝网络室内分布系统，则可采用 AP 合路分布系统的建设方式，新建一套 WLAN 与 2G/3G/LTE 网络融合的室内分布系统。若该会展大厅内已建有蜂窝网络室分系统，且器件和天线覆盖半径满足兼容要求，则选择合适的合路点，AP 合路原有室分系统。建议采用 2.4GHz 802.11n AP，AP 和其他器件一般安装在大厅上空的龙骨上，而天线可安装在龙骨下面。若不具备安装条件，可以在会展中心室内墙壁和中间柱子上安装定向板状天线进行覆盖，如图 4-55 所示。

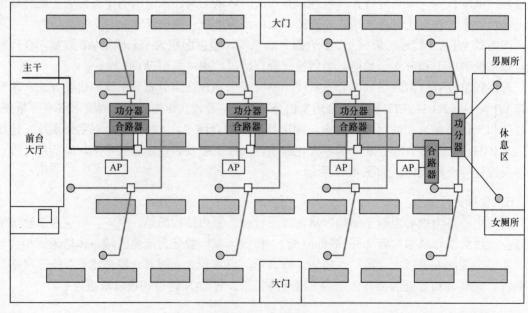

图 4-55　会展大厅

7.　大型会议厅

大型会议厅多为钢筋混凝土结构，通常楼层较高，室内结构简单、空旷，平层从前到后有一定坡度、并设置了固定座位。会议期间人群众多，蜂窝通信需求较大，也有一定的上网需求，WLAN 建设初期以覆盖为主。

大型会议厅 WLAN 建设一般采用 AP 合路分布系统的建设方式，在 AP 合路室分系统的建设方式不能采用时可采用 WLAN 独立分布系统覆盖。

若该会议大厅没有蜂窝网络室内分布系统，则可采用 AP 合路分布系统的建设方式，新建一套 WLAN 与 2G/3G/LTE 网络融合的室内分布系统。若该会议大厅内已建有蜂窝网络室分系统，且器件和天线覆盖半径满足兼容要求，则选择合适的合路点，AP 合路原有室分系统。在合路分布系统的建设方式不能采用时可采用 WLAN 独立分布系统覆盖。建议采用 2.4GHz 802.11n AP，AP 和其他器件一般安装在大厅上空的天花板上。容量不能满足要求时可采用 5.8GHz 双流 40MHz 信道 802.11n AP 进行补点，如图 4-56 所示。

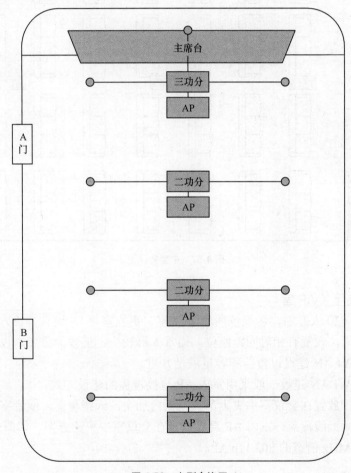

图 4-56　大型会议厅

8.　中型会议厅

中型会议厅（100～200 人，类似于大学的学术报告厅）多为钢筋混凝土、长方形结构，室内结构简单、空旷，设置有相对固定座位。会议期间人群较多，蜂窝通信需求较大，也有一定的上网需求，WLAN 建设初期以覆盖为主。

中型会议厅 WLAN 建设一般采用室内 AP 直接覆盖的建设方式。当该会议厅已建蜂窝网络室内分布系统时，且器件和天线覆盖半径满足兼容要求，则也可选择合适的合路点，AP 合路原有室分系统。

在合路室分系统的建设方式不能采用时，采用室内 AP 直接覆盖的建设方式，AP 沿长边方向呈链式分布，便于频率规划。建议采用 2.4GHz 802.11n AP，AP 和其他器件一般安装在大厅上空的天花板上。容量不能满足要求时可采用双频双流 40MHz 信道 802.11n AP 进行补点或替换，如图 4-57 所示。

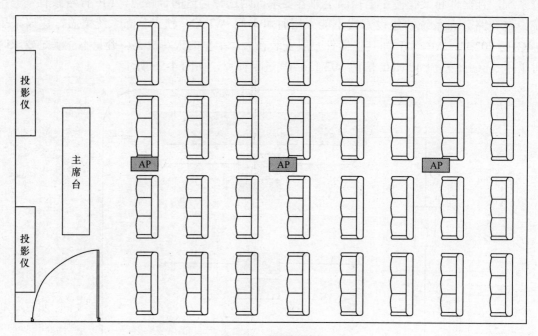

图 4-57　中型会议厅

9. 小型会议厅（VIP 室）

小型会议室（20 人左右，各类场所的 VIP 室、贵宾室等），通常为长方形或近长方形结构，室内结构简单，设置有相对固定座位。通常人群较少，但较为重要，也有一定的办公、休闲上网需求，WLAN 建设以覆盖和容量满足并重。

小型会议室 WLAN 建设一般采用室内 AP 直接覆盖的建设方式。

室内 AP 直接放置在会议室中央上部天花板内加全向天线覆盖，或者室内 AP 直接放置在一个角落加定向天线覆盖。室内 AP 直接放置在会议室中央的方案，如图 4-58 所示。建议采用双频双流 40MHz 信道的 802.11n AP。

10. 接待大堂

接待大堂通常存在于星级宾馆和大型企业的前台等，一般有接待区和等待休息区等。大堂总体上空间开阔，人员等待或休息能产生一定的上网需求。大堂覆盖一般以信号覆盖为主。

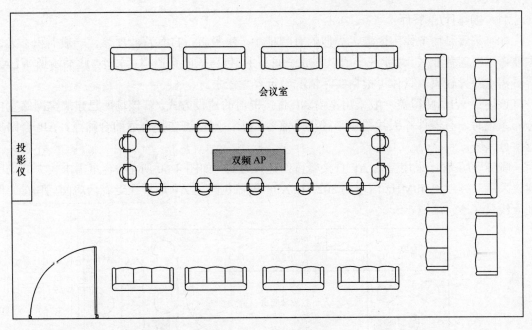

图 4-58　小型会议厅（VIP 室）

接待大堂的 WLAN 建设一般采用室内 AP 直接覆盖的建设方式；若该场所已建蜂窝网络室内分布系统，且器件和天线覆盖半径满足兼容要求，则也可选择合适的合路点，AP 合路原有室分系统。

接待大堂采用 AP 合路室分系统建设方式。建议采用 2.4GHz 的 802.11n AP。

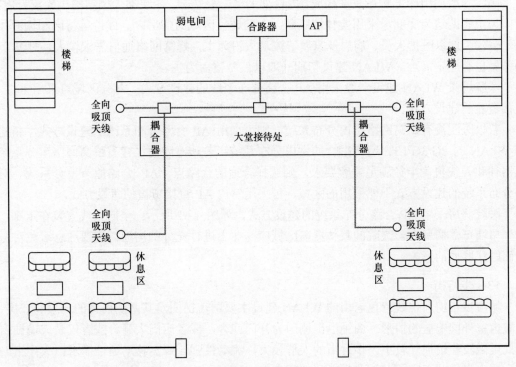

图 4-59　接待大堂

11．咖啡厅/茶餐厅

咖啡茶座是商务休闲区域，类似的有咖啡厅、快餐店、自有营业厅等，一般面积不大，主要考虑覆盖营业区。营业区一般以开放空间为主，包房隔断穿透损耗较小。此类场景 WLAN 容量需求差异较大，具体可根据实际情况确定容量需求。

该场景 WLAN 覆盖一般采用室内 AP 直接覆盖的建设方式。若该场所已建蜂窝网络室内分布系统时，且器件和天线覆盖半径满足兼容要求，则也可选择合适的合路点，AP 合路原有室分系统。

咖啡厅/茶餐厅采用室内 AP 直接覆盖的建设方式，如图 4-60 所示。容量需求较大的场所建议采用双频双流 40MHz 信道的 802.11n AP；覆盖包间的 AP 放置在走廊内房间门口处，保证天线只穿透一堵墙。

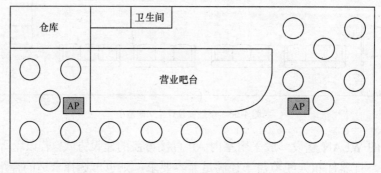

图 4-60　咖啡厅/茶餐厅

12．医院

医院一般由门诊部和住院部构成。门诊部大楼一般空旷，住院部大楼结构一般较为规则，中间为走廊两边为房间，采用实体墙隔断。主要覆盖区域为病房区、候诊等待区和输液休息区。医院主要以医护人员、病患及家属等流动人口为主，蜂窝网络通信需求较大，对 WLAN 业务量也有一定需求。WLAN 建设初期一般以信号覆盖为主。

医院场景 WLAN 建设一般采用 AP 合路分布系统的建设方式。部分区域可采用室内 AP 直接覆盖的建设方式。

若该医院没有蜂窝网络室内分布系统，则可采用 AP 合路分布系统的建设方式，新建一套 WLAN 与 2G/3G/LTE 网络融合的室内分布系统。若该医院内已建有蜂窝网络室分系统，且器件和天线覆盖半径满足兼容要求，则选择合适的合路点，AP 合路原有室分系统。对合路分布系统的建设方式不能采用的区域，可采用室内 AP 直接覆盖的建设方式。

医院病房采用 AP 合路分布系统的建设方式，如图 4-61 所示。全向天线安装在走廊，穿透一堵墙覆盖病房内。医院的具体覆盖区域应与业主进行充分的沟通，需要注意避免对医院电磁医疗器械的影响。

13．步行街

城市步行街和传统特色老街的 WLAN 建设主要覆盖街面及其两侧商铺的一层和二层，属于室内室外同覆盖的情形。商铺沿街侧因为开门迎客，或者店门大开、或者仅是玻璃橱窗，因此电磁波穿透损耗较小。步行街的人群较大，流动性强，蜂窝移动通信需求巨大；上网需求主要来自店铺商家、逛街购物者和休闲客。

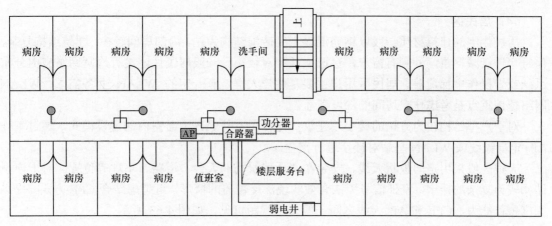

图 4-61　医院

该场景 WLAN 建设一般采用室外 AP 覆盖室内的建设方式。要想实现商铺内部深度覆盖，可在用户端加装 CPE 设备来实现。

因为只要覆盖沿街商铺的一层、二层和街面，所以 AP 的定向天线通常安装在沿街商铺两侧二层高的墙上，相互错开对打，实现信号覆盖目标，如图 4-62 所示。

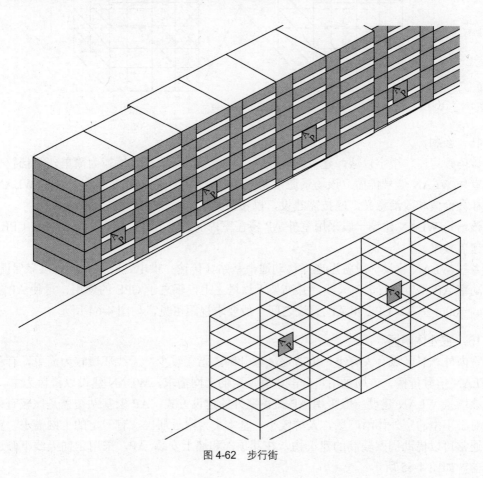

图 4-62　步行街

113

14. 居民区

居民住宅的建筑材质一般以钢筋混凝土或砖混结构为主,内部房间较多,建筑结构复杂,信号穿透衰减严重,外侧有窗户,穿透损耗相对较小。一般居民住宅没有蜂窝网络室内分布系统或者仅作电梯覆盖。居民区用户主要是住户人群,有一定的 WLAN 业务需求。WLAN 网络覆盖重点是考虑住户房间的深度覆盖。

对于户型结构较为方正的楼宇,建议优先使用室外 AP 覆盖室内的建设模式,通过室外 AP+定向天线或 WLAN 基站对楼宇进行覆盖。

天线一般采用定向板状天线,安装在邻近建筑物的天台、道路、草坪等位置。对于户型结构较为复杂的楼宇,室外信号无法有效实现深度覆盖的情形,可考虑结合 CPE 方式,提高深度覆盖能力,CPE 和 AP 天线之间一般要求视距可见,如图 4-63 所示。

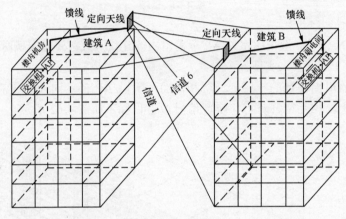

图 4-63　居民区

15. 乡村

该场景房屋、楼宇较矮,建筑密度较低,用户分散,无线环境较为简单,阻挡较少,有利于室外 WLAN 信号传播。该场景通常无室内分布系统,用户相对较少,乡村 WLAN 建设强调社会价值和政治意义,应按需建设,以覆盖为主。

该场景 WLAN 建设一般采用室外 AP 覆盖室内的建设方式。可在用户端加装 CPE 设备,增强覆盖效果。

乡村 WLAN 建设一般就近选择移动通信基站(传输、供电、防雷等均有可靠保证),采用大功率 AP 和高增益定向天线,并高架于铁塔之上,辅之于 CPE 的使用,可使 AP 覆盖半径达到 500m 左右。CPE 和 AP 天线之间一般要求视距可见,如图 4-64 所示。

16. 室外休闲区

室内外休息区域有大有小,但普遍区域开阔,阻挡较少,无线环境较为简单,有利于室外 WLAN 信号传播。该场景用户分散、有一定的上网需求,WLAN 建设以覆盖为主。

该场景 WLAN 建设一般采用 AP 覆盖室外的建设方式,AP 宏基站覆盖是比较有效的手段。对于小型的室外休闲广场,人群较小,基本上为附近居民,有一定的上网需求。WLAN 建设通常可以借助周围较高的建筑物,在其顶部和墙上安装 AP,采用定向天线下倾进行精确覆盖,如图 4-65 所示。

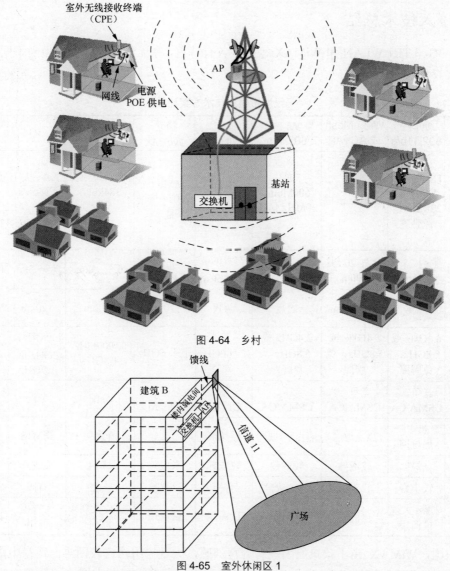

图 4-64 乡村

图 4-65 室外休闲区 1

对于大型的室外休闲广场或观景长廊，人群较多，一般为当地居民和外地游客，具有城市窗口特性，有一定的上网需求。WLAN 建设通常可以借助周围或沿线高大的建筑物，在其顶部和墙上安装 AP，采用定向天线下倾进行覆盖，如图 4-66 所示。

图 4-66 室外休闲区 2

4.5　接入技术总结

2G、3G、LTE、WLAN 和 WiMAX 等技术各有特色，在无线城市建设中担当不同的角色，其性能比较见表 4-14。

表 4-14　　　　　　　　　　无线城市接入技术方案比较

技术	Wi-Fi 802.11b/g	Wi-Fi Mesh 或 AC+AP	Wi-Fi 802.11n	固定 WiMAX	移动 WiAMX	2G	3G	LTE
理论数据峰值速率	11Mbit/s 或 54Mbit/s 22MHz 信道带宽	11Mbit/s 22MHz 信道带宽	300~600Mbit/s 20MHz 信道带宽	75Mbit/s 20MHz 信道带宽	15Mbit/s 5MHz 信道带宽	384kbit/s 以上	下行：大于2Mbit/s 上行：大于384kbit/s	下行：100Mbit/s 上行：50kbit/s 20MHz 信道带宽
单站/点覆盖半径	室内 25~50m	室外 200~300m	室内 25~50m	7~10km 最大：50km	2~5km	0.5~5km	0.5~5km	0.5~5km
支持移动速度	固定	40~60km	固定	游牧	120km	120km	120km	120km
频段	2.4GHz 或 5.8GHz，免牌照	2.4GHz 或 5.8GHz，免牌照	2.4GHz 或 5.8GHz，免牌照	2~66GHz	小于 6GHz	800/900MHz，1.8GHz	800MHz，2GHz 或 1.9GHz	2.3GHz 或 2.6GHz
用户信道接入	竞争、CSMA/CA	竞争、CSMA/CA	竞争、CSMA/CA	分配、OFDM	分配、OFDM	分配	分配	分配、OFDM
网络覆盖	热点/局域网	热点地区	热点/局域网	城域网	蜂窝网/城域网	蜂窝网	蜂窝网	蜂窝网
产业链	成熟	较成熟	较成熟	较成熟	未成熟	成熟	较成熟	未成熟
终端设备	较丰富	较丰富	较丰富	有限	很少	丰富	有限	很少
技术成熟度	成熟，大规模商用	已商用	已商用	试商用	试商用	成熟，大规模商用	大规模商用	试点建设

在中国，WiMAX 由于政策原因没有运营牌照，大规模组网比较困难。现在中国的无线城市主要以 2G+3G+LTE+WLAN 四网融合组建无线城市网络。四大网络的覆盖方案，如图 4-67 所示。

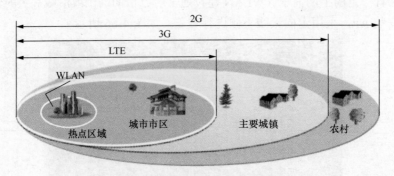

图 4-67　四网融合组建无线城市覆盖示意图

其中 WLAN 重点覆盖市区热点，承载 PC、手机及第三方 Wi-Fi 终端的高速互联网业务；LTE 重点覆盖市区，承载高速数据业务；3G 重点覆盖市区、郊区并延伸至农村，承载手机移动业务和部分语音业务；2G 则重点进行广覆盖，主要承载语音、短信业务。

4.6　传输承载技术

无线城市的传输回传技术主要分无线回传和有线传输两种。除了少数城市以 WiMAX 等无线技术回传以外，大部分的无线城市采用有线传输回传信号。

随着 LTE 等 4G 技术的规模商用，无线城市的承载需求压力大大增加，主要表现在以下方面。

① 接入带宽：LTE 基站的接入带宽最高可达 90～150Mbit/s 或更高，分组承载网需支持带宽扩展；

② 网络规模：LTE 引入后需要实现深度覆盖，多网协同下网络节点数将是现有基站数量的 2～3 倍；

③ 统一承载：LTE 和 2G、3G 网络共存，承载网考虑多场景统一接入。现有承载网应具备向分组网络平滑演进的需求；

④ 网络可靠性：承载 IP 化同样要求网络保证高可靠性，故障切换小于 50ms；

⑤ 网络 QoS：LTE 的 E2E 时延要求<20ms，比 2G、3G 需求更严格；

⑥ 时钟同步：多网融合的部分业务需要时间同步。

由此可知，在引入 LTE 技术以后，无线城市承载的需求有较大提高，在此基础上，无线城市的传输承载技术主要有以下 3 种方案。

（1）PTN+CE 方案

① 方案描述

业务和终端 IP 化；

采用 PTN 等设备以静态管道方式（如 PW、VPLS 等）承载管道型的 IP 业务（如 2G/3G业务等）；

采用 PTN 等设备以静态 PWE3 管道方式承载传统 TDM/ATM 业务；

在 PTN 网络上外挂 CE 设备，实现 X2、S1-flex 等动态 IP 业务；

适合大规模组网，运维优化。

② 组网示意图。图 4-68 所示为 PTN+CE 方案的组网示意图。

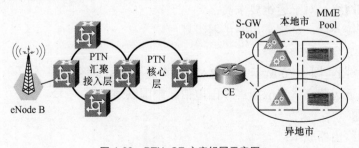

图 4-68　PTN+CE 方案组网示意图

该方案试点运营商：中国移动（杭州、上海、南京、广州、厦门）。

③ 存在问题

CE 路由器的维护问题，涉及传输、数据和无线等 3 个专业；

端到端（eNode B-SGW）的保护盒 OAM 问题。

（2）PTN 与 L3 混合组网方案

① 方案描述

业务和终端 IP 化；

对 PTN 网络升级，汇聚/核心节点具备 L3 能力；或在 PTN 网络中的汇聚/核心节点引入 L3 路由器，并且 L3 路由器具备 PTN 设备能力；

动静结合，使用 PTN 静态管道或者动态转发承载业务；

网络运维复杂，大规模组网复杂。

② 组网示意图。图 4-69 所示为 PTN 与 L3 混合组网方案示意图。

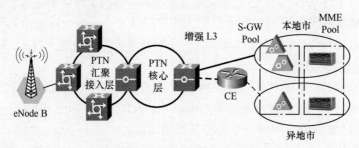

图 4-69 PTN 与 L3 混合组网示意图

该方案试点运营商：中国移动（深圳）。

③ 存在问题

PTN 设备与路由器的区分越来越模糊，部分厂家的路由器与 PTN 已经共平台；

传输与数据维护界面不清晰，对传输运维带来挑战。

（3）IP RAN 方案

① 方案描述

业务和终端 IP 化；

采用动态 IP 技术构建承载网络，承载 IP 业务；

采用 PWE3 管道方式承载 TDM/ATM 等传统业务；

大规模动态网络，对于运维要求高；

从核心层至接入层，全程采用路由器组环；

具有多业务综合承载的优势。

② 组网示意图。图 4-70 所示为 IP RAN 方案的组网示意图。

该方案由以下运营商试点应用：中国电信、中国联通。

③ 存在问题

降低基站侧路由器成本；

标准有待完善：用于基站承载的接入路由器技术规范还不成熟；

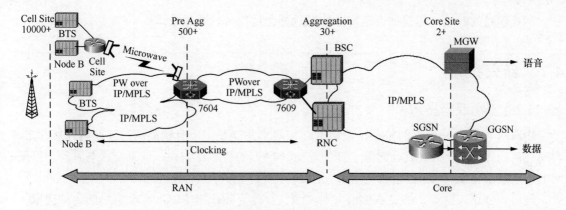

图 4-70　IP RAN 方案组网示意图

大规模部署的可行性有待验证：目前还没有规模超过 1000 个节点的基于路由器承载的移动回传网络；

路由器方案难以替代目前 MSTP 承载的大客户专线业务（安全性原因）。

（4）方案对比

3 种传输技术的方案对比见表 4-15。

表 4-15　　　　　　　　　　　　　无线城市传输承载技术方案比较

	方案 1 （PTN＋CE）	方案 2 （核心层 PTN 支持简化 L3）	方案 3 （核心层 P-OTN 支持 L3 VPN+ 大容量调度）
基本描述	PTN L2 VPN+CE L3 VPN 核心层 PTN 与 CE 背靠背，CE 之间组网	汇聚接入层 PTN L2 VPN+核心层 PTN（L2 隧道+L3 VPN 业务）	汇聚接入层 PTN L2 VPN+核心层大容量 P-OTN（L1/L2 隧道+L3 VPN 业务）
业务配置	分 PTN L2 VPN 和 CE L3 VPN 两段配置，CE 路由器的业务配置复杂	汇聚接入层 L2 VPN+核心层 L3 VPN 分段配置，PTN 业务配置简单，图形化界面，正在增强 L3 VPN 网管配置功能	汇聚接入层 PTN+核心层 P-OTN 分段配置，需开发 P-OTN 设备和网管
网络维护	维护界面不清晰，需要 PTN 和 IP 路由共同维护 Backhaul 网络，设备维护成本投入大，缺少端到端的管理能力，故障定位困难，可维护性差	PTN 统一组网，全部采用静态连接建立方式，配置简单，简化的 L3 VPN 业务配置对运维人员要求低，可维护性非常好	PTN 和 P-OTN 联合组网，全部采用静态连接建立方式，配置简单，简化的 L3 VPN 业务配置对运维人员要求低，可维护性非常好
网络保护	需要 PTN 和路由器进行配合，缺乏端到端的保护能力	采用 PTN 的分段保护组网，一种技术体制下的分段保护可保证 50ms	采用 PTN+P-OTN 的分段保护，OTN 的网络保护能力强
网管	PTN 和 CE 路由器各需一套网管，网管的运维和协调复杂；在业务层面，2 种设备无法实现端到端的管理	PTN 设备统一网管，可以充分利用 PTN 网管的优势，实现类似于端到端管理的用户体验，提高管理效率	PTN 和 P-OTN 统一网管，可以充分利用传输统一网管的优势，实现类似于端到端管理的用户体验，提高管理效率
网络后续演进	Backhaul 网络由 PTN 和 CE 路由器混合组网完成，目前 CE 不支持 MPLS-TP 技术，带来管理、维护等诸多需要融合发展的问题	PTN 支持简化 L3 功能，符合 PTN 网络简单、可靠、可运维理念，推动各种技术在 PTN 设备上的融合，符合网络融合演进的方向	P-OTN 是正研究探讨的演进发展方向之一，需要厂家的开发支持

正式建设的时候，应根据当地实际情况选择合适的传输承载技术。

4.7 新兴技术

4.7.1 物联网技术

物联网（the Internet Of Things，简称 IOT），顾名思义是把所有物品通过互联网连接起来，实现任何物体、任何人、任何时间、任何地点（4A）的智能化识别、信息交换与管理。物联网的本质就是将 IT 基础设施融入到物理基础设施中，也就是把感应器嵌入到电网、铁路、桥梁、隧道、公路、建筑、供水系统、大坝、油气管道等各种物体中，实现信息的自动提取。具体地说，就是把感应器嵌入和装备到电网、铁路、桥梁、隧道、公路、建筑、供水系统、大坝、油气管道等各种物体中，然后将"物联网"与现有的通信互联网整合起来，实现人类社会与物理系统的融合，在整合后的网络中，存在能力超级强大的中心计算机群，能够对整合网络内的人员、机器、设备和基础设施实施实时的管理和控制。在此基础上，人类可以以更加精细、动态的方式来管理生产和生活，达到"智慧"状态，提高生产力水平和资源利用率，改善人与自然间的关系，实现人与自然的和谐相处。

物联网总体架构如图 4-71 所示，由感知层、网络层、中间件层和应用层组成。

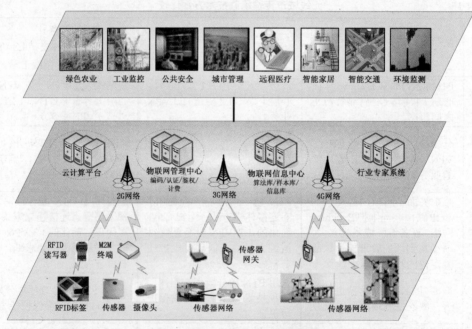

图 4-71　物联网总体架构示意图

感知层由感知控制子层和通信延伸子层组成，感知控制子层通过传感器、二维码、RFID、执行器等实现对物理世界的智能感知识别、信息采集处理和自动控制；通信延伸子层通过通信终端模块直接或组成延伸网络后，通过无线物联网网关将物理实体连接到网络层和应用层。

网络层主要实现对从感知层获取信息的传递和路由，包括接入网和核心网。网络层可依托公众电信网和互联网，也可以依托行业专用通信网络。

　　中间件层和应用层包括应用基础设施/中间件和各种无线物联网应用。应用基础设施/中间件为物联网应用提供信息处理、网络管理、计算、解析、Web 服务等通用基础服务设施、能力及资源调用接口，并以此为基础实现物联网在智能交通、工业监控、智能家居、城市管理、远程医疗、绿色农业、环境监测等众多领域的各种应用。

　　物联网和泛在网络有很多相似之处，那么，ITU-T 还未完全结束定义规范的泛在网和物联网有什么联系呢？首先，泛在网更广泛，它不但包括物与物、物与人的通信，还包括了人与人之间的通信，因而内涵更加广泛。从另一方面来看，物联网实质上是泛在网的一种融合协同的网络工作模式，是泛在网络及信息化深入行业应用之后的产物，也可以说，泛在网的具体表现形态可以为物联网。因而，日常谈话和写作时，笼统地写成物联网/泛在网或者简单地称为物联网即可。

　　物联网能提供丰富的业务应用，表 4-16 是对典型业务应用的分类说明。

表 4-16　　　　　　　　　　　　　　　　物联网业务应用

服务领域	应用分类	场所	设备
智能建筑	商业建筑	写字楼、教育、零售业、医院、保健室、机场、体育场馆	银行网点联网，安防，节能管理
	工业建筑	车间、无尘室、园区、流水线、合同能源管理	
能源环境	智能电网，替代能源，石油/燃气	发电、电能传输与保护、电源品质、低压电技术、能源管理	高压线监测监控，防盗
		太阳能、风能、热电联产、电气化学	
		钻井平台、油井架吊杆、井口、泵、油气管道	
消费电子与家庭	基础设施，舒适性、便利性，安全意识	配线网络、设备能源管理	电子书联网内容管理
		安全报警、消防安全、环境安全、老人小孩安全、电源保护	
		HVAC、家庭舒适控制照明装置、娱乐消遣	
医疗与生命科学	医疗看护，远程医疗，试验室联网	医院、急诊室、移动 POC、诊所、实验室、医生办公室	
		移植、家庭医疗监控系统	
		药物研究、诊断、实验室	
工业	资源自动化管理、产业链管理，工业信息化，物流	DCS、PLC、RTU 联网集成管理	
		HMI、SCA、DA、MES	
交通运输	智能交通，轨道交通，Telematics		
零售业	ATM，网点联网		
公共安全	安防，消防，安监，应急等		
IT 与网络服务	移动基站，机顶盒，家庭网关		

　　物联网是无线城市的基础网络，为无线城市提供了更广阔的应用空间，无线城市的许多应用都使用了物联网技术，如智慧旅游、智慧医疗、智能交通、智慧能源等。

4.7.2　云计算技术

云计算被视为科技界的下一次革命，它将带来工作方式和商业模式的根本性改变。追根溯源，云计算与并行计算、分布式计算和网格计算不无关系，更是虚拟化、效用计算、SaaS、SOA 等技术混合演进的结果。

云计算狭义的一方面是指 IT 基础设施的交付和使用模式，它能以按需、易扩展的方式，通过网络获得所需资源；云计算广义的含义是指服务的交付和使用模式，它能以按需、易扩展的方式，通过网络获得所需服务，这种服务可以是 IT 和软件、互联网方面的服务，也可是其他服务。

云计算的核心思想是，将大量的计算资源统一管理和调度，并用网络连接起来，形成一个为用户提供按需服务的计算资源池。"云"是提供资源的网络。"云"中的资源在使用者看来可以随时获取，按需使用，随时扩展，按使用付费，并且是可以无限扩展的。

根据云计算系统的不同服务类型，可分为 SaaS、PaaS 和 IaaS 3 种模式。

① SaaS（Software as a Service，软件即服务）是指以服务形式在浏览器中提供给用户应用程序。最终用户为该模式的目标受众。SaaS 模式的灵活性低，往往是采用封闭架构，快速部署，以交钥匙应用为主。目前，主要的 SaaS 服务供应商有 Google Gmail、Docs、Salesforce 和 Microsoft Office Live。

② PaaS（Platform as a Service，平台即服务）是指以服务形式提供给开发人员应用程序开发及部署平台，以此开发、部署和管理 SaaS 应用程序。该模式的目标受众是开发人员。PaaS 模式主要提供开发工具和平台，其具体的平台层面决定了它的灵活性。目前，主要的 PaaS 服务提供商有 Google AppEngine、Force.com 和 Microsoft Windows Azure。

③ IaaS（Infrastructure as a Service，基础架构即服务）是指以服务形式提供服务器、存储和网络硬件。该模式是面向开发人员和系统管理员的。IaaS 模式提供服务器、存储、网络及操作系统等开放构建环境。目前，主要提供 IaaS 服务的有 Amazon Web Services（AWS）。

云计算的价值一方面体现在通过资源共享和规模经济来降低成本，另一方面就是通过各合作伙伴在"云"中的协同创新来提升商业价值。云计算是一个价值创造和商业创新的新环境，能显著提高无线城市平台、服务中心的能力，在引入物联网后，随着无线城市用户信息和计算能力指数级的提高，云计算是有效的解决手段。

第5章
无线城市产业链分析

5.1 无线城市产业链概况

无线城市是什么？抛开所有的技术定义，简单地说，无线城市是一个利用各种无线接入技术，将各种相互独立的资源串联成整体的平台。

通过部署在城市的多种无线宽带网络服务，向公众提供随时随地的泛在接入能力，用户可利用手机、手持终端等各种设备方便地获取信息服务。

随着无线宽带技术的发展，如今无线城市可以承载更多的大流量业务，如手机视频、新闻、手机游戏、可视通话等，用户甚至能使用手机随时召开视频会议、向好友传送照片、分享无线硬盘等。

无线城市可以将更多的资源串联成整体，加快信息的扭转速度。如市政服务的远程抄表、智能医疗、智能交通等，也可以实现企业的远程监控、物流企业的全程信息化等。

当今科技时代，无线城市已成为城市新的基础设施，大幅提升了城市运行效率和信息化程度，是城市竞争力水平的重要体现。

目前无线城市主要的技术实现手段有 WLAN 和 WiMAX，补充手段有 3G。WiMAX 自从在上海搭建过实验网以后，因其产业链的完整性不如 WLAN 被放弃。所以，下文所讨论的重点集中在通过 WLAN+3G 技术来实现无线城市，并在此之上搭载各种移动互联网业务。

无线城市是一个牵动众多产业的综合性产业体系，按照产业链中承担的角色不同，大致可分为以下几个阵营：政府、运营商、内容提供商、软件提供商、硬件提供商、终端提供商和用户等。

图 5-1 所示为无线城市产业链示意图。

从信息传递的角度看无线城市产业链，在产业链中政府扮演引导角色，是产业链整体方向的控制者；运营商是无线城市的最终实现者，是无线城市的最终服务提供商；内容提供商、软件提供商和硬件提供商均为运营商的上游产业链体系。

从运营角度看无线城市产业链，上游是技术设备提供商和运营商，主要提供无线城市建设所需要的硬件基础和环境，随后中游产业是无线城市平台以及搭载在平台上的各种应用，而下游则是应用的实现者，例如：政府、企业以及个人应用等。

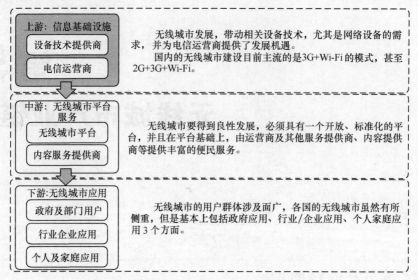

图 5-1　无线城市产业链示意图

自从 WLAN 诞生以来，其技术体系一直保持着延续性，但由于其自身的技术特点，在运营商 2006 年初步部署 WLAN 热点以后进入到一个相对平淡的时期。随后电信产业重组以后，WLAN 网络又被赋予更高的期待，对于不同运营商来说其初始的主要原因如下。

① 对于电信而言，WLAN 网络是其 cdma2000 业务的补充，可以弥补 3G 业务上的短板，强调固网和移动网的融合，发挥固网资源上的优势。

② 对于移动而言，TD-SCDMA 的技术缺陷使其成为竞争力最弱的 3G 业务，需继续为 WLAN 网络提供类似的移动互联网业务保持用户黏度，尽可能地减少用户流失。

所以，在运营商的大举投入下，WLAN 网络得到迅速发展，如今 3 家运营商每年投入 WLAN 网络的建设费用在 100 亿元以上，已经成为一个较为成熟的市场。

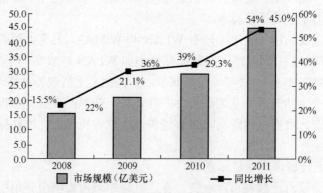

图 5-2　2008—2011 年全球 WLAN 运营商市场规模及增长

全球范围内，WLAN 运营商市场规模处于高速增长状态，其 2011 年同比增长速度已经超过 50%，市场规模达到约 45 亿美元。作为实现无线城市的主要手段之一的 WLAN 网络正处于高速发展时期，也显示了全球范围内对移动互联网的高度热情。

从产业链角度的成熟度观察，无线城市产业链经过几年的发展已经较为成熟，尤其在硬件设备厂商及运营商两个方面更是如此。而困扰产业链价值传递的最大问题在于业务，即无线城市可以提供怎样的业务促使无线城市能够可持续发展。

5.2　无线城市产业链各环节分析

5.2.1　政府

无线城市的发展离不开政府的全方位支持。无线城市是一个庞大的体系化工程，由于牵涉的行业多，没有政府的引导，单纯靠某一方的力量无法构建起一个完善的无线城市。

全球化的今天，无线城市的发展已经进入到一个相对稳定的阶段，尤其中国无线城市的发展已经逐步走向成熟。

无线城市发展至今，国内外经过多年的探索，事实证明由政府全权负责无线城市的搭建是不可能的。以下是美国休斯顿由政府建设无线城市的失败案例。

美国休斯顿无线城市由政府出资建设，是将网络设施作为一项公共基础资源进行建设，政府同时也是无线城市的经营者。在实际建设过程中，休斯顿政府意识到，无线城市是一个庞大的系统工程，不仅牵涉面广，且投资巨大，政府很难单独承担无线城市的建设和运营成本，从而导致无线城市项目举步维艰，长期处于亏损状态。因此，休斯顿政府希望引入社会资源共担风险，共同承担建设费用和运营职责。在上述背景下，休斯顿无线城市在建设初期以满足政府自身的信息化改造需求为核心，随后逐步向外推广至民生服务，最终将资源以免费或尽可能低的价格提供给休斯顿市民使用。

美国德克萨斯州采用了自行建设再转交运营商的模式。Corpus Christi 市政府想利用无线技术来执行某些市政任务，而且能够使居民进行无线上网。由于城市较小，该市决定自行投资建网，基础设施投资 700 多万美元，每年维护费用为 50 多万美元。但网络运营不久，政府就发现这种模式并不像理想中那么简单，因此将网络转售给 EarthLink 公司，由后者进行商业运营。

从案例上分析，首先这种政府建设的无线城市需要有前提条件，即无线城市的规模不能过大，而相比较起来中国无论哪个城市都不可能由政府单方面出资来完成无线城市的建设。其次，从运营效果上看，政府也无法长期为无线城市买单，其非专业性的运营导致政府不堪重负只能将运营权交给运营商来完成。

在中国，由于无线城市发展的较迟，所以建设模式相对成熟，主要是以政府主导、运营商建设的模式开展。政府主导在无线城市的建设中具有前提条件的意义。因为无线城市的建设可能需要衔接各种公共资源，没有政府的主导和辅助，无线城市也就成了无源之水，根本无法提供有效的公共服务。

所以，在无线城市的建设中，政府主要起到如下作用。

（1）政策导向

政府的政策直接影响城市的发展，同样类似于基础建设的无线城市也属于被直接影响的范畴内。无线城市的建设需要公共热点的准入，而在实际的 WLAN 网络建设过程中，部分热点是难以对运营商开放的。所以，一旦得到政策的支持后，第三方在 WLAN 的建设上就具备很大的便利性，有效地保证无线城市建设的合法性。

同时，在政府的影响下，有利于行业产业链的前、后向整合，便于将零散的资源发挥规模效应。

所以，反观国内外无线城市的发展，政府支持与否是无线城市建设能否成功的先决条件。

（2）协调公共资源

无线城市建设的目的之一是联动各种公共资源，利用无线移动互联网来实现公共资源的快速共享和高效配置。而公共资源一般来说掌控权都在政府。例如：电费/水费查询、养老金查询、交通信息引导等都需要政府提供公共资源的开放接口才能让无线城市将各个原本独立的公共资源系统连接成一张完整的网络。在此基础上实现的无线城市才有可能实现资源的快速共享和高效配置。

从民生资源入手，是现阶段无线城市较为成熟的切入点。思考无线城市怎样建设可以真正做到利民、惠民是无线城市能否长期保持可持续性发展的必要条件。

政府对于公共资源的掌控能力是在无线城市整个产业链中任何角色都不可以替代的，政府必须为无线城市打通各个公共资源接口，才能保证各种资源在无线城市上的共享与交互。

（3）用户引导

无线城市是新生事物，尤其对于年龄偏大的市民来说无线城市是其完全不曾接触的。在无线城市建设之初，急需保持一定的用户规模才可能让无线城市逐步走向可持续发展之路。所以，政府对用户的引导作用不容忽视。政府可以在公共事业部门率先推行无线城市的各种应用服务，使用户体验到无线城市给生活带来的便利性，也加速了政府部门内的高效办公和部门之间的高效联动。拥有一定客户群体的无线城市无疑会发挥越来越重要的作用。伴随着无线城市建设的进一步深入，将会有越来越多的资源纳入到无线城市体系中来，对于用户来说将会更加有吸引力。

同时，无线城市中各种新技术的使用繁多。政府应发挥其公信力，将无线城市特有的移动性、个人性、实用性和安全性的优势向社会进行普遍宣传，强调新技术惠民及与民生的密切结合关系。为无线城市的大规模发展提供良好的基础和社会氛围。

5.2.2 运营商

作为传统无线业务主要运营者的运营商在无线城市的建设和运维中也扮演重要作用。

通过翻查国内外无线城市的建设案例，我们都能从其中找到运营商的角色。相对而言，没有运营商参与无线城市建设运维的案例却非常少。上文所列举的美国德克萨斯州的无线城市案例仅代表很小的一部分，并且在该案例中，为了保证无线城市的运维，最终还是交由运营商来完成。

那么，运营商在无线城市的建设运维中到底发挥怎样的作用？

我们认为运营商扮演的最主要作用是资源整合和联合上下游渠道的作用。

运营商通过专业领域的经验、技术、人才、财力等都可以很好地促使无线城市尽早地走上可持续发展之路。

从这个角度分析，中国的无线城市建设运维，每一个都无法摆脱运营商而独立存在，可以毫不夸张地说，运营商的参与也是无线城市成功与否的一个非常重要的先决条件。

目前3G业务正在逐渐发展，而各家不同的运营商因为网络和业务的需要都在全力发展WLAN。而WLAN恰巧是现阶段构建无线城市最主要的网络制式。所以，运营商的参与可谓水到渠成。利用运营商雄厚的财力，可以迅速解决无线城市的建设费用。中国的无线城市发展基本都是运营商负责建设，政府少量投入或不投入。运营商除了财力以外，还在专业领域发挥不可替代的作用，在运维上都比其他参与者更适合承担无线城市的运营。

另一方面，运营商因自身业务的需要，也急需整合无线城市的资源，掌握更为庞大的用户群，提供用户更加便利的民生服务。在这个方面又和政府发展数字民生的初衷不谋而合。

5.2.3　内容提供商

没有内容的无线城市无疑是空洞的。那么哪些资源可以充当无线城市的内容？而这些内容又是由谁提供的？

无线城市就是一个遍及城市每个角落、互联各种资源、达到资源高效共享配置的平台。所以，与互联网类似，那些视频提供商、门户网站、微博、交友网站、新闻网站、游戏运营商等都属于内容提供商的范畴。

但是与固定网络互联网业务不同的是，由于无线城市有其移动性、相对固网窄带的特点，并不是所有业务都适合作为无线城市的业务，尤其是在目前阶段新技术的使用程度来看，例如流媒体业务的移动化就受到非常大的挑战。

内容提供商在无线城市中扮演着至关重要的角色，内容的好坏也就决定了用户是否会保持对无线城市的高黏度。

目前，在中国各个城市的无线城市网站上，能够看到的内容主要是民生资讯、广告和少量的娱乐业务等。

5.2.4　软件提供商

在这里，我们可以把软件提供商看做是 SP。他们提供资源或提供整合资源的服务。第5.2.3 节阐述过，内容对于无线城市的运营起到非常重要的作用，但不是什么内容都适合无线城市。无线城市的内容要充分发挥其移动性的特点，结合用户的消费特征和动作属性来对业务进行合理的规划才能起到良好的效果。

所以，我们认为在无线城市建设完毕后，软件提供商才是无线城市的灵魂。国内外无线城市，目前遇到的主要困境也是在业务上的，而完全不是技术上的。

下面举个大家都熟悉的例子。

苹果和三星都是目前主流的智能机提供商。但是毫无疑问，在部分发达地区，占据智能机市场 25%份额的苹果无疑是最大的赢家。仅有数款机型的苹果依靠什么成为智能机领域的主角？毫无疑问，除了品质和设计外，苹果上的软件无疑受到很多用户的青睐。

由于中国经济整体上经过了大发展时期，关注用户体验才慢慢被市场重视起来。通信行业内的竞争激烈，先进的运营商很早就嗅出了要以客户体验为核心的体验式营销。但是，一家公司、一个市场氛围的转变需要时间。在软件提供商领域内，需要能充分分析用户行为，提供真正有吸引力的软件，同时利用无线城市形成的庞大网络为用户提供更多的附加值业务。软件提供商才能更好地生存，无线城市也才能有了灵魂，避免只叫好不叫座的困境。

5.2.5 硬件提供商

硬件提供商是真正的上游渠道，是无线城市所有技术的依赖与保证。

中国的硬件提供商伴随着通信行业 20 年来的发展，已经非常成熟，其中不乏如华为一样，在世界领域内都领先的公司，其技术的先进性和产品的稳定性是受到市场检验的。

硬件提供商更多地依赖于运营商的青睐，而无线城市能否发展好，才是最直接影响硬件提供商是否能够能把无线城市建设变成自己新蓝海的关键。

前文已经阐述过很多有关无线城市的各种新技术，在此就不再过多描述。而从业务角度看，硬件提供商目前迫切需要解决的是移动互联网技术的移动性、连续性和安全性。只有将无线城市的覆盖区域从一个个独立的片区组成一个覆盖城市任何角落的网络，无线城市才到了真正成熟阶段。

在中国无线城市的终端提供商主要是一些发展壮大的国有通信企业以及少量合资企业，尤其是近十年的快速发展，无论从硬件设备的性能还是从服务能力上，中国通信设备制造企业都有明显的提升，华为更是已经跃居国际第一大通信设备硬件生产商。

目前，国内主要 WLAN 市场已经形成三大群体：一是以思科、阿尔卡特朗讯等为代表的外资企业；二是以华为、中兴等为代表的电信设备制造商；第三类是以华三（H3C）、联创等企业为代表的非主流设备厂商。

而在电信级 WLAN 市场上，外资 WLAN 制造企业因其高昂的售价和对中国市场的不适应正逐步走向边缘化；华为等国内知名厂商的同类产品不仅功能已经接近国外产品，甚至在部分性能上远远超过对手，而售价却低许多，也更加具有亲和力；另一方面，越来越多的中小型 WLAN 设备制造商也开始崭露头角，因 WLAN 本身的技术并不保密，所以中小企业往往更加灵活，设备售价和服务更加具有竞争力。

5.2.6 终端提供商

无线城市主要针对的是企业、个人所使用的便携式终端，凭借便携的重要特性发挥无线网灵活和无所不在的特点。从终端的种类分，主要包括手机、PAD、笔记本等。

终端作为直面用户的产品，带给用户的个人体验也最为直接，终端的综合性能将直接决定客户对于终端产品本身甚至无线城市的接纳程度，进而从该意义上来说，终端也对无线城市的发展起到至关重要的作用。

因此，终端提供商对于无线城市整个产业链都形成巨大的作用，任何无线城市的应用都必须在终端上以合适的方式加以体现。

由于无线宽带技术的多样性，因此需要不同种类的终端兼容无线城市复杂的无线网接入系统，以及配合各种行业应用的展现。

伴随着中国无线城市的进一步拓展，未来多模终端将是市场的主要产品，其终端支持模式的多少，也许决定了该终端是否能够被用户所接纳。更小的尺寸和重量、更低的能耗和更大容量的电池、更长的使用寿命、更多的环保材料以及更大的屏幕尺寸都是未来终端发展的方向。

当然，多模终端的发展也面临许多亟待解决的问题，如技术融合、安全、成本控制和产品外观等。

1. 手机

谈到无线城市，就不能不谈智能手机给移动互联网和数据业务带来的巨大冲击，可以说，智能机的出现给已经逐渐平淡的手机市场注入了全新的活力，如今随处可见人们低头凝视自己的手机的情景。

智能手机的性能日新月异，从刚开始推出时的单核，现在已经达到 4 核，未来智能手机将会和笔记本电脑合二为一，成为伴随我们身边的信息终端。

现阶段智能手机必需具备以下性能。

① 高速处理器。传统手机仅仅需要打电话、发短信，或运行一些简单的 Java 程序，但如今的智能手机需要面对多线程处理，以及更加庞大的应用程序、游戏，因此处理器是否高速、低耗对于智能手机的整体性能有举足轻重的作用，目前市场上主流的处理器有高通和 TI，而三星、ST 和 Nvida 也占据少量的手机处理器市场份额。

② 高容量电池。随着智能手机的发展，处理器、屏幕等消耗的能源越来越多，智能手机的电池容量越来越大，各手机品牌厂商纷纷在手机尺寸、电池尺寸以及重量上做着平衡。

③ 大尺寸高清屏。从以 iPhone 为代表的智能手机推出以来，智能机的屏幕变得越来越大，目前主流的屏幕尺寸集中在 4.5 英寸至 5.7 英寸之间，考虑到人们使用的便利性，手机的屏幕并不会毫无止境地发展下去，而是会向着柔性屏幕、虚拟化技术演进。另一方面，手机屏幕的分辨率变得越来越高，拥有绚丽色彩和高逼真画质的手机屏幕，无疑是旗舰智能机的特征。

④ 大容量存储。2011 年，手机存储还主要集中在 2GB 左右，而如今的智能手机，尤其是旗舰机型的存储空间均大幅度增长，以 iPhone 为例，有 16GB、32GB 和 64GB 可选，而之前这样的容量则主要针对 iPad。应用程序越来越大，处理能力越来越强，手机正向着个人处理终端方向发展。

在智能手机领域，目前最主要的系统有：以诺基亚等为代表使用的 WP8 系统、以苹果为代表的 iOS 系统和以三星、HTC 等为代表的安卓系统。

不同的系统为用户带来的体验稍有差别，尤其是在无线城市 WLAN 热点的使用过程中，不同的系统所具备的性能和兼容性有着很大的差别。现行主流的 WLAN 网络认证方式有 PEAP 认证、MAC 认证、EAP 认证和客户端认证。

（1）PEAP 认证

PEAP 认证方式在 AAA 服务器上配置证书，客户端首次上网时需安装证书后即可保证以后正常上网，最大的问题在于机卡分离后，计费仍然跟随原 SIM 卡。

PEAP 认证需要在 AAA 服务器配置认证证书，客户端安装证书后上网，随后证书记录在客户端上。

PEAP 认证的缺点：证书可能和终端不能兼容；心跳检测可能被终端因安全问题过滤；机卡分离后，别人采用 PEAP 认证使用 WLAN，扣费依旧是原持卡用户。

图 5-3 所示为 PEAP 认证原理图。

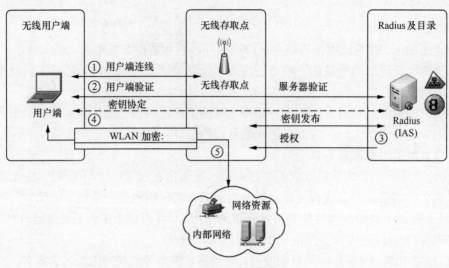

图 5-3　PEAP 认证原理图

（2）MAC 认证

MAC 认证方式仅对 Portal 服务器进行改造，不对客户端进行调整。目前山东移动采用了 MAC 认证方式，但暴露出用户合法 MAC 被冒用的问题。

MAC 认证需要 Portal 服务器新增比对模块，用户手机保存首次认证后 MAC，连接后台 Portal 服务器通过比对确认用户合法性。

MAC 认证的缺点：有可能有伪造 MAC 地址，侵犯合法用户权限。

图 5-4 所示为 MAC 认证原理图。

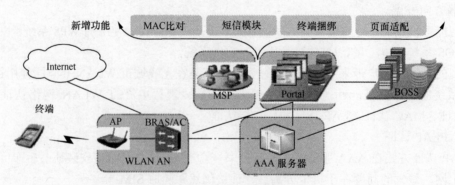

图 5-4　MAC 认证原理图

（3）EAP 认证

EAP 认证方式需要在客户端安装 App 或进行设置，iPhone 支持度较好，Android 以及 Symbian 均存在兼容问题，且不支持 TD-USIM。

EPA 认证包括 EAP-SIM 和 EAP-TTLS，是基于 GSM-SIM 分发方式的认证模式，但是双向认证机制，其中 EPA-TTLS 安全性更高。

EPA 认证的缺点：含有心跳测试且心跳测试可能被安全过滤，造成用户不能使用 WLAN；

定期发送报文测试用户状态，增加认证系统的负荷。

EAP 认证的优点：真正从 SIM 卡中读取用户信息，符合未来 EPC 标准演进。

EAP 在不同智能手机操作系统上的认证方式有所区别：iPhone 首次使用需要安装 SIM 卡认证程序，以后将自动接入，如图 5-5 所示。

图 5-5　iOS 手机上使用 EAP 认证（中国移动 WLAN）

Android 手机需要在配置无线网中选择 EAP 认证方式，在 EAP 认证中选择 SIM，以后将自动接入，如图 5-6 所示。

图 5-6　Android 手机上使用 EAP 认证（中国移动 WLAN）

Symbian 系统需要添加接入点，并配置网络。以后使用时必须启用网络向导，选择 SSID，并在网络侧激活，如图 5-7 所示。

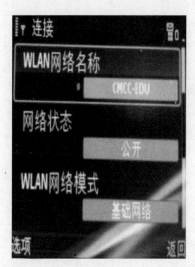

图 5-7　Symbian 手机上使用 EAP 认证（中国移动 WLAN）

（4）客户端认证

客户端认证不改动网络侧设备，客户端首次使用需安装客户端软件。问题在于自动连接 WLAN 网络，将可能侵犯用户的选择权利，但是弹出提示，又会影响用户体验。

客户端认证首次需安装客户端软件，同时用户必须在手机端进行配置后可更快捷使用各家运营商提供的 WLAN，如图 5-8 所示。

客户端认证的缺点是自动认证可能会造成扣费，也可能会造成 AP 过忙。

图 5-8　手机上使用客户端认证（中国移动 WLAN）

不同类型的智能机系统对认证方式的支持程度见表 5-1。

表 5-1　　　　　　　　　　　　不同类型智能手机系统对认证方式的支持程度

	EAP-SIM	EAP-TTLS	MAC	客户端	PEAP 认证
网络侧改动	不需要	不需要	对 Portal 服务器改造	不需要	对 AAA 服务器进行改造
终端支持性	少量不支持	少量不支持	均支持	均支持	部分不兼容
安全性及不足	可能会造成用户终端 WLAN 无法使用。不支持 TD 卡	可能会造成用户终端 WLAN 无法使用，不支持 TD 卡	可能会被恶意冒用 MAC 地址		机卡分离后使用 WLAN，仍然扣持卡人费用
是否自动触发 WLAN	是	是	是	首次自动触发	是
是否改动客户端	需安装 App 或设置	需安装 App 或设置	不需要	安装 App	安装证书

如今伴随智能手机市场竞争越来越激烈，目前市场上主要的智能机品牌有：苹果、三星、诺基亚、HTC、华为、联想等。其中三星及 HTC 手机都以每个月发售数款产品，以性能为主要竞争方式，而苹果依然以品牌优势不断攫取用户。

从搭载系统上看，绝大部分热销手机搭载 Android 系统，其次为 IOS 系统和 Symbian 系统。诺基亚新推出的手机已经开始使用 WP8 系统，这使得 Symbian 系统将成为历史，所占市场份额会越来越少。

2. 平板电脑

iPad 的出现掀起了平板电脑的热潮，外型介于手机和笔记本电脑之间的平板电脑比笔记本电脑更具便携性，比手机有着更强大的功能，其搭载的系统多以 iOS、Android 为主，也有微软的 Surface 直接搭载 Windows 8 系统，几乎可以与笔记本电脑相提并论。如今平板电脑在高端机和国产中低端机的充斥下，市场渗透率已经很高，这对于无线城市等提供广泛无线宽带接入的平台来说，终端问题已经得到缓和。

目前市场上主要的平板电脑品牌有：苹果、三星、HTC、华硕、原道、台电等。略不同于智能手机，平板电脑的生产厂家更多，且技术指标差别巨大。

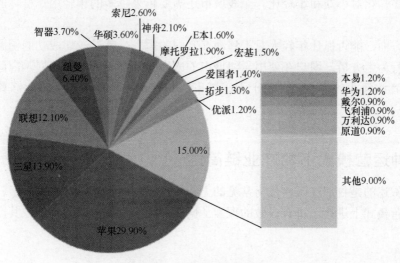

图 5-9　平板电脑市场占有率

市场的平板电脑均支持 WLAN 功能,部分平板电脑或型号还能支持不同运营商的无线网络,如苹果均有支持 WCDMA 的 iPad 型号。

平板电脑在易用性上,尤其是使用无线城市业务时所带来的用户体验要强于手机,但相对于手机,其便携性上略差,大部分型号不支持运营商无线通信网也是制约其使用的另一个主要原因。

3. 笔记本

笔记本电脑的型号众多,市场品牌及品种丰富,而且目前笔记本的售价已经较为低廉,和传统台式机基本处于同一价位。因此,伴随笔记本电脑的市场占有率不断增长,笔记本也成为无线城市主要的访问终端之一。

从无线城市的接入方式分,笔记本基本都使用 WLAN 网络接入,其内置的 Wi-Fi 模块提供了非常好的易用性,且笔记本还可以充当热点,为其他便携设备提供接入。

制约笔记本在无线城市业务中使用频率的还是便携性,它没有平板电脑和手机的小巧特点,所以使用笔记本访问无线城市业务的更多是固定在某地的用户或在某一个地点滞留时间较长的用户。

使用笔记本访问无线城市和其他终端在使用应用和业务上具有很大的区别,更多使用的是大流量业务。因此,在无线城市的运营中,需要将笔记本和其他终端设备加以区分。

还有一种终端是介于笔记本电脑和平板电脑之间的,以 Microsoft 提供的 Surface 为代表,它既可以充当平板电脑使用,插上键盘后又可以完全充当一台笔记本使用,应该说是未来平板电脑和笔记本相互融合的趋势性产品之一。

5.2.7　用户

毫无疑问,一切业务都是为用户服务的。用户体验不佳的业务必然遭到市场的淘汰。这点在目前 3G 业务的困境上就可以看出。虽然较 2G 业务在数据业务支撑能力上有大幅度提升,但是不能很好地迎合用户的消费习惯,所以 3G 业务风风火火,却基本颗粒无收。

针对无线城市来说,各种民生资讯服务的受众是较大的。但能让无线城市真正运营起来的业务的用户却相对小众和年轻化。无线城市还需要越来越多的年轻用户群体的支持才能得到发展。

在这个方面,能否抓住年轻人对于移动互联网的需求,就是一切成功的钥匙。

从用户行为上分析,用户在使用无线城市的应用时有明显的业务习惯,因此通过分析用户的流量或者访问业务的不同,便于无线城市在布置无线网接入热点时能够真正瞄准用户需求。

5.3　各种运营模式下的产业链简述

前面所叙述的是目前在国内最为常见的无线城市产业链模式。放眼各国无线城市的发展,各国都在运营模式上进行了卓有成效的探索。同样,因为运营模式的不同,其产业链也会有一些区别。

5.3.1　ISP 模式

以服务提供商和平台运营商为产业链重心，在实际中，ISP 可能涉及产业链的数据语音传输和无线城市平台建设。ISP 初期投资巨大，往往难以找到适合的赢利点，产业链的可持续性难以得到保证。

该模式中很少有 ISP 商或者平台运营商能够有强大的财力和技术储备支撑无线城市的建设，同时由于处于产业链的中层，对上下游产业链的影响力有限，很难促动整个产业链的统一协调。

5.3.2　广告模式

以平台运营商和终端用户为产业链重心，该模式建立在 ISP 模式基础上，而在盈利模式上重点突出广告的作用。从产业链角度，其价值的重心向无线城市平台与终端应用之间转移，即如何通过广告方式，实现利润，保证产业链的良性可持续发展。

广告模式的问题在于起步相对容易，但由于受众和平台运营商的能力问题很难有长足的发展。

5.3.3　市政运营

以无线城市平台为产业链重心，无线城市的建设更注重于非经济因素的考虑。政府自身"即当裁判，又当运动员"，同市场经济的基本原则不相吻合，效率难以得到保障；同电信运营商等产业链环节存在冲突；盈利性也是一个重大的挑战。

技术储备和财力是制约市政运营的核心，无线城市是一项复杂和浩大的工程，政府作为产业链的核心很难将无线城市推动下去。

5.3.4　合作模式

充分利用社区（个人）的闲置网络资源，但是由于处于自组织状态，难以形成真正意义上的产业链。从政府角度难以管理，从电信运营商、服务提供商等产业链环节，也难以管理，缺乏足够的动力去开展商业化运作。

合作模式的核心在于产业链的各个环节都相互剥离，导致产业链的建设、运营都难以保证。

第 6 章
无线城市商业模式探索

6.1 无线城市定位

无线城市，是在人流密集区或等待区进行无线宽带网络覆盖，使人们持有的无线终端能够随时随地访问互联网资源，享受信息服务的城市。例如，用手机看电视、打网络游戏、手机视频聊天、用手机随时召开或参加视频会议、家庭数字网络、无线网络硬盘、智能交通等。无线城市不仅是城市信息化基础设施，也是衡量城市运行效率、信息化程度以及竞争水平的重要标志。

自美国费城提出"无线费城计划"以来，很短的时间内，"无线城市"成为全球瞩目的焦点，一时间美国、英国、澳大利亚、加拿大、印度、中国台湾和中国香港等国家和地区纷纷开始了无线城市建设，希望能够利用无线城市将城市公共资源及市民需求有机地匹配起来。目前全球在建和规划中的无线城市已超过 1500 个。

2011 年以后，IBM 在无线城市的基础上进一步提出智慧城市的全新概念，无线城市为智慧城市奠定了沟通和信息汇聚的基础设施，智慧城市则更加关注大数据计算和在数据聚合的基础上派生出的新服务。

在经过一番大规模的无线城市建设后，截至 2011 年，全国绝大部分城市都建立有无线城市，或正准备建设无线城市。仅中国移动就部署有 30 个省市的无线城市平台，214 个城市建成或正在建设无线城市，涉及应用数量超过 15000 个。

目前可以用曲高和寡来描述无线城市的运营状况。

据中国移动披露，截至 2012 年 5 月底，无线城市共有用户 2149 万。但据了解，这些用户中很大部分是中国移动自己的员工，还有一部分是借无线城市完成信息化的政府部门，以及其他提供公共资源服务的企事业单位。

所以，从这个角度上看，真正的无线城市用户其实并没有多少，当然高频次使用无线城市的用户更少。

为什么无线城市真正用户那么少？根据某问卷调查网站的不完全调查数据显示。"无线城市"的认知度仅有 36.82%，其中用过无线城市的用户仅有 8.45%。大部分用户都是通过电视广告或平面广告了解到运营中的无线城市。

更进一步，超过 80%的用户认为无线城市就是在城市热点可以接入 WLAN。认知无线城市的用户中，超过 68%以上拥有本科及以上学历，他们普遍认为无线城市还是具有科技感的一项业务。

为什么出现这种用户认知度不高，但却对业务较为感兴趣的情况？

我们认为主要的原因是很多人没有搞清楚无线城市的定位，甚至在运营商内部都到处充斥着质疑的声音。

无线城市不等于 WLAN，WLAN 仅仅是实现无线城市的一种现阶段的主要手段。无线城市继续发展下去将会是无所不在的智慧城市。

无线城市对于不同的运营商，定位稍有不同。简单地说，对于中国移动来说，WLAN 是最不被看好的 3G 制式的有效补充，可以在 TD-SCDMA 不成熟的情况下给予移动互联网业务补充，维系用户的体验，尽可能地维持用户黏度。

图 6-1 所示为无线城市生命周期图。

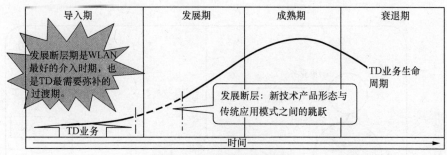

图 6-1　无线城市生命周期图

对于中国电信而言，WLAN 网络是进一步发挥骨干线路、固定宽带资源优势的体现。中国电信可以利用在这方面的优势地位和充足的接入资源点，迅速抢占 WLAN 热点区域，为 3G 乃至 4G 做基础资源准备；对于中国联通来说，WLAN 网络是跟随战略的体现，其财力并不足以支持大范围地建设 WLAN 热点，但一旦建成也可以发挥与中国电信相似的优势。

既然 WLAN，或者说发展无线城市对三家运营商都有一定的补充作用，那 WLAN 网络就有存在的意义，无线城市也有继续做下去的必要。

虽然目前 WLAN，或者无线城市，单从投入产出来看是完全不盈利的业务，甚至可以说，投入的越多，亏损的就越多。但是任何业务在引导期都无法片面地追求业务收入。

所以，对于运营商，WLAN、无线城市的建设主要目的如下。

（1）弥补 2G/3G 接入盲点，增强整体优势

运营商的竞争重点从传统通信业务逐步迈向全业务，以及在无线宽带接入能力和固定宽带接入能力等服务上的全面比拼。为了在短时间内强化无线宽带网络能力，弥补 2G/3G 存在的接入盲点，WLAN 具有灵活、快速部署和高带宽的特性，因此有选择地在重点区域建设或增补 WLAN 能够进一步提升运营商自身在移动宽带业务上的整体优势。

（2）分流 2G 网络数据流量，与 3G/4G 网络形成优势互补

通过实施"2G/3G/4G+WLAN"的多网协同策略，充分发挥各自网络的优势，利用 WLAN 分流数据热点区域的 2G 数据流量，缓解日益严峻的 2G 网络语音压力，同时对 3G 网络数据业务进行有效补充。

（3）流量经营，培养用户体验

运营商的数据业务发展存在增量不增收的问题，其网络资源日益沦为内容服务商的"管道"。因此，借助无线城市综合应用平台，通过吸纳政府公共资源，聚合社会信息，力图提升用户对运营商自有数据业务的使用频率。

（4）抢占热点，根植业务

运营商通过支持无线城市建设，可以顺利地将其无线宽带网络部署在原先难以协调的区域，达到短时间或局部形成"有限垄断"的目的；同时，通过向无线城市平台所承载的应用中根植运营商已有的数据增值业务或新业务，可以提升业务使用率，增加附加值。

所以，以中国移动为例，如果现在放弃 WLAN、无线城市的建设，该业务就会彻底沦落为垃圾业务。而如果持续投入 WLAN、无线城市业务，该业务就有可能变成明星业务，中国移动的新蓝海业务。

图 6-2 所示为无线城市业务示意图。

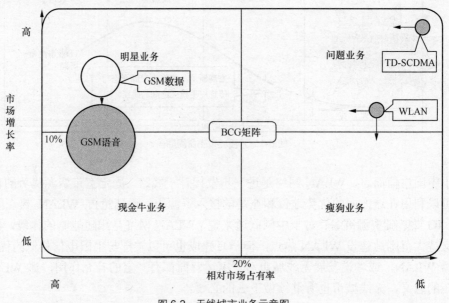

图 6-2　无线城市业务示意图

需要说明的是，本文的无线城市是一个广义的概念，不是狭义的单指与政府合作的WLAN 热点。

无线城市的意义体现在无所不在的网络，无所不能的宽带连接。这是无线城市最终的理想状态。无线城市的建设正符合目前正在热议的 Client-Carrier-Cloud（端—管—云）模型，将资源通过管道衔接在一起，提供更多的聚合类业务，发挥信息的作用。

从目前无线城市的建设来看，WLAN 因为部署快速成为建设无线城市最为核心的技术手段。其原因在于运营商提供的传统无线接入手段（2G）看似无所不在，但从速率上评价，都无法跟固网资源的速率相提并论。

运营商的 3G 网络似乎是无线城市建设的最优技术制式。但 3G 网络也有它自身的弱点。首先 3G 网络的部署慢，网络建设完成需要很长的周期。其次，投资巨大，3G 网络的运营需要巨额投资，届时从单个运营商来看，每家将有 4 张网络（2G 网络、3G 网络、WLAN、传输网络），尤其 2G 和 3G 网络的重叠会使部分投资成为一种浪费。

最后 3G 网络提供的广泛接入能力，实际的运营效果难以让用户认同。3G 业务成了终端补贴，成了一种发展迟缓的业务。

因此，运营商普遍提出三网融合的概念（2G+3G+WLAN），希望能将 3 张无线接入网络整合成一套相互协同的有机体，发挥最大的效能，尽力避免重复性投资。

无线城市经过两三年的建设，大部分已初具规模，但是从运营角度上却无法和运营商的其他业务相提并论，尤其在收益方面，想要获得收入都难，更谈不上盈利能力。所以，无线城市未来的发展在运营商（最大的无线城市投资者）、建造者内部引起了激烈的讨论，乃至影响到 WLAN 的发展，以及 WLAN 和 2G、3G 乃至 4G 网络之间的关系。

但遗憾的是，没有谁能够给出一个最佳答案，用明确的数据来化解运营商内部产生的疑虑。无线城市还是徘徊在仅能收取少量收入的程度，但投资规模以及后期的维护费等成本都仍不断增加。

笔者认为，无线城市既然是一种广泛接入，且它需要将散落的各种信息资源进行有效聚合，那么无线城市的投资和前期这种低收入状态就在所难免。

就如同 2G 网络建设之初不能实现全覆盖，必然导致大部分用户不敢使用。但是为什么发展速度没有今天无线城市的发展这般迟缓。原因就是今天的网络不是相互独立的，而是相互融合的，可替代的。2G 网络建设时，要么用户选择在家用固话打电话，要么可以在局部区域实现用手机通话，这是行业发展的外部环境造成了 2G 建设初期没有出现无线城市这般困境。

无线城市目前的困境根本在于国内的终端不够普及以及用户的行为习惯还需要培养，更源于无线城市的网络还做不到连续。

6.1.1　面向所有用户的服务

谁将会是无线城市的用户？从广义上说是我们所有人。从无线城市发展现状来看仅仅是少量笔记本用户和一部分智能手机用户，他们都是无线城市现在的潜在用户。其他的，例如公共资源的用户和民生用户，目前基本是偶发性的，不会长期使用无线城市上的相关业务。

无线城市的用户正处于培养期，伴随无线城市建设的进一步发展。无线城市将会逐渐发挥规模效应，带来更多有黏性的无线城市用户群体。

那么，潜在用户群体到底有多大？

首先是笔记本用户或平板电脑用户。

根据数据披露，截至 2013 年 6 月，中国已有互联网用户 5.91 亿人，其中手机上网用户数 78.5%，笔记本上网用户 46.9%。

据不完全民调显示，在东南沿海部分发达城市，笔记本的拥有数量甚至占总人口的 70% 左右。

但是，不能忽略的是，笔记本的外出携带率并不高，尤其是在公共场所等地的使用率更低。所以，无线城市现阶段已经将家庭用户的无线上网纳入到计划中来，将能有效地扩展笔记本群体中无线城市的用户规模。

无线城市最主要的用户群体是智能手机用户，也是这些用户更符合无线城市的移动性特点，同时便携终端的特性也将无线城市的便利性发挥得淋漓尽致。

根据《2012 中国手机应用市场年度报告》显示，截至 2012 年年底，中国手机网民规模已达到 4.5 亿人；中国智能手机用户数达到 3.8 亿人。2012 年智能手机市场仍主要由三星和苹果主导，这两家厂商共占据全球智能手机 49.4%的市场份额，诺基亚排名第三。

所以，照此类推，全国智能手机用户约有 2.3 亿部，其中超过 62%可以支持无线城市业务。

那么，手机用户上网都做些什么？

根据新浪网民调显示，数据如图 6-3 所示。

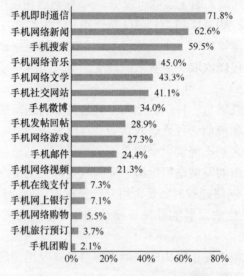

图 6-3 手机上网用户业务应用示意图

从业务类型上看，手机即时通信占据 71.8%，该类型业务利用窄带网络即可完成。同时，为了保证用户通信的连贯性，这部分用户几乎肯定不是利用 WLAN 网络进行即时通信。

手机新闻、手机搜索两种业务基本也属于窄带业务，其中可能有部分用户会利用 WLAN 网络使用上述两种业务，不过考虑到业务的连续，这个比例也不会非常大。

手机音乐由于相对来说需要较大的网络带宽，其中使用 WLAN 网络或 3G 网络的用户比例会有所上升。

手机文学、社交网站、手机回帖、手机网络游戏等业务，大多数都需要保持网络的连续性，其中使用 WLAN 或 3G 网络的用户比例比手机新闻、手机搜索两种业务的比例要高，但也不会呈现明显的趋势。

手机网络视频，是唯一一个带有明显宽带业务的应用。该类型业务主要都是 WLAN 或 3G 业务的使用者。

所以，纵观手机用户的各种上网行为，真正需要使用移动互联网业务的行为并不多，这也从一个侧面解释了 3G 业务发展缓慢的原因。同时，还需要考虑的是，即使是使用手机网络视频的用户，其中也有相当一部分用户利用的是自有 WLAN 网络。

无线城市是否能够有足够吸引用户的业务，将是无线城市发展的关键。这也是全球无线城市发展至今最大的问题、难题。

我们有没有什么好的解决办法？

现阶段，我们还没有找到合适的业务能够吸引足够多的用户投入到无线城市业务中来。

目前中国移动宣称其无线城市平台应用已经超过 15000 个，但就其应用的质量来分析，其中数量最多的应用为天气查询 268 个、政务新闻 267 个、办事指南 267 个、WLAN 热点查询 267 个。上述数据从一个侧面说明，大部分业务的同质性非常严重，同时对于用户的吸引力非常有限，运营商苦苦寻找的"杀手级"业务尚未出现。

6.1.2　无线城市发展目标

现阶段无线城市的发展目标提得最多的是发展多少用户，建设多少热点等。由于我们不是站在运营商的角度，所以我们只能提出阶段性无线城市发展的目标，即无线城市发展的里程碑。

结合国内外经验，里程碑大致归纳有以下几个阶段。

① 搭建起无线城市平台，网络已覆盖重要热点；

② 无线城市平台已搭载公共资源，可以提供必要的信息交互，网络逐步向次要热点推进，部分热点区域已经实现连续覆盖；

③ 无线城市搭载众多应用，实现数字民生、智慧医疗、智慧旅游、智能交通等；

④ 无线城市已经形成网络集群规模，各大重点业务派生出分支业务，业务已经渗透入各个城市各个环节。城市内网络已经达到全覆盖。

目前，中国大部分的无线城市已经进入第二阶段，第三阶段的部分应用已经初步投入使用，虽然没有从根本上给民生带来很大的便利性，但相信通过进一步努力，目标总能实现。

6.2　地方无线门户商业运作模式

截至 2013 年 7 月，全国仅中国移动就建设有无线城市约 336 个。下面将举部分城市作为案例说明部分无线城市的商业运营现状和主要的问题。

1. 北京无线城市门户

目前已上线应用合计 70 多项。业务主要以政务民生应用为主，相对于其他城市，北京的政务民生应用更加全面，且在更大程度上提供用户便利性。此外，在北京无线城市门户上还有大量的中国移动自有业务，但使用率相对较低。

北京移动已经与市政府联合提出了为期 3 年的应用规划体系，3 年总共需要完成约 300 个新应用的建设。

北京无线城市网站 PV 总数达 200 多万，活跃用户超过 50 万人。

应用拓展实现情况如下。

政务及民生应用：北京无线城市在政务办公、公共事业、交通服务等重点应用都已实现，通过无线城市进行后付费和手机支付等手段丰富了用户缴纳水电气费的方式，提供了良好的便利性，同时有效植入移动支付功能，更深度地整合了原有的移动业务。

另一方面，通过引入家政信息查询、违章罚款缴费、地铁公交线路查询、家政服务助手、农产品批发市场价格查询等涉及民生的应用，在一定程度上均为市民提供了更便捷的服务体验。

整体上，北京无线城市的应用正在向民生的各个角落迅速迈进。另一方面，北京无线城市也遇到了一些其他地区无线城市的共性问题，比如和政府的沟通困难，政府拒绝开放一些重要的公共资源等。

2. 上海无线城市门户

目前，上海无线城市已上线重点应用 51 个，但门户仍处于完善阶段，没有大规模推广。

应用拓展实现情况如下。

政务及民生应用：政务、公共事业、交通等重点应用基本均实现了在无线城市门户上的搭载。

其他生活应用：上海移动与社会资源广泛开展合作，推出手机影票、考试查询、天气预报、外卖服务、特色餐饮、物价信息等服务，同时还将移动增值业务中的校讯通等业务根植在无线城市平台中。

3. 深圳无线城市门户

深圳无线城市平台目前已经开通 10 个频道，主要包含下载、移动、便民、交通、医疗、商盟等，已上线应用 64 项。同时，无线城市门户设计有直通中国移动集团部署的多项应用，不同终端访问的平台已经统一，分为触屏版、3G 版、简版和客户端。据新浪科技数据显示，深圳无线城市门户网站累计使用 PV 超过 2000 万，活跃用户约有 60 万。

深圳无线城市平台应用主要集中在面向民生的便民服务上，除了按照中国移动集团统一要求部署的政务、公共事业、交通等重点应用以外。深圳移动通过与深圳市交管局、银行等合作推出面向公众的道路指引、手机购票、手机支付等功能，此外还和深圳本地超过 50 家医院合作，实现挂号预约功能。另一方面，深圳移动还组建商盟，为用户提供预约、优惠资讯以及订票服务等。

4. 厦门无线城市门户

厦门作为中国无线城市的第一城，推出了多种便民应用，已上线的业务达到 100 多种，无线城市门户正在大力推广中，但其中更多的是移动自有业务。据腾讯科技网的数据显示，厦门无线城市门户网站日均访问超过 3 万人次，是国内最为活跃的无线城市门户之一。

厦门无线城市开展较早，在模块上主要面向政务及民生服务，市民可以通过无线城市平台直接办理厦门市人大、政协及 40 多个单位部门的民生服务。同时，市民可以直接在无线城市平台上查询水电气数据，并支持缴费服务；交通指引和挂号预约服务能够为市民提供更加便捷的出行及就医体验。

和其他无线城市类似，厦门无线城市也开展具有厦门特色的本地服务，在无线城市平台上推荐特色饮食和特色商家，并提供预约服务。

5. 广州无线城市门户

广州无线城市定位于政务及民生服务，希望打造广州无线城市、广州无线郊区，进而打造珠三角无线城市群，与广州市政府全面展开合作。目前在无线城市平台上，除了政务、公共服务以及交通等无线城市常见业务模块以外，市民同样可以实现水电气查询、公积金社保查询等多项公众业务。

值得一提的是，广州无线城市充分开展商家合作机制，形成了广大的商盟群体，提供各种各样的优惠、特色推荐等服务，累计 PV 访问量已经超过 1500 万，活跃用户约有 20 万人。

6．太原无线城市门户

太原无线城市建设进展相对较慢，同样主要针对政务及民生服务两个方面，但由于城市本身数据库或平台未统一，以及资源整理力度不足等问题，只有部分政务办公服务和民生服务能够上线使用。市民也无法在太原无线城市平台上实现水电气以及公积金的查询服务。

此外，根据中国移动集团的统一部署，未来太原无线城市将承载的挂号预约、商旅服务以及政务新闻等将由集团统一安排。

无线城市虽然发展迅速，但是也存在着以下一些问题。

（1）无线城市的服务内容单　。从各省市无线城市来看，主要还是面向政务和民生两大服务内容，无线城市平台的相似程度较高，服务能力也相对有限。

（2）虽然政务及民生服务是无线城市的差异化特色，但是在企业服务方面，无线城市缺乏专业性，聚合效应也不明显，用户普遍感觉易用性上还有提升的空间。

（3）无线城市在提供公众服务的同时，缺乏盈利能力，如何找到用户需求，在提供服务的同时保证无线城市基本的可持续发展费用，是一个难题。

（4）因各省市对无线城市的理解不同，无线城市的内涵也不统一，这对于一些开展全国统一业务或信息服务的提供商有不利影响。

（5）用户在访问无线城市时，鉴权存在问题，常需要返回号码归属地的无线城市平台进行注册，全国未形成统一的无线城市接入门户或用户数据库。

（6）无线城市平台在各种终端上的兼容性不统一，部分国产终端或占有率较低的终端访问体验不佳。

（7）无线城市所承载的应用雷同程度较高，服务提供商所提供的服务集中在天气、交通、优惠、预约等方面，用户的差异化需求未得到满足，用户黏性不佳。

（8）用户在访问不同地区的无线城市平台时，操作方式千差万别，用户易用性和感知交叉，经常需要摸索很久才能获得需要的信息。

（9）部分无线城市开展并未获得政府的大力支持，进展缓慢。

（10）无线城市提供的政府及民生服务有赖于城市本身的信息化程度，部分偏远地区无法跨越发展轨迹直接建设无线城市。

（11）无线城市缺乏一套完整有效的参与及约束体系，在大量引入服务提供商的同时很难有效约束提供商的行为，很难促使提供商提供的业务按照无线城市发展的目标进行组合。

6.3　无线城市商业模式

6.3.1　政府主导模式

这种模式中，政府扮演主要角色，负责网络的维护和运营，把无线城市作为市政公共事业进行建设，向政府部门和市民提供免费或者低价的宽带无线接入服务，且收费的前提仅仅是为了维持无线城市的正常运行。

这种模式的好处是政府可以完全控制网络的使用方式和经营模式，而不需要与 ISP 进行协商。但是这对于完全没有市场和运营经验的政府来说存在着较大风险，政府承担的财政压力过大，且政府介入电信市场容易遭受来自电信行业的抱怨和投诉，产生法律纠纷。

因此，政府主导模式一般只适用于市政专网，当政府想为市民及企业提供无线上网服务时，往往将网络转包给 ISP。以下是美国德克萨斯州和新加坡无线城市建设案例。

美国德克萨斯州的"无线城市"便是这种模式的典型案例。市政府启动"无线城市"项目一开始旨在搜集水表、能量计以及停车时表信息，随后政府开始利用建成的无线网络向市民提供无线上网服务。政府累计投资约 700 亿美元用于建设无线宽带网络，但在实际的运营中，政府很难解决技术难题、维护服务费难题以及业务推广等方面的困难，因此将网络转售给 EarthLink 公司，只保留应急通信服务和市政应用，并向其他 ISP 提供批发业务。

2006 年 3 月，新加坡政府公开对社会企业进行无线城市建设"合作征求"，最终选定三家作为"Wireless@SG"的运营商，分别为 Icell、Qmax、SingTel。同年底新加坡开始无线城市建设，定位于公共事业，采取政府和企业共同参与的开发模式，由政府负责整个无线城市平台的规划和统筹，将不同的区域划分给三家运营商经营，开展公平竞争。三家运营商负责具体运营，选择适合的组网技术进行基础网络的建设，向用户提供无线接入服务。

6.3.2 广告模式

广告模式是 ISP 模式的一种变种，仍然是由 ISP 自己来建设、运营网络为主，但是可以向普通市民提供免费的、带宽较低的服务，通过广告收入来维持其免费服务；此外，还可以向企业、团体或政府部门批发带宽较高、服务质量较高、无广告的接入服务。

这种模式的特点是由政府主导建设，通常是制定发展目标和规划，政府与 ISP 达成协议，由 ISP 建设无线城市并提供后续的维护服务，并有偿向政府提供信息服务或向其他服务商提供网络能力；另一方面，政府授权 ISP 向使用无线城市或其无线宽带网的用户推送广告，但前提是网络本身和资讯服务是免费的。如果用户对 ISP 推送的广告感到反感，用户还可以根据自己的需要选择购买不带广告的无线宽带服务。

但是，这种模式也存在一定的问题，就是政府和 ISP 很难在无线城市的盈利模式上达成一致。政府往往希望 ISP 向市民提供全免费的宽带无线接入服务，仅靠广告收入或增值服务来维持网络；但 ISP 则希望能从中获得更大盈利。在这种分歧下，无线城市建设往往失败。

全球范围内，广告模式开展最成功的是 Google 和 MetroFi 公司。他们通过互联网广告、基于位置的广告以及吸引赞助商合伙来达到盈利目的。

（1）互联网广告：Google 在这方面具有雄厚的实力，其在"无线城市"中广泛使用如条幅广告、竞价排名广告等来获得盈利。

（2）基于位置的广告：网络的广告中心通过用户使用的 Wi-Fi AP 来定位用户的位置，将周围的商家信息推送给用户，还可以将广告放在信息查询、浏览器工具栏等位置。

（3）吸引赞助商：可以通过吸引一些大公司赞助。例如 MetroFi 与微软达成协议，得到了微软公司一定的资金赞助。

以下是伦敦无线城市建设的案例分析。

伦敦是开展无线城市建设较早的城市，其无线城市由政府主导建设，采用收费+广告的双重模式，免费无线局域网的推广名称为 "Online-4-Free.com"。用户可以通过 WLAN 免费接入互联网，速度为 256kbit/s，条件是用户同意在上网期间每 15 分钟观看一次 15～30 秒的广告，也就是说，这部分成本转嫁到投放广告的公司。如果用户不愿意观看广告，就必须通过支付费用来连接无线城市，资费为一小时 6 美元（合 2.95 英镑），或一个月 20 美元（合 9.95 英镑），收费服务的下载速度可以达到 500kbit/s。

6.3.3 租金模式

租金模式是指由 ISP 或运营商出资建设、维护无线城市网络，通过将业务批发、零售给用户、企业以及市政府，来获取盈利。

这种模式的特点是政府委托建网，交由服务提供商去完成网络的建设和运营，政府在此过程中予以全力支持。这里的服务提供商即可以是传统的运营商，也可以是非主流的网络运营商，甚至是设备商。网络建成后，政府可以成为"无线城市"的主要客户，这样财政压力不重。同时由服务提供商去经营网络，社会和人民也可以获得更加方便和先进的信息服务。

这种模式存在的问题是如何吸引用户，用户对"无线城市"的认知度和接收程度十分关键，ISP 作为市场新进入者，并不具备比运营商更大的优势，除非是低价或免费促销。以下是台北市建设无线城市的案例分析。

中国台北 1999 年便推出以"无线台北，台北无限"为目标的台北无线城市计划，谋求利用信息化服务提升政府服务能力以及市民在台北生活的便利程度。政府与企业签订合同，并将台北无线城市项目整体承包给该企业，由该企业代政府建设和运营。2006 年，台北无线城市正式建成，并在此基础上设计了面向市民的都市生活服务和一些资讯服务，受到了市民的广泛欢迎。

台北市在运营模式上采用 BOT（兴建、运营、转移）的模式，以政府要求的"政府不出钱，市产无转移"为前提，政府提供政策保障、公共信息接口和推广支持，由社会企业负责无线城市的建设投资和运营维护，待该企业完成项目投资回收后，台北无线城市交还政府运营。

在收入方面，主要来源是接入的租赁费。采用接入业务收费和增值业务免费的方式来吸引用户，用户通过选择按时、按天或按月缴费来购买服务，对于一些路况信息、即时公车信息等增值服务则免费提供给市民。

6.3.4 开放共享模式

这种模式是指所有拥有 Wi-Fi 或 AP 设备和宽带接入资源的人或机构，通过加盟的方式开放自己的资源，使公共和私人拥有的分散的 Wi-Fi 网络连在一起形成虚拟的"无线社区"，通过这种方式实现无线城市。

这种模式最早由一家西班牙公司 FON 倡导，用户只要同意共享一小部分家庭宽带连接，就可以加入一个庞大的 WLAN 社区，免费接入到其他用户提供的 FON 无线接入热点。随后这种模式在全球各国被模仿，我国的"伙聚网"便是其中一种。

但是，这种模式存在很多问题，一方面是加盟的热点质量参差不齐，网络质量得不到保证，有些地方甚至找不到可用网络，且在流量方面得不到控制，用户需要防止他人在使用网络时过多地占用带宽资源，导致其他用户无法正常使用。另一方面容易侵犯现有商业经营者的利益，这种模式可以利用运营商的网络资源获得利润，今后可能会引发法律纠纷。

FON 是全球首个以社区为基础的 Wi-Fi 网络，覆盖了 145 个国家，一直致力于推动社区居民通过共享 WLAN 无线网络接入互联网。FON 用户通过分享自己家的 Wi-Fi 网络，可以获得在其他 FON 接入点免费使用 Wi-Fi 的服务。FON 模式在西班牙推出后，便迅速扩散到其他国家，截至 2006 年年底，FON 在全球已有 43 000 个会员，其中在中国也有了 150 个会员。其风行的理念为"全面建网、互动共享"，通过免费策略聚集大量的用户，继而引入收费业务。依托 FON 公司的技术，在一个街区只需要 2～4 个愿意开放 Wi-Fi 无线路由器的用户，就可达到很好的网络覆盖。

FON 模式已经得到了 IT 行业的极大关注，获得高达 1800 万欧元的风险投资。同时 FON 也正在尝试与电信运营商合作，FON 希望说服大量 ISP 行业巨头与其展开合作，该公司已经与瑞典第二大 ISP 服务商 GlocoNet 和美国 Speakeasy 公司签署了合作协议。

6.4 国内无线城市商业模式

6.4.1 国内无线城市商业模式概况

目前，国内无线城市的发展基本都遵循"政府模式"的发展框架。其中"厦门无线城市"被称为中国无线城市第一城。厦门在中国无线城市发展上吸取了其他经营模式的优点，从而建立了"中国模式"。

"中国模式"是在全球无线城市的各种运营模式的基础上发展而来，又符合中国国情的产物。所以，现阶段"中国模式"将是最适合中国无线城市发展的商业模式，未来伴随政府向服务性政府转型，越来越多的 ISP 或运营商等可以更多地深入公众服务后，更多的业务组合便应运而生。所以，未来的无线城市商业模式是大融合的时代，是将现有的无线城市产业链的各个要素进行扩大，延展至企业、政府、个人等方方面面的融合产品。

相比于畅想未来无线城市的商业模式，首先必须立足于了解"中国模式"。

"中国模式"之所以能够取得前所未有的突破，有两个中国自身的先决条件：第一，国内地方政府的号召力要远高于国外的地方政府；第二，不但政府需要无线城市，运营商更需要无线城市。

国内地方政府对所辖区域内的各个领域都有广泛的影响力，借用政府的影响力可以迅速对各行各业的资源和公众资源进行整合，这是国外地方政府无法办到的。例如，对医疗资源的整合在国外可能会因为涉及患者隐私或妨害医疗公平等原因流产。

运营商相比于政府更需要无线城市是国内无线城市能够取得令人瞩目成绩的重要因素。为了维持自身的领导地位，运营商之间的竞争愈演愈烈，无线城市是运营商认为的重要战略资源。所以国内无线城市无一例外地基本都采用"政府+运营商+服务商"的模式。运营商拥有行业经验，同时还拥有众多的用户资源，为本地无线城市的发展提供了良好的基础和平台。同时，在运营商背后还依附着众多的服务商，他们的生存强烈依赖于运营商而存在。所以，无线城市这类投资规模巨大的新业务被这些服务商视为新蓝海，有效地激发了这类企业的积极性。

虽然国内无线城市的发展取得了令人瞩目的突破，无论在用户规模还是资源的后向整合能力上都要优于国外的无线城市。但是，无线城市发展的最大障碍还是没有得到根本性的解决，即无线城市的盈利模式是什么。没有盈利模式，即便实力雄厚的运营商想大规模发展无线城市也会因为没有满意的利润而退缩。

6.4.2　国内无线城市商业模式优劣势分析

笔者认为"政府+运营商+服务商"是目前最合理的无线城市建设模式，但模式是一种框架，重要的是内容是否可以吸引到足够的用户和利润来支撑无线城市的建设。

资源后向整合能力是现行商业模式最成功的地方。具体可以体现在政府对民生、政务、公共资源的整合上。如果缺少这一环，无线城市平台上缺少最基本的信息服务载体，无线城市近似一个网站，只是能提供一些服务的商业网站。

在"厦门模式"上，政府对无线城市的推动是不遗余力的，具体表现如下。

① 政府的物业向基站建设全面开放并协调资源；

② 推动政府部门无线应用，促使与百姓生活密切相关的政务资源在网络上方便应用；

③ 发挥移动性、个人性、实用性、安全性等优势，把移动通信技术应用融入到政务、产业和民生中；

④ 在厦门开展无线城市跨越 4G 项目。

与政府发挥的作用不同，运营商则是利用行业经验和广泛的用户资源，将平台应用迅速推广到每个用户手中，同时利用移动终端时无线城市真正能够达到运营要求。

但这样的模式仍然存在一定的弊端，最直接地体现在监管能力。这里的监管能力是个广义概念。

众所周知，政府在主导无线城市建设，主要发挥"指挥棒"的作用，但是政府对无线城市的建设技术和应用并不熟悉。在国内无线城市的建设中，就出现过运营商利用无线城市建设，借用政府的"指挥棒"为自己争夺战略资源扫平道路的现象。同样，无线城市的运营表面上是交给运营商的，实际提供服务的是后台服务商。如何避免服务商和用户之间的摩擦是政府监管的盲点。政府对无线城市中的消费投诉监管只能从运营商传递到服务商，可能造成一定的迟滞性。与之相反的是，服务商是否存在淘汰机制，淘汰机制是否由政府制定和监管也是重要的问题。

6.4.3　国内无线城市商业模式建议

无线城市是一个业务平台，是一个串联各种业务的纽带。由于要协同各种资源，所以承担无线城市主导作用的只能是政府。

现阶段国内无线城市建设中，政府虽然扮演主导作用，但在无线城市的实际建设中，政府的参与度还可以进一步提升，同时利用经济"指挥棒"刺激运营商将更多的资源投入到无线城市的建设中，而不是因为盈利问题让无线城市搁置成为一种"鸡肋"业务。

从运营商对待无线城市的态度上，也可以体现出无线城市的目前的尴尬处境。自 2009年以来无线城市一直保持较快的发展速度，而进入 2012 年，因为无线城市迟迟无法吸引到足够的用户，创造出一定的利润。所以，运营商对其投入的热情也有所衰减。无线城市基本进入到调整期，网络基础资源上采取少投入或不投入的姿态。

政府的深度介入对于无线城市的发展至关重要，发挥好"指挥棒"作用，要为无线城市建设清除障碍，也要为无线城市建设指引方向和发挥好监管作用。

因为无线城市可以视为是一种公共基础资源，如同高速公路一样，它需要政府主导，先将基础资源搭建完毕，然后再考虑盈利问题。目前无线城市的困境是让运营商承担无线城市的建设和运营。企业自然要考虑盈利问题，而用户则因为无线城市不是一个广泛的接入资源而不会普遍接入。同样，在产业链体系上，目前无线接入终端还太少，又由于不同运营商的3G制式不同导致接入终端的种类千差万别，用户很难取舍。这些都导致无线城市一直处于不温不火的状态，相比于运营商每年的巨额投资，无线城市的产出实在少得可怜，也无法期望运营商一直将建设无线城市的热情持续到底。

笔者建议，无线城市的建设主导应该是政府。不需要政府出资，而是通过经济政策和行政政策来促使运营商和产业链将各自的资源全部整合起来，形成合力先完成无线城市的广泛覆盖。例如通过税收政策的调整、创新业务的政府补贴、无线城市连带业务的政府扶持等来增加运营商在无线城市中的收益，提升无线城市的重要性。待无线城市能够形成规模效应以后，再引导用户接入到无线城市中来，为前期的投资者创造利润。

6.5 无线城市盈利模式探索

分析无线城市的盈利模式，其关注点应集中在无线城市的业务盈利模式上。因此，无线城市的盈利模式即是关注于业务融合和应用融合的大聚合模式。

信息化业务发展至今，现有的每个细分市场都已经有相应的或已涵盖有信息化业务的产品。就如同"云计算"和"物联网"一样，前者关注信息聚合，后者关注产品聚合。而未来将会是一个大聚合的时代，大聚合将主导无线城市向业务应用的高度整合演进，而在此基础上对资源的高效利用派生出来的更高级业务将会使我们这些无线城市的受众感受到该业务的魅力。

现阶段，已经有部分电商开始转向聚合型业务，提供越来越多的聚合类服务。其中发展最快的当属互联网业务以及新兴的移动互联网业务。

在日益竞争激烈的互联网市场，不断出现的创新业务，另辟蹊径，从而成为新一代IT产业的新贵。同样，无线城市也需要为自己增加独特的定位，才能利用无线互联网这个载体和传统的固网业务形成竞争优势。

从最近的互联网业务发展来看，聚合类业务成为新的亮点，获取渠道费是这类互联网业务提供商的主要盈利渠道。表6-1列举了一些聚合类服务提供商的主要产品。

表 6-1　　　　　　　　　　　　聚合类服务提供商的主要产品表

大类	产品名称	提供服务内容	业务规模	主要盈利模式	类似服务
商旅	携程	提供机票、酒店、旅游、团购等服务资源，收取渠道费	超过7000万会员	1. 机票、酒店、旅游产品的代理费或销售返点	艺龙、途牛
	去哪儿	通过横向整合所有旅行服务类资源，向用户提供国内外机票、酒店、度假等旅游产品的垂直搜索和信息比较服务，提供最优惠的客票服务信息	月独立访问用户量超过5100万	1. 广告 2. 链接其他服务商的，收取业务分成	58同城

大类	产品名称	提供服务内容	业务规模	主要盈利模式	类似服务
房屋	搜房网	网上找房信息服务平台	日均访问页面数超过2350万	1. 广告	安居客
B2C购物	淘宝网	国内 B2C 网购平台，引入商家入驻，占据国内网购市场80%以上份额	超过 2 亿用户	1. 商家管理费 2. 销售返点 3. 支付宝	京东
	苏宁易购	依托实体成立的网上商城，提供购物领域的垂直搜索和购物比价服务，主要集中在家电类	超过1300万用户	1. 广告 2. 销售返点	优个网
团购	美团	通过整合商家资源，每天揥供多单精品打折消费，包括餐饮、娱乐、旅行、酒店等	覆盖 200 多个城市	1. 订单销售收入分成	拉手、糯米
	团800	通过横向整合其他团购网站信息，提供团购的垂直搜索和导航服务	覆盖所有团购网站	1. 帮其他网站带去的订单销售收入分成	360团购
工作就业	前程无忧	提供包括招聘猎头、培训测评和人事外包在内的全方位专业人力资源服务	2011 年 2 季度注册人数突破 5000万人	1. 企业付费，个人用户免费	智联招聘
餐饮娱乐	大众点评	提供城市消费指南服务，涵盖餐馆美食、购物、休闲娱乐、生活服务、优惠打折等信息和点评	覆盖2000多个城市/县	1. 广告 2. 团购部分的订单分成	口碑网
	格瓦拉	提供涵盖电影院、KTV、健身房、酒吧和运动场所等生活资讯服务。电影票可直接在线预订	覆盖 20 个左右城市	1. 广告和订单分成	网票网
综合生活分类信息	58同城	覆盖生活的各个领域，提供房屋、招聘、商家黄页、二手买卖、汽车租售、宠物票券、旅游交友、餐饮娱乐等多种生活信息	覆盖 379 个城市	1. 广告 2. 团购部分的订单分成 3. 旅游部分的订单分成	赶集网

上述服务的业务模式主要分为纵向聚合模式和横向聚合模式两种。

6.5.1　纵向聚合模式

面向客户以自主品牌纵向提供某一产业链上下的服务，比较有代表性的是：美团、一号店、携程网、京东商城等，图 6-4 所示为携程官网。

几年前，"携程"作为新生的酒店、机票聚合类互联网产品，为用户提供了旅行必备的两大关键信息。它通过整合后向资源（包括酒店、航空公司等），利用规模效应提供更多优惠和专业化服务，促使用户大量使用携程来预订酒店和机票。而携程则从每个预订中抽取佣金以及广告收入。

图6-4 携程官网

携程利用电子商务的优势快速将信息聚合成自己的产品，带来了巨大的利润。曾经有酒店业主感慨：以前是携程为酒店打工，现在则是酒店为携程打工。

聚合类业务通常都是从先聚合资源开始，随后积累了足够的用户后则对后向的聚合资源拥有更强的控制力。所以，携程具有很明显的纵向聚合特点，是面向某一细分市场常见的聚合类业务发展的案例。

盈利点：销售收入返点、开放平台中对虚拟出租店铺的管理费、广告收入等。

以下是携程案例分析。

携程旅行网创立于1999年，总部位于上海，现已在全国主要的12个一线、二线城市设立分公司，员工总数近万人。

携程网的创立是中国旅游业与电子商务结合的最佳案例。如今携程旅行网向超过 2000万会员提供集酒店预订、机票预订、度假预订、商旅管理、特约商户及旅游资讯在内的全方位旅行服务，在行业内占据58%以上的市场份额，是经营业绩最好的商旅类产品线上交易服务商。

凭借稳定的业务发展和优异的盈利能力，携程（CTRIP）于2003年12月在美国纳斯达克成功上市，上市之初便受到美国市场的好评，股价当天创下上涨24%的记录。

携程网建立之初仅有酒店预订和机票预订服务，逐步发展为涵盖酒店预订、机票预订、度假服务、商旅管理、特约商户和旅游资讯为主的综合性服务公司。携程还一度涉及过酒店管理业，但由于电商领域的激烈竞争，现已逐步退出酒店管理业，专心主攻其核心领域。

（1）酒店及机票预订领域

如今携程旅行网的最核心竞争力来源于其对渠道网的控制能力，具有规模服务能力。在酒店业方面，携程在全球范围内与超过150个国家和地区的33000多家酒店建立了合作关系或特许服务关系；在机票预订领域，携程旅行网可以查询并预订全国54个城市的航班，并在绝大多数城市享有客票配送服务以及本地化的客服服务。携程通过其规模化的发展，在与酒店及航空公司的谈判上争得更多话语权，同时努力推进标准化服务，提升用户感受并降低成本。

（2）信息化服务

携程的产品是信息，因此信息化服务能力直接关系到携程的发展。携程通过构建面向企业内部管理和面向公众的各种信息系统，通过系统与系统之间的串联，提升携程内部管理、决策以及对客户服务的综合能力。携程服务人员可以在任何地区、任何内部终端上看到最及时、统一的客户服务信息，为携程会员提供有力保障。

（3）规范化管理

单纯拥有高效的信息化系统并不能保障携程在酒店及机票预订业务方面的领先地位，携程适时地配合信息化系统制定了一套规范化的管理体系，在影响客户感受的各项环节上制定了详细的管理目标以及控制要求，并有完善的追踪体系。

可以说，携程的信息化系统及规范化的管理所带来的是携程整体上高度的一致性和稳定性，在六西格玛管理方式的驱使下，携程为客户提供了高效、全面和优惠的服务，赢得了广泛的好口碑。

6.5.2　横向聚合模式

利用平台和工具向用户提供横向聚合该领域的服务或信息，典型代表：去哪儿、团 800、淘宝商城等。图 6-5 所示为淘宝官网。

图 6-5　淘宝官网

淘宝网是目前最成功的电子商务网站，其聚合类业务的特点促使淘宝占据超过 80%的线上交易市场份额。

淘宝网是典型的横向聚合类产品，其通过搭建平台、吸引商家加盟的方式促使其规模不断发展，用户可以在淘宝网方便地搜索成百上千个商家售卖的同类产品，从中选择自己认为的最优商品进行购买。

淘宝网的盈利主要依靠广告收入、销售分成收入等，但其母公司阿里巴巴的最主要收入来源不是淘宝网，而是和淘宝网一同派生的支付宝业务。支付宝产品设计初衷是为淘宝提供便捷、安全的线上交易，而如今支付宝发展到是一种支付渠道，用户甚至可以用支付宝进行水电费、电话费的缴纳等。

盈利点：广告收入、销售其他商家服务的收入返点、管理费等。

以下是淘宝案例分析。

聚合类业务的主要载体还是实体类业务，是实体类业务的线上延伸。通过互联网进行快速传播和聚合，在业务模式上形成了自身的特点。

对比线下生活服务规模，互联网业务所占的比例还非常小。中国电子商务研究中心监测数据显示：2010 年中国网上零售市场交易规模达 5131 亿元，约占全年社会消费品零售总额的 3%。多达 97%的社会消费是通过线下实现（美国线上消费只占 8%，线下消费的比例依旧高达 92%）。随着中国互联网的发展，未来的服务模式将会更多地采用电子化和聚合化的形式，但实体消费的主体地位不会改变。

从业务形态和资源整合能力上，无线城市无疑将比上述任何一个业务服务提供商的资源整合能力更强，但是否能够给无线城市赋予足够的内涵则需要看业务模式的合理性。

现阶段的无线城市基本都已经聚合民生公共类服务，例如水电费的缴纳等，但效果却不是很明显。究其主要原因，首先是用户的习惯尚处于培养阶段，考虑大部分互联网业务的主要用户年龄层偏低，而这类民生业务对该群体的黏度不大；其次是宣传的问题，就笔者曾经参与的某运营商无线城市项目来看，绝大部分受调查的用户表示并不清楚无线城市能够实现怎样的功能；再次，最重要的是这类业务全是公共资源服务类业务，有特色但没有盈利点，很难让运营商投入更多的资源完善功能。

无线城市是一个信息汇聚的平台，除了底层实现的各种无线接入方式以外，聚合信息应该是无线城市最应该具备的特点。例如智慧医疗，可以将广大医疗信息聚合在无线城市平台下，用户可以利用无线城市选择、预约医生。这是对资源的前向聚合，同样也可以聚合医生，为患者提供咨询服务、远程会诊，增加医患之间的沟通渠道，尽可能地避免医患纠纷。而盈利方面，患者需要为在线预约付出较高的挂号服务费，需要为远程会诊付出医生的会诊费和服务费。

第7章
无线城市业务案例分析

7.1　无线城市业务概述

　　无线城市的创新：将城市中零散的信息聚合起来，为信息提供相互关联的纽带，为资讯提供综合呈现的平台，从而在信息聚合的基础上延伸出更深层次的信息服务。无线城市将会快速提升城市的信息化水平，刺激各行业的快速发展。

　　无线城市通过 2G、3G、卫星通信、WLAN、固网等各种网络资源实现纵向资源的贯通。即城市中各自相互独立的信息化系统通过无线城市实现互联和信息共享，将用户需要的信息快速、简便地传递到各个角落的用户手中。用户可以利用身边的手机、电脑、PAD、电视、互动屏幕、各种传感器、信息中心等获取任何想要的信息。图 7-1 所示为无线城市业务分类示意图。

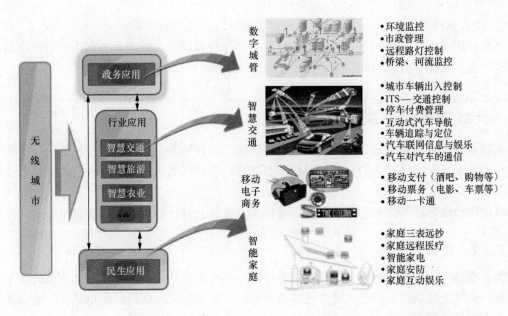

图 7-1　无线城市业务分类示意图

图 7-2 所示为现行无线城市的重点业务示意图。

图 7-2　现行无线城市的重点业务

以"厦门 TD 无线城市"为例，现行国内无线城市兼顾政府想做与运营商能做两个方面，通过三纵三横的模式在"接入、平台、内容"的基础上，交错承载"无线政务、无线产业、无线生活"三大内容，整合与政府工作、企业运行、群众生活等密切相关的多方面应用。

在具体的应用中，将"物联网"技术融入 TD 无线城市的不同细分领域，打造出政务、交通、安防、旅游、环保、医疗、能源、农牧、校园、服务等智慧业务。

无线城市重点在于把大量的传输与接入能力、计算与存储能力、信息汇聚与分析能力、智能分发与呈现能力、客户黏着与应用集成能力等进行广泛地部署，并大量嵌入到各种日常应用中。

无线城市应用的目标：将无所不在的网络应用在民生的各个环节，基于无线网络的便民服务，为政府机关、中小企业提供各种量身定制的应用服务，力求无线城市的自我结算和独立运营。

无线城市业务从资源服务种类划分如下。

① 公共应用服务类业务，包括如远程抄表、智能交通等；

② 行业应用类业务，包括如产品监控、物流监控等；

③ 个人应用类业务，包括如家庭监控、智能家居、儿童监控等。

公共应用类业务一般的信息提供者为政府或需要政府联动，受众是所有人；行业应用类业务和个人应用类业务仅为购买服务的企业或个人服务。

7.2　无线城市公共类业务

无线城市公共类业务通常为政府向公众提供的广泛性服务。它是一种广泛的公共资源，用户只需要利用无线城市获取自己想要的信息即可，用户基本无需向政府或资源提供者支付任何费用。

目前比较成熟的公共类业务主要有远程抄表、政务公开、智能交通和智慧医疗等。

7.2.1　警务通

警务通是一项具备中国特色的智慧城市应用，早在智慧城市出现之前，警务通的雏形已经出现，借助无线城市的搭建，警务通的内涵也更加丰富起来，应用层面也更加广泛，并且展现出更加广阔的空间。

以厦门为例，目前厦门市警务通系统使用者超过 4600 人，一线民警覆盖率达到 90%。

警务通系统已经由原交通民警使用逐步延伸到覆盖公安局各级机构、铁路公安、边防支队、消防武警支队、武警、边防警察、海警等。

图 7-3 所示为厦门民警正在使用警务通系统。

图 7-3　厦门民警正在使用警务通系统

每天在该系统上进行查询或受理的业务超过 6000 笔,极大地强化了警务工作的自动化能力。

该系统为手持终端,后端与服务器相连,提升了警务工作的效率,每月厦门警方通过警务通系统开出的业务处理单据超过 12 万份,涵盖超过 60%的警务工作。

警务通系统可以实现公安及交警部门内部的信息互联、警务查询、人口查询及登记、车辆查询等多种查询及沟通业务。利用无线宽带网络,由警务人员手持终端获取信息后发送至后台服务器进行比对,并将结果反馈至警务通终端,同时还具备告警和调配服务。

图 7-4 所示为警务通系统的典型构架。

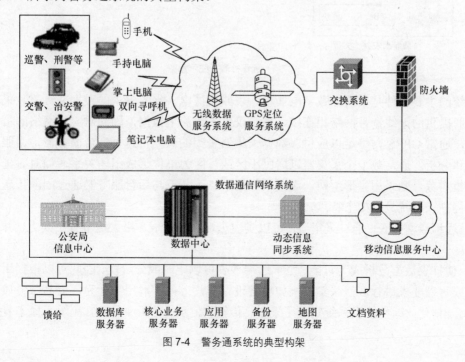

图 7-4　警务通系统的典型构架

该系统可以和原有公安内部系统进行对接，包括短信系统、警用 GPS、移动警务查询系统、视频监控系统、手机视频实时监控系统、公安短信报警系统、外来人员登记系统等，充分串联各个系统之间的信息沟通纽带。

7.2.2 远程抄表

远程抄表业务是很多无线城市建设初就拟定上线的一项业务，该业务主要能通过数据互联实现水电煤气的远程抄录，同时能够将数据和金额等信息通过手机平台发送给用户，提醒用户及时缴费。

图 7-5 所示为远程抄表系统示意图。

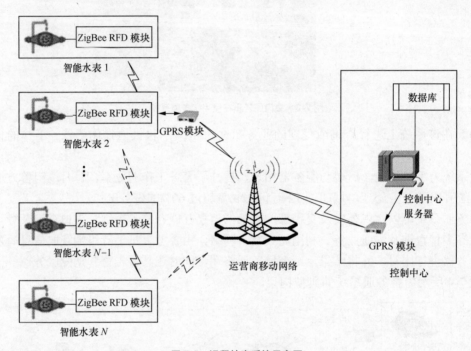

图 7-5 远程抄表系统示意图

系统的主要部件是安装在数字电（水）表或机械电（水）表上的数据采集器，采集器通过运营商提供的无线宽带网络相连接，由于仅仅采集简单数据，因此对无线网络的带宽要求并不高，通常 GPRS 网络足以应付。数据采集器采集的数据传递至后台服务器，由服务器进行记录和分析。通常数十个采集器以居民小区或片区为单位形成组团关系，如对时延要求较高的采集对象，则采用星形组网，设置采集器节点，节点与后台服务器通过固网传送。

远程抄表系统具有如下特点。

① 远程自动抄表。通过采集器，可以实现远端自动抄表，极大地节省了人力，并且数据更新速度快，安全性高。

② 使抄表数据分析成为可能。由于远端抄表可以定时或分阶段，因此可以根据用户的使用习惯或管理要求进行多次采集，例如峰谷设置等，方便了解用户行为，提高服务质量。

③ 一体化。远程抄表系统实现了采集、传输、记录、分析一体化，压缩了原本复杂的操作流程。

④ 可靠性高。由于采集数据比较简单，并且无线宽带网络的稳定性较高，因此采集数据的整个过程可靠性较高。

⑤ 管理效率进一步提高。一体化远程抄表系统有利于水电气管理公司提高自身的管理效率，支持抄表与收费联动。

7.2.3　政务公开

政务公开系统是一套和政府 OA 办公系统相连，通过无线手段将政务工作延伸的系统。和传统的 OA 系统相比较，它可以利用无线手段，将政务工作实时地传输到公务人员的手机上，也可以通过政务发布平台将信息准确推送到定制用户的手机上。

在原有政府办公 OA 系统的构架上，通过加载无线城市管理模块，将政务公开的信息传送到公务人员手中。如公务人员不在办公室，可通过手机、PAD 等终端进行批阅，加快政府的办公效率。

另一方面，政务公开在应急事件的处理上具有举足轻重的作用，它将大大加快传统应急事件的响应速度和处理结果的反馈速度。图 7-6 所示为政务 OA 系统。

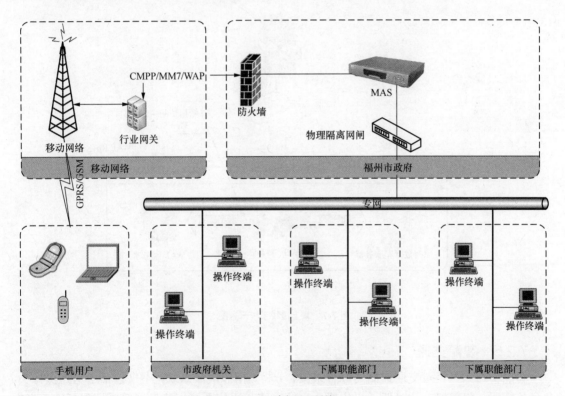

图 7-6　政务 OA 系统

例如，某区域化工厂出现严重事故，需要疏散该区域内的人员。本地公务人员可以利用无线城市迅速将事故情况和照片或视频传送到应急指挥中心。传送信息的同时，应急指挥中心领导也将收到平台传送来的事件概述，可迅速批示并发送力量进行救灾抢险。如事故严重，还可以通过无线互联网将待疏散地区的用户进行位置识别，将警告信息准确推送到该区域内的所有用户，及时、准确点对点到达。

通过无线城市，完全改变了应急事故处理中的信息流，使信息流从层层传递到点对点、点对面甚至点对全体的传递。

7.2.4　掌上报税系统

掌上报税系统是政务系统中的一个对外应用系统。广大纳税人和社会大众可以通过个人手机随时随地快速获得税务信息，实现移动办税和掌上办税。

掌上办税综合应用系统以对外服务网站为依托，整合了有关涉税的信息资源，融合互联网和移动通信技术，应用无线应用协议（WAP），建立向广大纳税人和社会大众的全新报税信息平台，如图 7-7 所示。

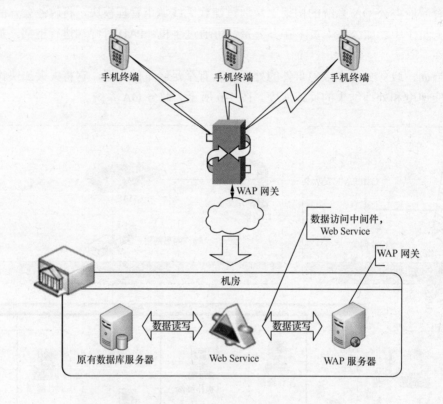

图 7-7　掌上报税系统示意图

7.2.5　智能交通

智能交通系统是对交通控制的综合采集、分析、指挥决策系统，不仅包括了道路摄像头、各种传感器、报警器、计时器、采集器、导航系统和通信系统、信息屏等，还包括用于指挥和控制这些设备的后台控制系统和数据库。系统通过路面监控摄像头、传感器信息搜集设备或终端将路面信息实时搜集至数据库中加以存储和分析，可以配合交通管理部门进行决策，有效缓解交通拥堵等事件的发生，为城市交通的正常运行提供辅助决策和管理工具。

进入 21 世纪以来，交通问题一直困扰世界各国，尤其是一些大都市，交通问题几乎是顽疾，无论巴黎、纽约、东京、北京，这些超级大都市在高峰时段，甚至在白天全时段都是拥堵状态，不仅造成过多的尾气排放污染，也浪费了所有行人的宝贵时间。因此，各国政府都在不遗余力地开展交通整治工作。

日本自 20 世纪 70 年代开始研究智能交通系统（ITS）并已经形成了一套完整的交通信息系统产业链。首先，日本认识到智能交通系统并不单纯是原有设备的信息化改造，保证信息互通的基础是打破原有各部门之间的障碍，保证信息流通机制。因此，在日本内阁的引导下，各部门共同参与制定了日本智能交通系统（ITS）发展规划，建立 ITS 管理委员会并协调 ITS 的标准化工作。在数据采集、传输、存储、分析等各环节设备在标准化的基础上，信息共享和互联互通得到保证。

在日本 ITS 管理委员会的推动下，日本各部门在 ITS 系统中分工明确，由国土交通部门负责道路的基础设施建设，主要是公路、桥梁等土建设施，并负责设施后续的管理和维护工作。另一方面，交通部门还负责高速公路的收费、管理以及全日本的机动车管理工作；警察部门则负责道路的管理标识、交通信号和疏导指引信息牌、驾驶证、违章处理等工作；总务部则负责与交通相关的信息化系统的建设；最后，经济产业部负责推动 ITS 相关的设备开发和企业发展。

在 ITS 投入使用后，日本的交通状况发生了根本性的变化，以东京为例，其当年交通效率就提高了 25% 以上。

中国在智能交通领域的研究远比欧美日等发达国家晚，但随着技术能力的不断提升，在交通规划、电子收费系统、信息公告牌、驾驶辅助和高速管理等方面也有了长足的进步。

现在无线城市为城市智能交通赋予了新的含义，不单是信息指引，更多的改变来源于信息采集后的再加工和决策辅助。

无线城市智能交通系统涵盖了道路指引、电子公交站牌、公交引导、车辆信息查询、停车指引、尾气排放检测、出行计划管理、交通疏导、红绿灯智能控制等。用户可以利用智能终端、信息屏、电脑等不同终端通过查看交通信息播报、交通照片、视频等合理安排自己的出行计划。交通管理者也可以利用现代化的智能交通系统对交通状况做出实时判断，更好地提高道路交通利用率，并在出现事故时做出快速反应。

图 7-8 为智能交通系统的示意图，自下而上主要分为感知层、网络层和应用层 3 个层面。

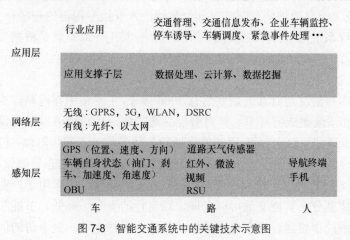

图 7-8　智能交通系统中的关键技术示意图

感知层也叫采集层，对于采集对象的不同，采集所用的设备也有较大的区别，主要采集设备为传感器。主要通过车辆传感器采集车辆的速率、姿态、刹车力度、加速度、角速度、位置等信息，通过车载装置借助无线宽带网向上一级汇聚系统传送；路面采集装置则主要通过视频监控装置、温度装置、压力装置、震动传感器等采集路面信息以及在路面上行驶的车辆信息，包括天气、车辆通行状况、桥面震动情况、路面温度、路面承压等数据，同样也通过无线宽带网络向上一级汇聚节点传输。

网络层也叫传输层，传感器视采集的内容不同选择不同的传输方式。对于速率较低的传感器，通常使用无线宽带网络进行传输；而对于数据量庞大的传感器，则采用固定网络进行传输。但考虑到各自的优势，最常见的传送方式是将传感器形成组团，按照区域或数量分，一组传感器设置一个核心节点，核心节点与上层通过固定网络进行传送，传感器与核心节点之间则依靠无线宽带网络传输。

应用层也叫展现层，是智能交通最终呈现给用户和城市管理者的界面。根据传感器采集数据的不同，应用层所派生出的智能交通应用也千差万别。通常主要有通过道路电了信息牌进行交通车辆疏导、告警；通过广播、信息屏或无线城市等载体发布交通信息，提供交通指引和出行计划；通过停车场管理系统结合道路管理系统提供停车引导；通过大数据挖掘提供车辆监控、应急事件处理和管理资源调度等功能。

随着智能化的进一步拓展，传感器、应用层都在朝着更加智能的方向发展。智能传感器可自行选择传输数据的时间和触发事件，并且可以根据采集对象的不同自行调整采集方式或数据格式。应用层则可在大数据挖掘的基础上，系统自行对常见交通状况进行自发控制，从而大大削减人力，提高管理效率。

在无线城市平台上，智能交通是一项重要的功能模块，北京、上海、厦门、广州、深圳、杭州、南京、天津等城市纷纷在无线城市上承载智能交通系统，虽然各个城市的系统有所区别，但目标是一致的。

广州亚运会期间，广州推出了全新的智能交通管理系统，并配合城市公交快速通道（BRT系统）着力改善广州主城区的拥堵状况。第一个是交通流量检测及交通诱导系统，主要是在重点路段设置近 300 个检测点，在重点路段路口安装 49 块可变情报板，用"红黄绿"色牌报告拥堵信息，为行车人发布路况提示。第二个是交通事件检测及车牌识别系统，该系统由 78 个监控点组成，能自动识别车牌并对社会车辆进入亚运专用道的违法行为进行高清拍摄。第三个高科技管理系统是 SCATS 交通信号控制系统，其工作原理就是根据实际车流情况自适应控制信号。最后一个是增加闭路电视监控点 500 个、电子警察执法点 500 个，实现主干道、主要次干道和市内高速公路交通的实时监控。

国内目前从事智能交通行业的企业约有 2000 多家，主要集中在道路监控、高速公路收费、GPS、地理信息和系统集成等环节。针对智能交通产业，大体也可以分为设备提供商、软件开发商、系统集成商和平台运营商，"智能交通的各环节均处于起步阶段，但是由于前端设备投入较少，应用较广，所以发展较快"。从车载 MP3、车载 GPS 动态导航仪和 ABS 标配的日益普及，到 EBD、ESP 等电子控制系统的广泛应用，近年来，汽车电子产业已经成为智能交通的一个重要组成部分。智能交通可以实现道路出行的安全、高效、节能和环保，对拉动整个产业链，如上游的传感器、汽车电子等相关的软、硬件企业，到下游的信息内容供应商，都有极大的促进作用。

7.2.6 掌上公交查询系统

掌上公交查询系统是智能交通系统大范畴下的一个子应用系统，它对于市民出行有着特别的意义。

每每看到上下班高峰期人头攒动的公交站台，有多少人曾为之后怕。掌上公交查询系统的目标是希望由被动公交系统转变为主动公交系统。市民可以通过手机查看公交的实时位置和距目标站台的预估到达时间，甚至可以在手机上设置提醒，以便用户及时乘车。

掌上公交系统并不复杂，但是受众却非常广泛。以厦门为例，每月使用掌上公交系统的用户超过 400 万人次。通过该系统的使用，明显地减少了用户等待的时间，被认为提升了超过 60%的效率。图 7-9 所示为厦门无线城市掌上公交系统界面。

图 7-9　厦门无线城市掌上公交系统界面

市民可以通过该系统选择"查询站点"，查询任何一路自己想要的公交线路以及相应公交车的距离。

掌上公交系统中一个非常特别的应用是公交达到预约提醒功能。市民可以下载 Mybus 手机客户端，这样便可以在查询后设置公交提醒，从而大大减少盲目的等待时间。

图 7-10 所示为厦门无线城市掌上公交系统智能查询界面。

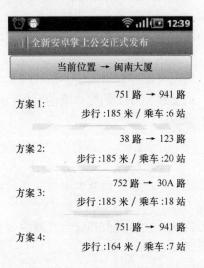

图 7-10　厦门无线城市掌上公交系统智能查询界面

7.2.7　智能停车信息服务系统

智能停车信息服务系统面对如今日益凸显的停车难问题具有非常重要的意义。

使用者可以通过手机查询停车场的车位情况。目前厦门已经开始推广该系统，一期工程涵盖 15 个停车场，6503 个停车位已经接入该系统，二期工程正在建设中。

车辆信息综合服务平台是用户访问的应用层，平台按照功能划分为：采集端程序、停车场公众服务网站（Web+WAP）、短信服务平台和 12580 声讯平台等 5 个组成部分。

车主可以通过该系统实时查询停车场的位置、价格以及剩余停车位等重要信息，极大地减少了在路面上寻找停车位的时间，从而在一定程度上缓解了城市交通，尤其是核心区的交通压力。图 7-11 所示为厦门无线城市智能停车信息服务系统。

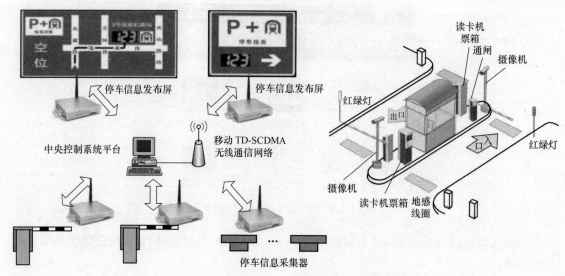

图 7-11　厦门无线城市智能停车信息服务系统

7.2.8　实时路况查询分析系统

实时路况查询分析系统是一套利用安装在路口的视频监控系统采集数据，后台利用采集来的数据进行分析，并呈现给用户查询信息的智能服务系统，厦门无线城市实时路况查询分析系统如图 7-12 所示。

该系统使用户查询的路况信息不仅可以用文字和图片显示，甚至可以用视频方式呈现。

该系统还可以通过公交、的士和公务车辆进行流动采集，同时利用后台进行分析，进一步强化实时信息分析系统的信息源。

7.2.9　智能公交监控

公共安全是城市管理的重要要素，在一些城市屡屡发生公交车盗窃或侵扰事件，都挑战着整个城市的公共安全保障能力。

公交监控的目的就是尽可能地防止妨害公共安全，减少公交盗窃事件，在发生危害事件时能够协助警方快速抓获犯罪嫌疑人。

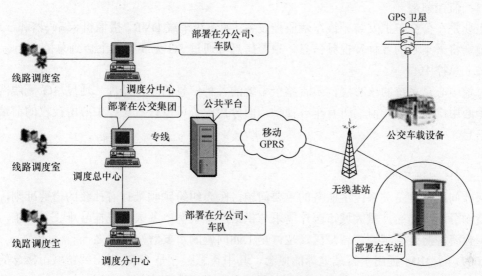

图 7-12 厦门无线城市实时路况查询分析系统

　　无线城市平台为公交监控系统的建立创造了有利条件，该系统通过在公交车和站台上安装视频监控设备，可以有效了解公交车上乘客的动向、流量，同时保障人员安全，减少偷盗事件的发生，也为治安案件的办理提供证据。另一方面，结合站台监控和电子站牌系统，公交监控系统可以有效跟踪人流动向以及不明包裹，防止恶性刑事案件的发生。

　　该系统也能全程记录传输车辆的实时监控和录制车内的音、视频资料，为管理者、警察在发生纠纷和刑事案件后追查和划分责任提供有力的办案证据。

　　图 7-13 所示为平安城市公交视频监控系统，整个系统架构总体上可看作以下二级平台架构。

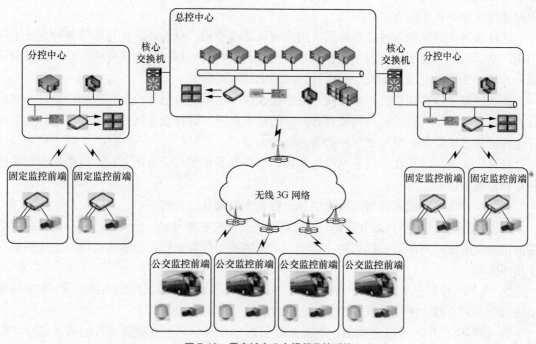

图 7-13 平安城市公交视频监控系统

（1）监控前端

主要是在公交车上安装无线车辆监控设备，如无线车载 DVR、摄像机、编码器和云台等。车载前端将采集到的各种音视频信息、报警信息等通过 3G 无线网络上传到总控中心。

（2）总控中心

总控中心是系统的核心层，负责整个系统的各种信息的综合处理。通过 3G 无线网络，总控中心用户可以查看前端所有车载视频，而分控中心可以查看总控中心所授权的前端车载视频信息。

7.2.10 智慧医疗

医疗问题一直是关系民生服务的重要问题，医患纠纷频频敲打着社会的道德准则，面对医疗资源分配不均衡，重大城市医疗需求与供给严重失衡，各大医院挂号难、看病难，乡镇医院医疗资源匮乏等难题，智慧医疗也许是上述问题的重要解决手段之一。

2009 年，IBM 提出了智慧地球的概念，其中智慧医疗是 IBM 提出智慧城市概念的重要组成部分。智慧医疗的目的在于使医疗资源与患者之间达到更好的匹配、加速医疗环节、提高医疗准确率和减少医患纠纷。在无线城市平台上，通过无线城市后台系统与医院的联动关系，提供远程挂号预约服务，但智慧医疗的含义远不止于此。

对于普通市民来说，电子挂号和电子病历等就是最常见的智慧医疗手段，但显然它还不够智慧。以后将会进一步提升医疗的"智慧"水平，使信息中心能够自动识别、主动通知，更进一步加入传感技术等高科技，使医疗服务走向真正意义的智能化，推动医疗事业的繁荣发展。

通过无线网络，利用手机或者各种便携接入终端或在家里使用固网，均可以便捷地连通各种诊疗设备，医务人员可以迅速利用网络获取病人的详细资料、身体状况和病史等情况，随时随地快速制定诊疗方案。

通过设置在医院的各种信息终端，用户可以通过手机、身份证、挂号单等各种方式进行识别，查看自己目前所诊疗的结果、挂号情况和其他相关信息，其中重要的信息（如医嘱或服药方法）还可以发送至手机上或者打印，用以日后提醒。

患者的转诊信息在任何一家医院都可以通过医疗信息平台进行查询。查询权限只开放给有合格资质的医生，且医院内网要有分配好的接入权限，这样既保证了信息的流通，又能更好地保护患者的隐私，增进医生和患者之间的沟通。

目前，智慧医疗正在全国各地迅速部署，尽管部署水平可能有所差别，但最终要实现的目标都是统一的。

智慧医疗体系（或者说智慧医疗信息平台）需要具备以下特点。

① 智慧医疗信息平台是互联的，且数据格式是需要标准化的。经授权的医生能够利用医院的接入权限随时查阅病人的病历、病史、治疗措施和保险细则，患者也可以自主选择更换医生或医院。

② 智慧医疗信息平台是可共享的。医疗信息的共享只是智慧医疗的初级阶段，未来还将实现远程共同会诊、医疗远程监控等多种功能。

③ 智慧医疗信息是可定制的。智慧医疗信息平台的信息是可根据患者的需求进行定制的，患者有权选择披露怎样的信息，医生同样有保守患者隐私的义务。医疗信息平台可根据

患者定制的信息，定期或自检测地发现患者存在的一些隐患，提醒患者及时就诊。

④ 智慧医疗信息平台需要广泛接入。智慧医疗平台需要医疗资源的广泛接入，患者可以在智慧医疗信息平台上方便地查询各种想要的医疗信息，并且有足够的选择余地去选择医疗资源。

从对象上来分，智慧医疗主要面向 3 个层面的对象：一是使医院更加智慧，二是使医疗联动更加畅通，三是使家庭医疗更加个性化。

1. 智慧的医院

智慧的医院主要围绕病人和医疗管理展开。通过建立病人的电子病历，可以在智慧医院内的各种终端上随时读取病人的病情，及时、便利地提供各项医疗服务。通常电子病历是一张类似银行卡的智能卡，有些私立医院已经能为就诊的病人配备腕部电子病历，病人持电子病历可以在各诊室就诊、使用医疗器械、读取化验报告、呼叫医护人员等，除此以外，病人在医院内不需要携带任何东西。医疗管理则和医院内部的信息化系统互联，主要完成医疗服务的自动化，也完成医院病房或服务的自动控制，如门禁系统、手术预警系统、巡夜系统、无线定位系统、自动配药系统、护理呼叫系统等。

智慧医疗系统一般构建于医院自身的信息化平台之上，深入利用临床信息，建立实现以患者为中心、以电子病例为信息单位、以优化流程为向导的临床信息采集与存储系统。部分有能力的医院整合了 HIS、医学影像存储与传输系统（PACS、RIS）、实验室信息管理系统（LIS）、会诊系统，实现临床科研一体化以及医疗信息的集成和共享交换，实现医疗临床信息的深层次利用。

在智慧医院内，随着芯片技术上的不断突破，医生所持有的终端正在向便携化和智能化方向发展，终端日益小型化，屏幕分辨率日益提高，移动护士站、医用终端在医院中越来越普及。

图 7-14 所示为患者智能输液的业务流程，在药品配发、输液耗材配发、人药匹配上均实现了自动化。

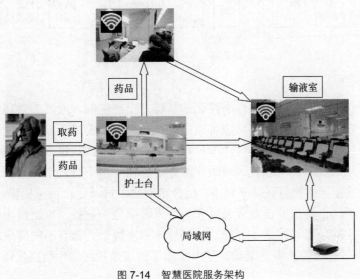

图 7-14　智慧医院服务架构

2. 联合医疗

联合医疗是对现代医疗提出的全新要求，即在一定的区域内（通常为一个城市或一个省）开展医院之间、城市医疗系统之间的广泛合作医疗，为病人创造更好的诊治条件。联合医疗的基础是电子病历以及包含电子病历的医疗系统之间的贯通。智能化联合医疗系统即承载了上述功能，通过存储病人的医疗档案，将病历发送给具备合适医疗能力的医院，达到联合诊治的目的，集信息采集、存储，自动产生、分发、推送工作任务清单等多项功能于一身。

联合医疗服务平台连接了区域内的医疗卫生机构基本业务信息系统的数据交换和共享平台，是不同系统间进行信息整合的基础和载体。图 7-15 所示的是基于电子健康档案的区域卫生信息平台基础架构。通过该平台，将实现电子健康档案信息中心的妇幼保健、疾控、医疗服务等各系统信息的协同和共享。从业务角度来看，平台可支撑多种业务，而并非仅服务于特定应用层面。

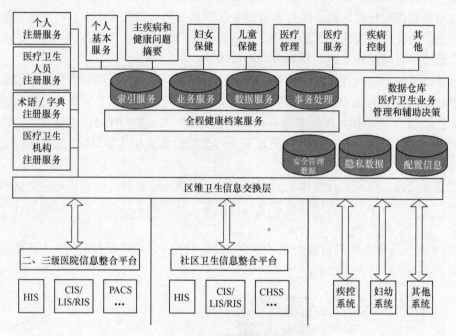

图 7-15　区域医疗服务架构

3. 家庭医疗

家庭医疗是在人们医疗需求日益个性化的基础之上产生的，通过为专属病人提供个性化的服务来提高医疗水平。家庭医疗系统可通过手机、家庭网关或者专用通信设备将各种仪器的监测信息实时传输至中心监护平台，用户可以与专业医师团队进行互动、交流，获取专业健康知识。在实现形式上，可以在区域医疗服务信息化平台下开展全民建档及电子健康档案信息更新，也可以在应急智慧联动平台下，结合定制化手机及定位网关提供一键呼、预报警。

根据场景的不同，健康监护业务可以分为个人健康监护业务、家庭健康监护业务和车载急救监护业务，不同场景对网络、平台及终端技术和实现形式都有不同需求。

图 7-16 展现了健康监护业务架构，其中涵盖了健康监护终端、数据传送网关、信息展现平台等。

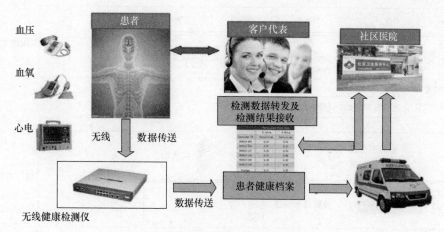

图 7-16　家庭自助监控服务架构

智慧医疗实现后，将可以从以下几个角度极大地改善医疗水平。

（1）提供患者一站式服务

利用无线城市的资讯手段，以最简便的方式为患者提供最全面的信息，便于患者了解个人情况以及医疗信息。同时，患者可以通过医疗系统轻易查到过去的病史和就诊记录、诊断结果等信息，便于后期检验医院的诊疗效果或长期跟踪病情。

通过智慧医疗系统能够使大量的医疗监护工作实施网络化、无线化的应用，实现医疗信息的共享。

（2）减少医护人员的工作量

智慧医疗系统借助无线城市信息系统，使医护工作实现"无纸化、智能化、高效化"，因而不仅减轻了医护人员的工作强度，而且提升了诊疗速度，还让诊疗更加精准。此外，如果该系统可以和医院的管理系统进行深度结合，则可以将医护人员的绩效系统或考勤系统也结合在该平台下，从而提升系统的自动化和辅助能力。

（3）提高医院的透明度，缓解医患纠纷

智慧医疗体系的构建和实现使得医疗信息从相互独立的各家医院整合到统一的平台上，不但患者的诊断信息和结果可以查询到，而且医生的诊疗记录也可以查询，增加了医患之间的透明度，同时加快了信息在医患之间的流转速度。这个透明、公开的系统让无良医生不再能够生存，也让患者看病更放心、安心。

7.2.11　远程医疗探视系统

探视问题一直是医院不得不面对的问题，一面需要加强管理，促使治疗区的安静保证病人的休息；另一面医院也能理解患者家人的焦急心情。

为了应对类似的问题，无线城市远程医疗探视系统应运而生。

该系统通过与医院的合作，更好地管理病房，应对突发事件，加强对突发事件病人信息的采集和现场控制，也为了更人性化地提供给家属关心的病人恢复情况。

医院原有的监控点中，选择若干监控点，通过专线网络把视频图像通过编码后传输给信息平台，方便家人或医院领导通过手机对病人现场进行探视和了解。图 7-17 所示为厦门无线城市医院远程探视系统。

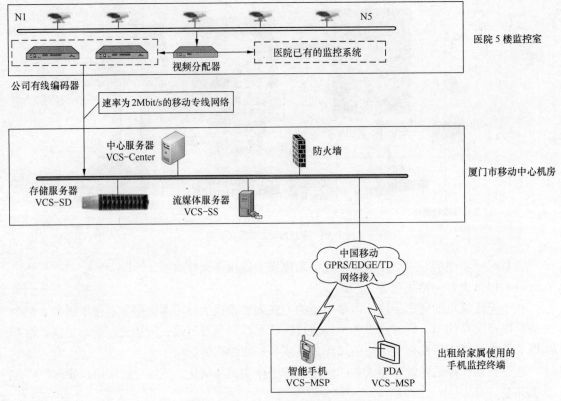

图 7-17 厦门无线城市医院远程探视系统

远程医疗探视系统具备如下优点。

① 机动、灵活：手机通过安装 MSP 软件后可以直接监控现场的画面。

② 快捷：便携式设备可以在几分钟内完成监控系统的全部建设工作并实现传输。

③ 先进性：采用先进的视频编码解码算法，可以在极低码率下提供高质量传输画面。可以以 40kbit/s 的码率传输清晰的监控画面；可以以 5kbit/s 的码率传输清晰的语音。

④ 安全性：采用先进的 QoS 传输机制，保证在 IP 有线，特别是无线网络环境下视频和音频的传输质量。

通过该系统的进一步延伸，不但可以实现远程探视和监控，更使远程医疗、远程会诊成为可能。

该系统可以实现实时语音、视频会议，通过高清晰传输进行视频通信；进行动作示范或动作指导；进行简单医疗操作；通过高清视频进行联合会诊；实时监控患者并提供救助方案等。

7.2.12 路灯远程监控管理系统

路灯远程监控管理系统通过 2G/3G/4G 网络实现后台控制系统与布设在路灯上的自动控制系统之间的互联，可实现路灯根据天气情况或定时自动开闭及智能开闭（声波开闭、温度开闭）等。

后台系统通过传感器传回的路灯数据可以随时设置路灯的照明量和开闭模式，并能够通过记录路灯数据形成规则，智能化路灯的开闭行为。

图 7-18 所示为路灯远程监控管理系统示意图。

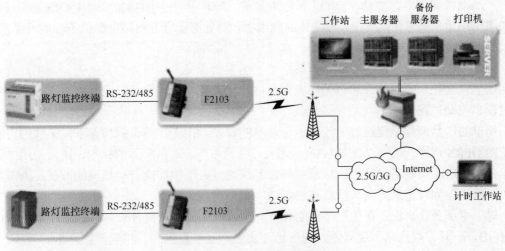

图 7-18　路灯远程监控管理系统示意图

该系统由路灯控制终端、无线传输设备、数据管理中心等组成。通过系统的使用，大大提高了监控效率，实现了远程直接对网络参数进行相应的配置，在设备状态不正常时具有自我恢复功能。同时，该系统设备还具有灵活配置，支持热插拔功能。

图 7-19 所示为路灯远程监控管理系统接收器。

图 7-19　路灯远程监控管理系统接收器

7.3　无线城市行业业务

无线城市行业类业务是和企业信息化紧密结合的一种延伸。它服务的对象是企业，也是企业信息向外披露和展现的重要手段。通过这类业务可以促进用户和企业之间的交流，增强用户对于企业的信任感。

其中比较典型的业务是产品质量监控（产品溯源）。

7.3.1 产品质量监控

产品溯源应用早在 2006 年就逐步受到重视，2007 年由中国物品编码中心编制的《产品溯源通用规范》草案逐步成型。在具体的应用上，商务部在官方网站上提供茶叶的产品溯源，以及众多企业的 800 电话产品查询等，都是一种产品溯源。

但是，依赖无线城市的产品溯源被赋予了更多的含义。从原先的人工记录，用户查询逐渐实现了自动化、实时化。通过无线城市网络和平台应用，用户可以随时随地查询产品的制造过程和流动过程。

简单的产品溯源系统通过无线网进行信息的收发，在无线城市的构架下，无线网可以是传统的 GPRS 网络，也可以是 WLAN 或者是 3G 网络等。对于产品的标示，通常采用二维码技术或者 RFID 对物品进行唯一标示编码。系统通过人工扫描或自动扫描的方式，为产品编写"身份证"同时记录产品从原料到终端的完整过程。

对于生产企业来说，在生产过程的各个环节可以安装传感监控设备，扫描产品的二维码或 RFID，一旦发现产品出现问题，便可迅速实施产品信息溯源，找到问题产品的来源。

对于消费者，当用户拿到产品时，只需要拨打电话或者用手机二维码扫描应用程序扫描产品包装上的二维码即可以知道所购买的产品是否为正品，以及和产品相关的信息。

目前，该系统不仅能够实现对产品的跟踪和监控，更大的发展空间在于对畜牧业、物流业的动态监控。能够科学时效地为各级相关部门和管理机构提供准确、快捷、可视化的管理和检索。

产品溯源系统建立在生产、供应和监管的网络管理系统和产品的电子质量监控、检验和监督系统两大子系统基础之上，实现对产品质量的迅速、快捷、准确地溯源。

首先，利用移动智能终端填报产品的相关属性记录，为产品添加二维码或者 RFID 标识。通过无线网将产品资料录入产品中心数据库，对产品进行唯一标识。随后在产品生产的各个过程中，人工或者自动将产品的更新信息录入到系统，形成一套完整的产品记录。

随后，用户可以通过登录查询系统查询到产品的记录和标识，用于确认产品的质量等。

在厦门该系统被首先应用在药品冷链运输环节中。厦门无线城市通过与药监局合作，借助传感器和 TD 网络，实现对药品生产、运输、保存的全程温度监控，保证冷链的运输效果，确保市民的用药安全。图 7-20 所示为厦门无线城市药品冷链监控系统示意图。

图 7-20　厦门无线城市药品冷链监控系统示意图

7.3.2　空气质量监控系统

空气质量监控系统对于城市管理具有至关重要的意义。该系统通过在城市内安装数百个传感器设备，借助无线网络进行信号传输，实时了解全市的臭氧水平。同时，对采集到的数据进行智能分析，并将分析结果以图形化的方式直观地体现在无线城市门户上，供市民查阅。

城市公共场所空气质量监控系统由三部分组成：数据中心、城市空气质量监控点、用户手机终端。

通过监控系统对可吸入颗粒、悬浮颗粒、二氧化碳浓度以及其他空气关键指标的实时监控，可以为气象部门、报纸、媒体提供任何一天任何时段的空气质量报告。图 7-21 所示为厦门无线城市空气质量监控系统示意图。

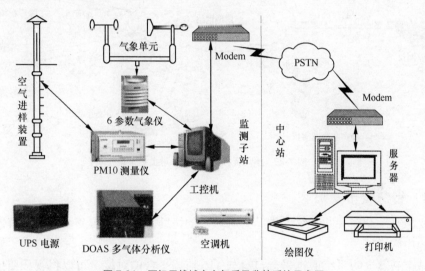

图 7-21　厦门无线城市空气质量监控系统示意图

7.3.3　工地降噪监控系统

工地噪音一直是困扰城市管理者的顽疾，工地噪音和粉尘污染对周围生活的居民带来了极大影响，也影响市民对于城市管理的认同感。据统计，70%的环境投诉来源于噪音投诉，其中尤以工地夜间违规施工噪音扰民为最多。

工地噪声监控系统有以下 4 个特点。

① 监控仪器具有一体化设计，集成无线数据采集、录音/音频、数据传输，携带方便。

② 同步采集分贝值和背景噪音，音频压缩与分贝值同步回传。

③ 支持多种传输路径：LAN/ADSL/GPRS/3G/WLAN。

④ 功耗低，适用于任何场地且简单易操作，安装维护都比较方便。

图 7-22 所示为厦门无线城市工地降噪监控系统。该系统在厦门无线城市中适用情况良好，已经作为厦门城市管理的必备手段之一。

系统可以在后台设置门限，该门限通常为违规制造噪音超过多久，系统会自动触发执法告警，通知执法部门前来执法。同时，系统具有记录功能，记录期内的所有资料均可以作为执法依据，使那些遮遮掩掩的违规工地再也无法遁形。

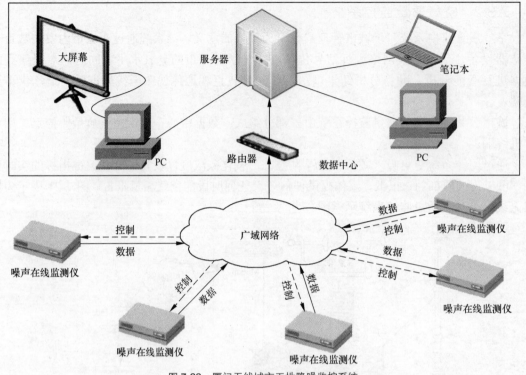

图 7-22 厦门无线城市工地降噪监控系统

7.3.4 智慧城市安防

城市安防是一套庞大的系统，借助智慧城市的协助，城市安防变得更加富有内涵，延伸的面也更加广阔。

无线城市智慧安防系统通过平台自身与 110 监控平台的对接，可以将视频监控系统与报警主机、扩音器、高音喇叭、警笛警号等进行耦合，实现远程喊话、告警等功能。图 7-23 所示为智慧安防应用示意图。

1.通信基站防盗监控 2.森林失火防盗监控 3.电力系统变压器防盗监控

图 7-23 智慧安防应用示意图

系统借助无线宽带网络，可以实现终端的小型化、传输无线化，因此系统更加灵活、便捷、可移动。此外，小型化的终端在制造成本方面具有更好的优势，且部署更加快捷，非常适合在城市的复杂环境中部署综合安防监控系统。

视频监控点一般安装在路口灯杆上或者居民楼的侧墙上，同时通过运营商的建设，还可以和运营商的无线基站互补。图 7-24 所示为智慧安防监控完整示意图。

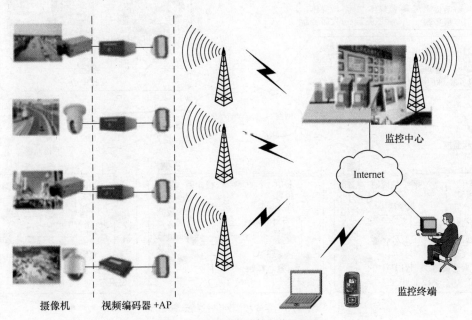

图 7-24　智慧安防监控完整示意图

7.3.5　平安校园监控

危害校园安全的事件频频发生，无论校方还是家长都需要建立一套保障学生权益的手段。可以说，学校的安全关系着方方面面，也屡次挑动着社会安全的关注。

平安校园监控是为了加强学校安全管理工作，维护学校正常教学活动和生活秩序，保证师生的人身和权益安全，营造安全、文明、稳定、健康的校园环境。

平安校园监控系统具备以下 5 个优点。

（1）实用性

坚持以实用性为主的原则，考虑未来发展需求，基于成熟的 IP 网络来传输。

（2）可靠性、安全性

选用的设备自身需要具备高可靠性、高安全性，必须能够经受平均数万小时的无故障水平。

（3）先进性

最大程度地采用成熟、可继承、具备广阔发展前景的技术手段。

（4）开放性

采用标准化设计思路，确保系统之间的透明性和互通互联，充分考虑与其他监控系统的相互连接和信息交互。

（5）易于管理性、易维护性

全中文、图形化软件平台实现整个监控系统管理与维护，采用稳定易用的硬件和软件，灵活部署。图 7-25 所示为平安校园网络结构示意图。

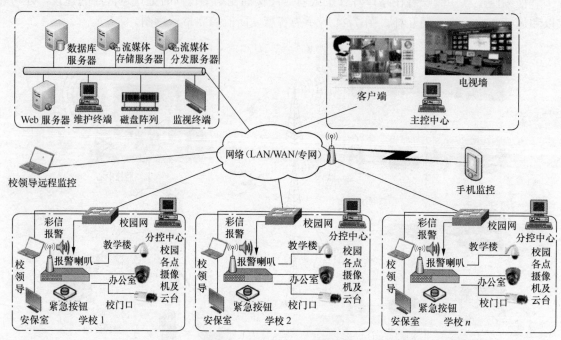

图 7-25　平安校园网络结构示意图

平安校园系统中有一个至关重要的平台是安全管理平台，它具备告警管理功能，可实现告警的数据处理与日常管理流程的统一，充分体现监控平台集视频、音频监控于一身的技术优势，如图 7-26 所示。

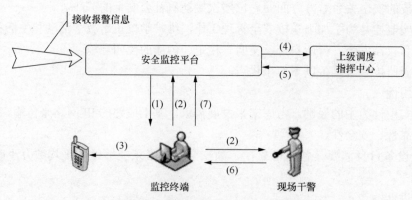

图 7-26　平安校园安全管理平台示意图

7.3.6　港口与海域智能监控系统

随着我国进出口贸易的持续增长，各大港口吞吐量激增，给港口货运管理带来了巨大压力，传统的人工调度方式已经越来越无法满足需求，港口信息化系统应运而生。智能化时代临近，智能港口及海域监控系统更能适应当今需求，可以实现快速调度、实时查询、跟踪、科学规划等功能，加快了港口吞吐速度。

随着无线城市的发展，港口智能化管理也在发生着日新月异的变化，如今的智能化系统基于全局视频化、模块化管理系统实现了视频监控、调度、预警、跟踪的四位一体，形成了高效、畅通的港口管理新方式。

图 7-27 所示为港口与海域监控调度系统技术应用。

图 7-27　港口与海域监控调度系统技术应用

港口与海域监控调度系统具有以下特点和优势。

① 将远程视频会议、视频指挥调度、视频监控等功能集于一体，实现多业务的有机结合；同时可解决多种系统的互联互通，可以将视频监控系统接入视频指挥调度系统，统一管理、统一应用。

② 支持 Wi-Fi、WiMAX、卫星等多种无线接入方式，随时随地开展港口监控及全局指挥。

图 7-28 所示为港口与海域监控调度系统结构图。

7.3.7　智能环保系统

随着社会经济的快速发展和生态环境的不断恶化，建设宜居生态城市、改善城乡环境和提高城市人居环境等科学问题已成为实现城市建设特色发展的重点问题。智能环保系统是新时代生态环保建设的重中之重。

智能环保是综合利用传感器、无线网络、射频识别等通信技术，构建全方位、多层次、全覆盖的生态环境监测网络，从而实时地采集污染源、生态等信息，促进企业污染减排及培育环保战略性新型产业。

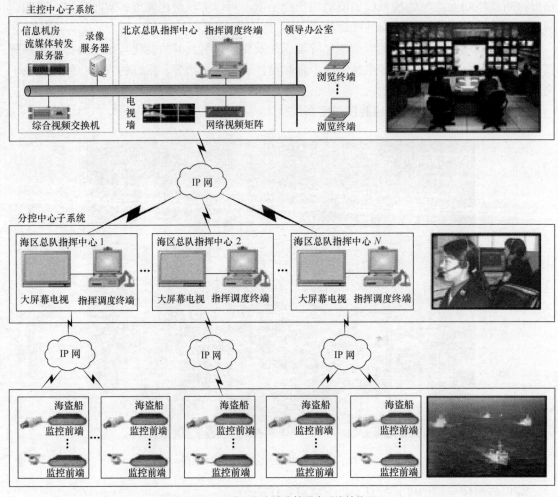

图 7-28　港口与海域监控调度系统结构图

伴随着无线城市建设步伐的前进，实现智能环保的条件越发成熟。智能环保系统通过与环保监测系统相结合，将数据信息与视频信息相关联，在实现排污数据监测的同时进行视频监控和视频浏览，使环保部门能够不到现场就可以对各种参数进行全面掌握，有效提高监督、监管力度。

图 7-29 所示为智能环保系统图，智能环保系统由以下三部分组成。

（1）前端采集设备

前端数据监控系统针对污染源、水站、气站、噪声等多种检测对象，进行实时的数据采集和数据分析，将采集的数据和具体的污染源对应，存储在数据库中。同时可进行远程视频监控、图像抓拍、语音监听、云台控制等视频监控功能。

（2）多种传输和接入技术

前端数据监控系统可通过有线或 Wi-Fi、3G 等无线方式实现数据的上传和接入，将传统的单一的有线检测升级为有线宽带、Wi-Fi 和 3G 等多种接入方式的综合型检测系统。

（3）多种用户操作设备

系统可以支持 PC 版界面操作和手机端界面操作，如图 7-30 和图 7-31 所示。

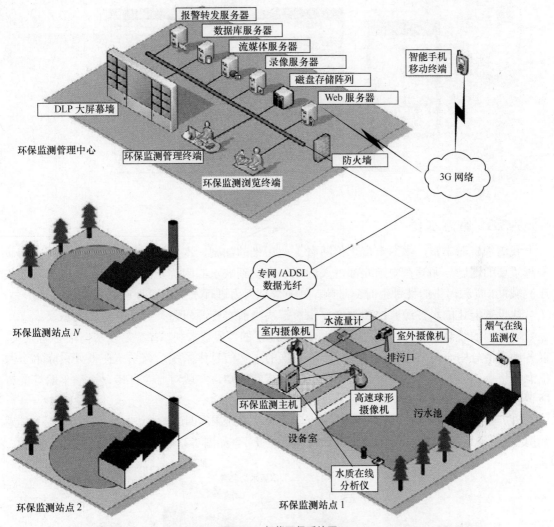

图 7-29　智能环保系统图

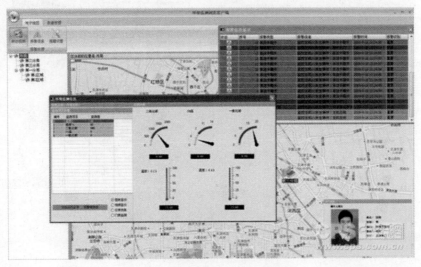

图 7-30　智能环保系统 PC 控制界面

图 7-31　智能环保系统手机端界面

7.3.8　智慧水利

我国水资源丰富，水网丰富，但随着工业污染的加剧，水资源安全及水资源利用成为越来越重要的课题。尤其在中国北部，人们还一直受到缺水的困扰，而即便在水资源丰富的长江流域，水资源污染的警钟也时刻敲响，单纯依靠人力进行水资源管理已经越来越力不从心。

建设智能化的水资源监控和调度体系对解决当前水资源问题具有十分重要的意义。

以无锡的智慧水利为例，利用物联网技术建立的"智慧水利系统"是以水情中心为龙头，以各地水情分中心为节点，通过光纤传输数据的水文信息化系统。该系统在多处设立水资源信息采集点，对太湖水质、蓝藻、湖泛等进行智能感知，实现对蓝藻打捞、运输车船等的智能调度，有效地提升了太湖水资源管理的科学水平。

图 7-32 所示为智慧水利系统整体架构。智慧水利系统采用四层模式进行管理，分别是智能感知调度、高速可靠传输、支撑技术资源和智能管理服务，如图 7-33 所示。该系统具备以下功能。

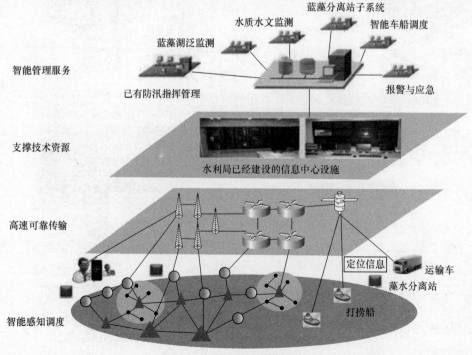

图 7-32　智慧水利系统整体架构

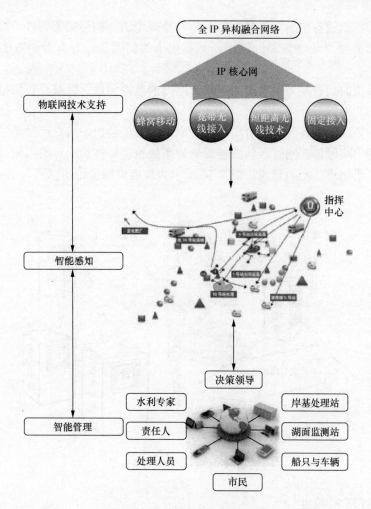

图 7-33　智慧水利系统功能结构图

（1）智能感知

构建基于物联网的感知系统，可以对太湖的水质、水量、近岸打捞的情况进行实时监测和跟踪。

（2）智能调度

该系统建立了双向可控的车船资源与人员的网络化信息交互与调度系统，可实现蓝藻打捞船的智能调度、蓝藻运输车的智能调度以及水利管理人员与智慧水利信息中心之间的实时双向信息交互。

（3）智能管理

利用物联网技术，将现有信息中心资源进行整合，从而扩充其智能化管理功能，例如对蓝藻的打捞、运输、处理、再利用过程的数据集中管理。藻水分离站传感系统数据的整合和集中管理，从而提高生产效率。

7.3.9　智慧能源

随着城市电网的不断拓展以及电力线埋入地下，高压配电线路网变得越来越复杂，安装在各种支线上的控制设备也越来越多，当负荷较重或遭遇一些恶劣天气时，这些设备一旦出现故障，可能导致整个输电线路的停用，并且更大的问题是没有有效的监控手段来寻找故障点。

智慧能源系统的初衷是为了解决上述针对电网的监控问题，以减少故障抢修巡线时间，降低人身伤害的几率。

同时，智能能源系统还能实现对用户家庭电表的智能监控，用户可以通过电话方式选择智能关闭家中的电路设备。同时，智慧能源管理系统也能够搜集用户的用电习惯，在缴费时或用户查询时给予用户一定的建议，图 7-34 所示为智能电网使用示意图。

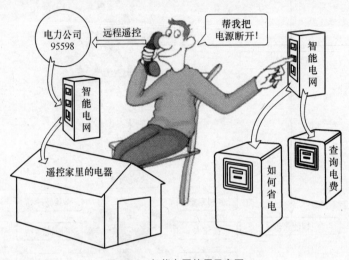

图 7-34　智能电网使用示意图

7.3.10　智慧农牧业

智慧农牧业系统是通过利用传感器、无线网络和后台处理中心实现对农牧业的智能监控和辅助的一套系统。

目前，海南无线城市主要针对渔业设计了一套渔业安全指挥系统，为近海 2800 多艘渔船配备了专用物联网设备。通过智慧渔业安全指挥平台，渔政人员可以在海图上查看渔船位置、台风运行轨迹等重要数据。系统可以在渔政管理、应急指挥、海上救援、SOS 求救等方面发挥重要的作用。

该系统应用 GPS、LBS、GPRS 和 WAP 等多种技术，凭借短信快捷方便的特点，结合渔业监管系统的有关电子数据和网络，为渔民提供即时信息服务。有利于增强渔民的防灾意识，提高了渔业部门管理能力和响应力度，以及处理紧急救灾的能力。

图 7-35 所示为海南无线城市渔业安全指挥平台系统构架图。

海洋渔业局还可以将渔民组织成渔民 V 网，节省渔民的通信费用，加强渔民之间的沟通，并实现渔民通信可与系统直接进行互联和数据互操作的能力，进一步加强系统在渔业监控管理方面的能力。

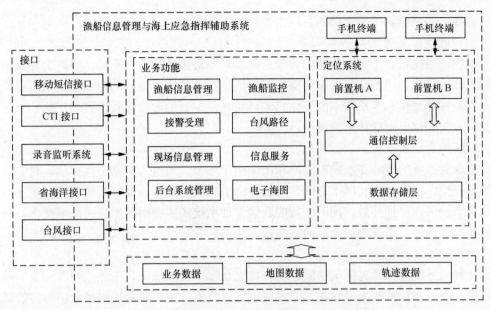

图 7-35　海南无线城市渔业安全指挥平台系统构架图

7.3.11　智能物流

物流行业涉及大批量货物的存储、运输及配送，是一个管理要求很高的行业。智能物流便是利用传感器为货物进行登记，同时通过系统跟踪货物的动向以保证物流链整体运转的健康度。成熟的物流系统能够根据运筹学等基础学科的原理同时兼顾学习功能，自主判断最佳的物流节点，同时为物流管理者提供必要的辅助决策数据并进行预警。

未来的智能物流将会朝着一体化、多层次和自动化方向发展，逐步将物流链的流转环节降至最精简。物流本身也会变得越来越智能化，能够以客户的需求为核心，展开更加智能化的物流配送服务。

一体化是指整个物流的环节更加紧密，而不再像以前一样需要上车扫描、运输、下车扫描那样节点分得很明确，而是一组相互影响、相互依存的可控制要素。

多层次是指在物流的全环节上均进行智能化改造，不仅可以通过 RFID 标识等手段加快物流货物分拣、打包的过程，也能通过合理的交通跟踪与规划加快物流链整体的运转速度。

自动化则指物流链本身越来越不依赖于人，而是依靠自动化机械设备实现无差错的流程扭转。

未来的物流将会越来越智能化，具有如下显著的特征。

① 智能化识别技术的大量运用，使得主动识别大于被动识别，在整个物流链环节均进行有效识别，最终实现信息流运转快于货物运输本身。

② 智能物流将会实现物流企业内部管理系统和外部物流链管理系统的一体化，数据库之间高度交互。

③ 智能物流将能够依靠条件判断和历史数据进行大量的分析，提供越来越重要的决策辅助和自主优化。

④ 智能物流将会和智能仓储结合得越来越紧密，通过数据海量记录、海量数据分析进行大数据决策，提供更高效的物流存储和运输服务。

这套智能物流结合智能仓储的系统主要包括以下部分。

（1）智能物流系统

智能物流系统依赖于公司内部的管理系统，对车辆进行定位、跟踪，同时为物流车辆提供周围的环境信息、道路信息，最终实现对车辆的高效调度。现代的智能物流系统已经能够根据外界条件的变化和客户需求的变化自动地对物流车辆的运行进行告警和优化，更好地实现物流环节与仓储及配送环节的统一。

（2）智能仓储系统

智能仓储系统的核心在于控制进库和出库两个环节，通过为货物进行标示，建立货物存储的数据模型，能够结合仓储本身的容纳量、进出库的情况合理安排货物存储的顺序，使得进出库环节较以前更加高效。同时，智能仓储管理系统还能够根据用户的需求变化，自动重新编排进出库环节，实现物流仓库的动态管理。

（3）辅助决策系统

智能物流系统能够通过搜集物流车辆、物流仓库以及分拣、装车等全物流环节的各项数据，存储、分析和挖掘数据中存在的隐患或可优化节点，为决策者提供越来越丰富的辅助决策信息。物流管理者可以根据特定的要求随时动态地调整整个物流系统，而物流系统则会根据变化相应地促使智能物流及智能仓储系统的联动调整。

7.4 无线城市个人业务

无线城市的个人业务目前应用的还比较少，主要原因是因为产业链缺乏市场推广。目前，较为成熟的应用是家庭智能监控，以及在监控以外发展出来的一些智能化服务，例如遥控电器等功能。

7.4.1 家庭监控

在无线城市平台下，家庭监控被赋予了新的含义。如今，家庭监控已经不再仅仅是家庭安防，而是包含了老人监护、安防监控、访客登记等一系列的出于用户需求的功能。

传统的家庭监控主要是利用视频监控设备与后端存储设备互联，视频拍摄的内容可以存储在后端设备中，当用户需要时可以调取。

如今的智能家庭监控系统可以通过无线宽带网络进行传输，同时也不再局限于后端笨重的存储设备，而是可以通过手机等各种便携设备或终端随时随地查看家庭监控的情况。

随着人们生活方式的改变和生活节奏的加快，照顾家庭的时间越来越少。家庭监控系统可以帮助人们在工作特别是出差或者旅行的同时，远程监控了解自己的家庭概况，并根据情况及时做出分析与判断。

家庭监控系统一般包括一组摄像头、监视器和中央存储单元（DVR），一般最基本的家庭监控系统的分析和报警功能通常只限于简单的移动探测和时间标记等。HMI 受限于 DVR 设备，在与 PC 联网后，控制和监视功能会大幅度提升。

音频监视会出现在更高级的监控系统中，除此之外，还包括更高级的 BSV 液晶拼接技术完善信号存储，同时系统还能够支持对象跟踪、帧替换、远程访问等功能。在高清监控摄像头与后台智能控制设备进行互联后，甚至可以实现对单一特定物体的全图像放大、跟踪和预警功能，也能绘制某一物体或人的运动轨迹，能够显著提高监控的目的。

无线城市快速发展以后，家庭监控系统中基于 3G 的视频监控也已经在部分地区开始使用。家庭视频监控由于数据流量较大，因此对网络质量存在较高的要求，目前视频监控主要应用在行业领域和高档住宅小区，作为住宅的一项高附加值业务进行推广，对于普通公众家庭，这项业务的普及率还非常低。

在无线城市的框架下，通过手机或各种手持终端，只要接入网络后就可以观察到家中的视频监控情况，甚至遥控家中的一些电子产品，这样的场景已经变成现实。随后，在此业务上还能发展出更多的应用，不但可以通过手机监控家庭，而且也可以在家庭终端上实现手机用户的定位和定向信息推送功能。

在国外，家庭监控业务发展迅速。

法国电信很早就开始进行家庭信息化的改造，可以说，它是首先将家庭作为个体，提高家庭服务能力的运营商之一。利用家庭服务信息化终端 LiveBox，用户可以实现家庭监控的功能，同时还能通过手机接入无线网络后，操作家庭的 LiveBox，任何和 LiveBox 相连的电子设备都可以被设置，访问不同的信息需要相应的权限。

LiveBox 的推出，使得家庭多媒体网关的概念在法国散布开来，一时间家庭信息化成为了热门话题，更是年轻人争相试用的一项新业务。在 LiveBox 的支持下，家庭监控可以将监控视频保存在云端，同时监控视频也可以以图片或视频格式传送至用户的手机上。

英国 BT 电信公司的 HomeHub 也是一项类似于 LiveBox 的家庭多媒体网关，BT 通过 HomeHub 为用户提供信息、通信、娱乐的服务。该网关同样具备易用性以及丰富的连接方式，信息可共享。通过多样化的家庭终端提供多样化的服务，支持各种智能监控设备的数据接口和物理接口，在视频监控上更侧重于网络摄像机的方案。

7.4.2　手机支付

手机支付功能是运营商自 2009 年以来建立的新业务，伴随着无线城市的推广，手机支付业务以其便利性的特点，成为了智慧金融的解决途径之一，为用户提供了更广泛的支付方式。

2010 年全国手机支付的规模为 96 亿元左右，比 2009 年该业务推广之初增加了 308%。

用户只需将手机 SIM 卡升级为带有 RFID 功能的 SIM 卡就可以开通手机钱包功能，用于日常的小额支付，具有快速便捷，安全性高的特点，图 7-36 所示为 RFID-SIM 卡模块示意图。

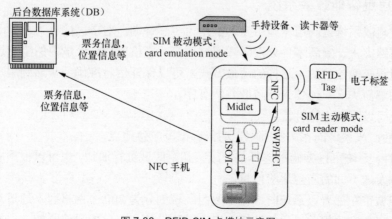

图 7-36　RFID-SIM 卡模块示意图

图 7-37 所示为手机支付网络示意图。

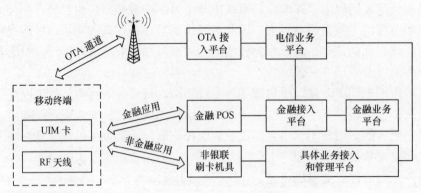

图 7-37　手机支付网络示意图

7.4.3　无线销售终端管理

无线销售终端管理系统是主要针对企业用户和个体用户的一项无线城市应用服务。该服务具有灵活、准确的特点，且可以和企业原有的库存系统等进行深度整合，实现了产供销整个生产供销链的信息交互。

在厦门，运营商通过和银鹭集团、厦门雅讯的合作，实现了全国 6000 名销售人员无线销售管理功能。具备无线 POS 功能、订单查询、订单确认、票据打印、GPS 定位等功能。

国内大部分企业虽然有自己的进销存系统或 ERP 系统，但随着企业的发展，在销售端的数据采集上，传统的管理系统往往不能获得全面的第一手资料。该系统通过无线网络进行传输，提高了企业销售人员、管理系统和后台管理人员的交互，提高了销售的执行能力。

另一方面，通过对销售终端的管理，强化了前后端的沟通力度，提高了企业的整体执行能力，也降低了管理成本。管理者可以通过终端或平台随时查询前端销售人员的销售状态、企业的库存情况等相互关联的信息。

无线智能销售终端在产品设计上集条形码扫描器、无线传输、通话功能于一体，各零售网点可以通过无线智能信息终端与后台业务平台发生联系，实现产品信息的交流与共享，使订货、发货、付款、结账等环节实现真正意义上的电子商务化。

7.4.4　居民智能疏散系统

居民智能疏散系统是利用本地用户手机作为传感终端，对市民的行为进行动态分析。在防空演习、自然灾害、紧急事件处理时，通过短信、彩信对指定区域内的用户进行群发，以达到提醒和组织疏散的目的。这样的疏散方式，可以保证信息准确的传递到用户手中，且信息不会因为曲解而失真，促使人员疏散井然有序。

该系统具有以下两大特性。

① 实时性：该系统能在第一时间主动告诉市民应急地点。

② 准确性：系统可以准确地选择某个或某几个区域进行通知，也可以根据应急地点的远近对通知对象发送不同的应急避险信息。

厦门无线城市在部署该系统时，将全厦门区域划分为 200 个网格区，通过对基站、民防疏散地点、人口密度等相关参数的计算，实现民防设施和人口的最佳匹配。

危机发生时，系统会自动计算网格内民防设施所能容纳的最大避险人群，对超过上限的人群，系统会发送不同短信，通知其前往就近网格内的民防设施避难。

图 7-38 所示为无线城市居民智能疏散系统示意图。

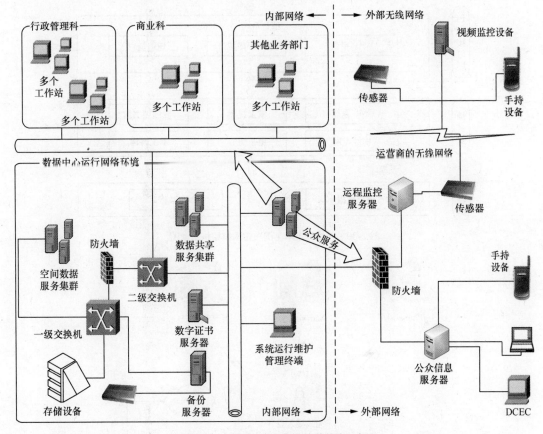

图 7-38　无线城市居民智能疏散系统示意图

7.4.5　掌上图书馆

市民通过手机登录无线城市平台，选择图书馆应用就可以以无线方式接收图书馆提供的各项知识服务。

通过无线城市掌上图书馆进行检索查询图书期刊，检索查询新书信息，查询借阅信息和预约图书等服务。

同时，系统还可以自动搜集用户所查询图书的种类和借阅信息，向用户推送免费的书籍推荐信息、讲座信息等，极大地丰富了用户的个性化需求。同时，该系统的使用为图书馆降低了人力成本，提高了图书馆的管理效率。图 7-39 所示为无线城市掌上图书馆系统结构示意图。

厦门无线城市在掌上图书馆上不仅实现了电子借阅、电子查询等功能，还与手机电子书进行深度整合，并使 Web 网站、WAP 网站、APP 结合 MAS 短信平台，让读者通过手机可以随时随地地阅读。图 7-40 所示为厦门无线城市掌上图书馆系统拓扑示意图。

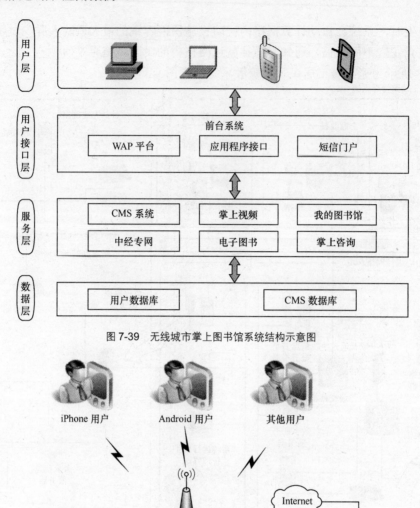

图 7-39　无线城市掌上图书馆系统结构示意图

图 7-40　厦门无线城市掌上图书馆系统拓扑示意图

7.4.6　校讯通

无线城市"校讯通"是运用移动互联网构建的一个集学校教育、社会教育、家庭教育于一体的，不受时间、空间限制，实时交互的信息沟通平台，如图 7-41 所示。

用户借助该平台，将教师家长原来一对一沟通形式升级为一对多的群发模式，教师可以将教学管理、学校的动态信息、学生的学习成绩、日常表现等以短信形式发给家长，使家长及时、方便、全面地了解自己孩子在学校的情况；家长们则可以通过手机收阅和回复，与老师互动，主动查询学生的各项情况，如图 7-42 所示。

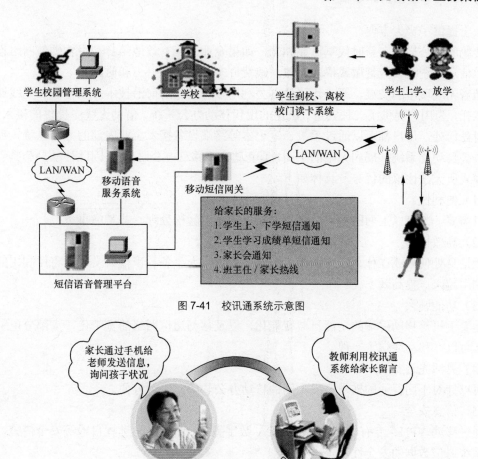

图 7-41　校讯通系统示意图

图 7-42　家校互通示意图

利用无线城市"校讯通"架起了学校、家庭之间实时、快捷、有效沟通的桥梁，促进学生的健康成长，其作用可以总结为以下几点。

（1）促进校园信息化建设，构建移动办公平台。校讯通将档案管理、教务管理、信息管理、数据统计以及系统管理等教务管理地集中在一个平台上，方便各项通知、作息安排等信息的发送，方便快捷；同时方便与家长联系，宣传学校的政策规定，形成学校和家庭教育的有效沟通。

（2）校园文化建设的移动窗口。可以及时地将学生的情况发送给家长，促进学校和家长之间的联系，完善学校的管理，宣传先进的教育方法和理念，是学校、家长和学生交流的一种有效平台。

（3）电子化平台的搭建，可以取代传统的纸质办公形式，减少学校办公用品的开支。

（4）以"短信模式"作为学校和家长之间的联系方式，有利于降低学校和教师的资金支出，节省成本。

7.4.7　移动办公

移动办公是通信技术和 IT 业交融的产物，是继电脑无纸化办公、互联网远程化办公之后的新一代办公模式。它摆脱了必须在固定场所固定设备上进行办公的限制，给企业管理者和商务人士提供了极大方便。

传统的办公模式在新时代下日显弊端，如果企业未能有效地结合利用软硬件网络设施，会导致信息系统的收效甚微或根本无效，浪费许多不必要的财力和时间。

随着无线城市的发展，新一代移动办公利用多种最新的前沿技术，以专网和无线通信技术为依托，为用户提供了一种安全、快速的现代移动办公系统。借助无线中提供的接入网络，无论身处何处，用户都可以通过手机、笔记本等终端设备接入企业内部的办公系统，使得企业的办公自动化系统扩展到无限的空间，真正进入"移动办公时代"。因此移动办公具有常规办公模式所无法比拟的优势，具体如下。

（1）便利性

只需要一部可以上网的手机，而不需要电脑就可轻松处理一些紧急事务。

（2）高效快捷

无论身处何处或在什么时段，都可以及时处理个人事务、审批公文等，将可利用的时间充分利用起来，提高效率。

（3）功能强大

随着手机等移动终端的功能日益智能化，以及移动通信网络的宽带化，大部分电脑上的工作都可以在移动终端上实现。

（4）灵活先进

可以针对不同行业的需求开发不同的移动办公软件，灵活方便。

（5）信息安全

通过移动 VPN、专有 APN、SSL、CA 数字签名、GUID 与远程自毁等安全措施，足以保证系统通信数据的安全性。

图 7-43 所示为移动办公系统示意图，移动办公是未来办公的发展趋势。随着无线城市建设的进一步完善，全球移动办公也将离人们越来越近。

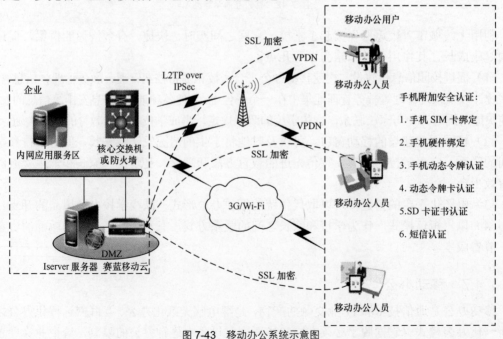

图 7-43　移动办公系统示意图

7.4.8　手机电视

手机电视是指利用手机等便携式终端观看、点播电视节目的一项技术或应用，是一种新型的数字化电视形态，为手机增加了丰富的应用。

用户利用手机不仅可以观看各种电视节目，还可以将精彩的视频片段通过微博进行分享交流，实现了交互功能。

在无线城市的高速无线接入能力下，手机电视业务得到了进一步的发展。手机观看电视更清晰流畅，还可以对视频直接下载，充分体验掌上玩转视频的无限乐趣。

图 7-44 所示为手机电视系统示意图，手机电视系统具有以下功能特点。

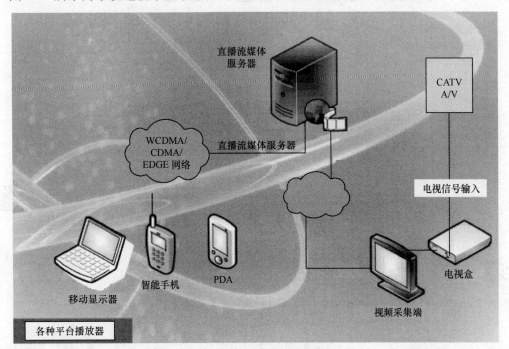

图 7-44　手机电视系统示意图

（1）实时播放视频、音频等多媒体内容；

（2）可边下载，边观看；

（3）客户端处理直播；

（4）边播放边清除文件，不占用空间。

7.4.9　二维码应用

二维码的主要应用领域是电子客票，即通过与商家的联合，通过电子客票方式不仅拓展了商家的销售渠道，也简便了支付流程、使用流程，是一项有效的便民服务。

厦门无线城市通过与 800 多家商家开展电子券服务，提供"电子优惠券、手机车票、手机电影票"等业务，全年二维码的应用次数约为 200 万次，使用市民超过 70 万人，相关消费金额超过 1 亿元。

手机汽车票服务：市民可以登录厦门无线城市 WAP 网站或者拨打 12580，直接通过手机话费订购从厦门出发的二维码汽车票，到车站无需取票也无需排队。据统计，其二维码出票量占总出票量的 6%，春运期间更是达到了 14%，一定程度上缓解了购票排队难的问题。

手机电影票：市民可通过拨打 12580，就可以用手机积分兑换电影票，2010 年度厦门无线城市累计兑换电影票超过 2 万张。

电子提货券：厦门无线城市通过与天虹、中国邮政等合作伙伴开展合作，凭借二维码提货券就可以提取相应的货物。图 7-45 所示为不同的手机二维码展示。

图 7-45 不同的手机二维码展示

图 7-46 所示为手机二维码应用网络示意图。

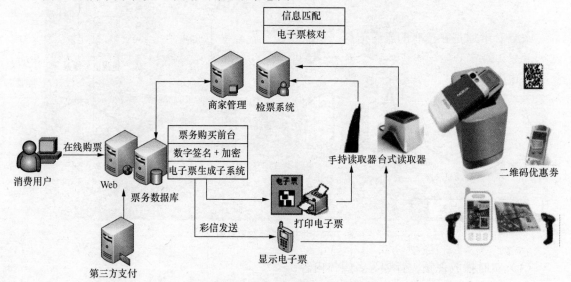

图 7-46 手机二维码应用网络示意图

7.4.10 智慧旅游

随着旅游需求日益高涨，智慧化设备已经越来越多地出现在旅游景点中，为游客带来各种便利。智慧旅游系统需要自上而下地进行顶层设计，进而逐步延展至对某些具体智慧应用的设置。智慧旅游系统可以将一定区域或一个城市内的旅游资源进行串联和统一管理，例如可以利用视频监控设备对进出旅游景点的人流进行统计和控制，对危险人员进行跟踪；通过在景点安置 RFID 射频装置可以使游客所携带的自动导游装置在景点自动进行讲解并引导游客前往下一个相关景点；电子信息牌可以方便游客查询所在地点、周边设施和与旅游服务中心联络；通过在进口处安置扫描装置甚至可以向游客手机推送景点观光路线图及旅游导购等信息。应该说，智慧化的旅游正在越来越丰富旅游的内涵，让游客玩得好、玩得便利。图 7-47 所示为旅游 E 卡通服务概览示意图。

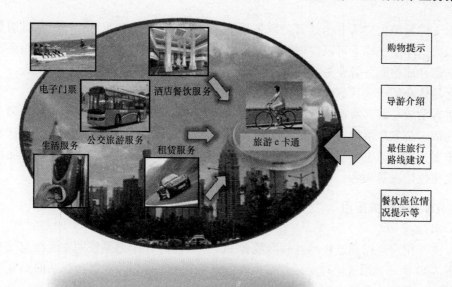

图 7-47　旅游 E 卡通服务概览示意图

　　旅游 E 卡通是在已有的旅游信息、精品路线、旅游查询等业务的基础上，发展智能行程安排、面向游客的精确服务、停车引导、景区基于位置服务等新业务，满足客户多层面的信息收集和旅游需求。

　　图 7-48 所示是旅游 E 卡通业务总体架构图，通过旅游 E 卡通中央管理平台对前端应用体系和后端支撑体系进行管理，前端应用体系中按照不同用户类别分别有游客、政府部门、景区、服务业者和配套保障等分系统，覆盖了与旅游相关的所有相关单位、个人。游客通过旅游 E 卡通可以方便游览景区景点和景区消费付费等。

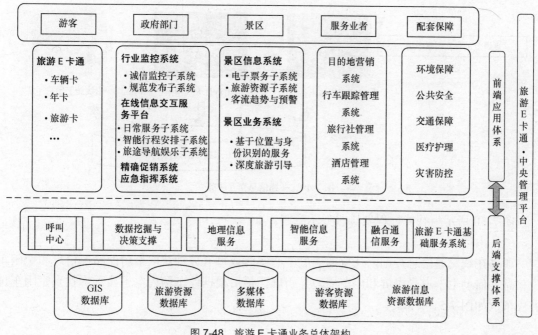

图 7-48　旅游 E 卡通业务总体架构

后端支撑系统由旅游 E 卡通基础服务系统和旅游信息资源数据库组成，基础服务系统在旅游资源数据库的支撑下可以提供呼叫中心、数据挖掘与决策支撑、地理信息服务、智能信息服务和融合通信服务等业务，能够很好地服务前端应用体系的各个部门和个人。

下面具体介绍一个智慧旅游的主要应用实例。

为游客发放与游客身份绑定的唯一 ID 的旅客 E 卡通后，游客可以通过 E 卡通方便进行餐饮、住宿、公家搭乘租赁服务等刷卡消费活动，通过 E 卡通唯一的 ID 身份确认，游客可以得到丰富、准确、主动的旅游地的信息服务，包括购物提示、导游介绍、最佳旅行线路建议和餐饮座位情况等服务。

1. 游客游览相关应用

（1）出行前

出行前，用户可以通过移动互联网或者 PC 终端访问 E 卡通系统的在线信息交互服务平台，如图 7-49 所示。系统通过对后端数据库信息的调度，可以为游客提供实时的交通错峰出行、出行天气预报信息提示和沿线施工影响评估等信息。可以为乘客提供在线信息交互服务和智能行程安排服务。

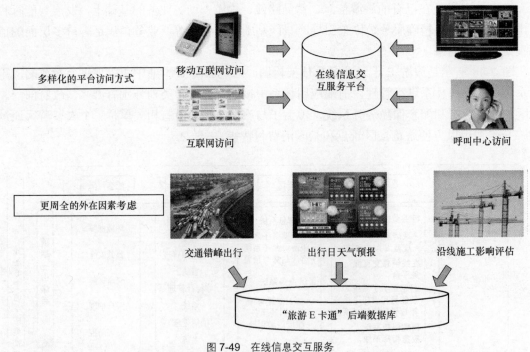

图 7-49　在线信息交互服务

图 7-50 所示为智能行程安排服务示意图。

（2）出行中

通过在线交通信息查询，从交通调度中心实时或每五分钟获取最新的路况信息和空闲车位信息，借助主干道导引屏和停车周边导引屏，最后根据停车场内电子显示屏找到空闲车位并停车，如图 7-51 所示。

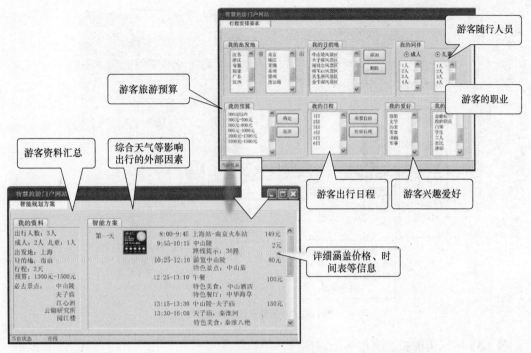

图 7-50　智能行程安排服务

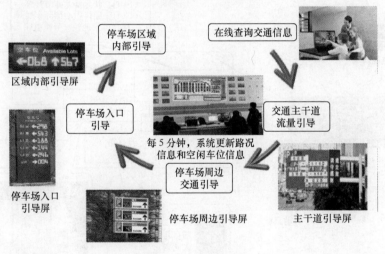

图 7-51　停车导引服务

（3）游览中

基于位置的服务业务，通过移动设备或 PC 终端在景区或酒店，游客可以方便地获取旅游咨询电话、景点区电子地图和旅游信息门户网站等信息，通过景区内的传感网络运用协同感知技术对游客进行位置定位提供多种基于位置的服务，如图 7-52 所示。游客在游玩过程中可以使用移动终端，系统通过提供 GIS、GPS 和语音解说等服务，为游客提供类似于贴身导游的服务。

虚拟社区服务通过将 IP 电话、电脑、固话、手机和自动设备整合，为游客提供城市动态信息大全、景区游览标签、游客视频分享、结伴旅游和酒店景观房 3D 实景展示等服务。

在景区或酒店，使用触摸信息屏等设备，方便游客获得旅游咨询电话、景区电子地图、旅游信息门户网址等。

信息触摸屏

移动终端

在景区内使用移动终端，通过提供 GIS、GPS、语音解说等服务，为游客配备贴身导游。

RFID 读卡器

在景区内布设传感网，运用协同感知技术对游客进行定位，提供多种基于位置的服务。

图 7-52　景区基于位置的服务

图 7-53 所示为虚拟社区服务示意图。

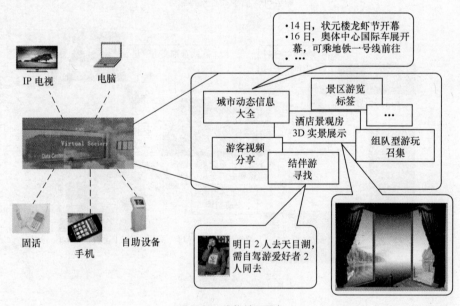

图 7-53　虚拟社区服务

2．政府和行业管理应用

（1）政府管理

通过旅游 E 卡通系统，政府可以对旅游行业整体进行管理，主要涉及相关配套保障的管理、服务业者管理、景区管理和政府部门管理等，可以加强政府管理，提升政府的整体形象，如图 7-54 所示。

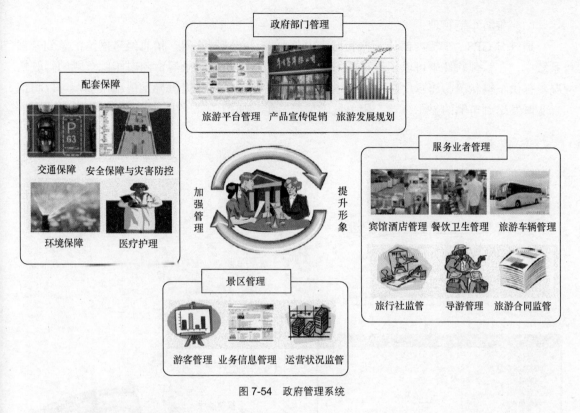

图 7-54　政府管理系统

（2）中小企业营销管理

智慧旅游汇聚了中小企业营销管理平台，为商家和客户提供一站式的服务，如图 7-55 所示。

图 7-55　中小企业营销管理

（3）旅游车辆管理

通过对 GPS、车辆内部传感器和城市内部监控及传感网络等，信息经过网络汇总到管理系统中，在管理软件中可以了解车辆的当前位置与行车轨迹记录等，随时跟踪车辆的行驶情况，提供车辆状况与违章信息，当车辆遇到紧急情况时还可以提供异常情况报警，可以将信息实时发送到车辆的显示终端，避免危险情况发生，如图 7-56 所示。

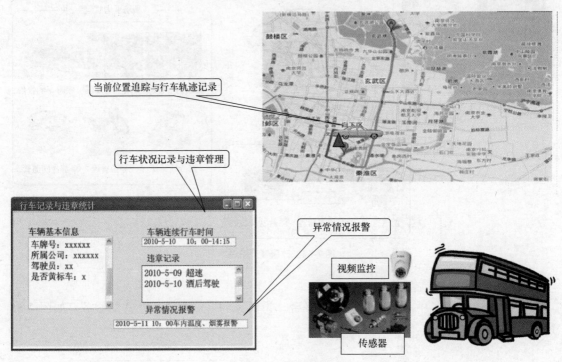

图 7-56　旅游车辆管理

3．安全和环境保障

（1）安全保障

安全保障可以提供火情检测、景区整体管理和室内安防监管等服务，火情检测可以提供全天候火情识别、火情定位和火情变化检测服务，实时地监测危险火场，预测可能出现的火情。景区整体监管通过 GIS 地图、监控摄像头、RFID 和电子巡更等系统，为景区监管提供了全天侯的监管，极大提高了景区的管理水平。室内安防监管主要有多重传感器自主王和智能视频监控系统，确保了室内环境的安全，如图 7-57 所示。

（2）环境保障

依托传感技术及强大的传输网络，将各部分环境监测结果显性化，做好环境预警，如图 7-58 所示。

通过智慧旅游主体架构，公共业务、行业业务和个人业务被协调部署，有力地支撑起城市的智慧化旅游环境。

图 7-57　安全保障

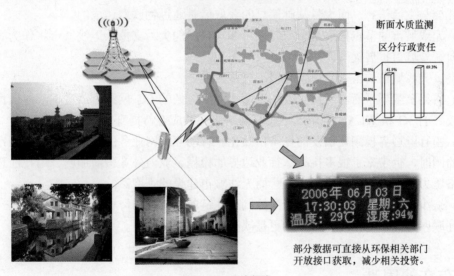

图 7-58　环境保障

第8章
无线城市的未来

8.1 机遇与挑战

我们认为无线城市的未来发展有以下机遇需要把握。

（1）充分把握物联网对无线城市的支撑。无线城市让人们更容易通过通信网络的连接获取各类社会与生活信息，而大量基础信息的获取就是通过物联网达成的。

（2）无线城市的节点拓展对于智慧城市和地球村的大力支撑。无线城市将作为智慧城市的基础向智慧城市扩展提升。

但是，无线城市的未来发展也有以下一些挑战。

（1）网络负载不平衡。网络负载不平衡，速率较低的 2G 网络负载过重，对数据业务承载性能较好的 3G 和 WLAN 利用率不足，网络协同效应有待提升。

（2）由行业边界模糊化引发的竞争白热化。移动互联网业务的发展在给无线城市发展带来机遇的同时，也带来了很多挑战，行业边界的模糊、业内外竞争的加剧、用户注意力的分散、网络压力的增长等，都增加了运营商无线城市建设的难度。

（3）缺少"杀手级"应用。运营商控制产业链的能力减弱，更难迅速推出成熟、可推广的移动互联网业务，在无线城市方面更是缺少"杀手级"应用。

8.2 存在的困难

未来无线城市发展仍存在以下一些问题以待解决。

（1）政府和企业应用多是传统集团客户信息化业务的延伸和拓展，业务相对成熟。而面向公众的民生类应用作为当前无线城市发展的重点，缺乏成熟的产品和运营经验。

（2）无线城市的业务功能不够完善、灵活性和可扩展性欠缺、没有统一的规划指导、需要整合的社会资源过多。

（3）基础资源的制约。一是传输资源的制约，LTE 马上就商用了，届时每个站点的带宽需求很大，对全网的传输带来巨大压力，传输资源的投资、管道、纤芯、设备节点，处处是难点，需要尽早谋划；二是天面资源的制约，对于无线城市来说，没有天面资源，移动网、无线网就无从谈起，多运营商竞争的今天，核心站点的天面更是黄金价格。

（4）无线城市的建设是信息化手段在政务、民生、产业等各行业上的智能化应用。因此，例如政务方面需要政府各委办局开放资源，充分进行部门间的信息共享，以完成信息聚合，从而才能提供更高层的基于信息聚合和数据挖掘的应用。

8.3　无线城市未来发展的关键问题

8.3.1　无线城市未来发展关键业务

未来无线城市发展的关键业务之一是电子商务。无线城市的全覆盖为电子商务的创新应用构建了发展环境，从基础设施层面为电子商务开创了崭新的发展局面。

无线城市电子商务是一种跨行业的综合性服务。采用融合新一代移动网络、智能移动终端、VPN、数据库同步、身份认证等多种前沿信息技术，推动移动电子商务在金融证券、商贸流通等领域的应用。无线城市电子商务将中国移动 12580 规模优势、业务优势、技术优势、积分及电子券资源优势，移动手机支付电子券业务，以及手机消费杂志等带入无线城市平台。

2012 年我国移动电子商务用户将接近 2.5 亿，手机支付交易规模将有望突破 1000 亿元。无线城市电子商务平台的市场价值，不仅仅为商户以及客户带来经济上的直接收益，而且无线城市电子商务平台与用户数据分析、用户地理位置服务等紧密结合，通过庞大的用户数据库及经营分析系统，为合作企业开展电子商务营销提供了良好的电子渠道和精准的营销推广手段。

无线城市电子商务发展有以下推动作用。

（1）形成立体的移动电子政务系统，推进公共信息资源的共享；

（2）构建移动电子商务系统，推动移动电子商务在金融证券、商贸流通等领域的应用；

（3）推动公共服务项目和移动信息化，如在科技教育、医疗卫生、便民支付、业务咨询等公共服务领域的应用创新；

（4）开展移动电子社区建设，建立无线宽带智能化楼宇和居民社区等；

（5）实现城市的数字化管理以及各个政府部门的应急联动。

8.3.2　无线城市与低成本建网

近年来电信运营商在采购中偏向价格低的中小型设备提供商，设备的质量相对较差，由此导致 WLAN 业务的用户体验不佳。出现使用 WLAN 套餐时信号不稳定，而且出现长时间无法上网的状况。

我们建网的关键是使用户具有良好的体验，所以必须强调"网看得见，用得起"；然而，低成本不等于低品质，建网需要保证网络质量和用户体验。

电信业从 2G 向 3G 技术迁移的网络建设高峰已经过去，而从 3G 向 4G 的迁移是下一轮高峰。从财务角度看，未来几年正是设备折旧的高峰期，未来投资需要设备投入量与业务量增长之比，不可以超出过多，数字化设备降价很快，控制好投资节奏，可以省下大量建设资金。

低成本建网主要向以下方面努力。

（1）运营商资源的共享、跨行业资源的共享（广电、电力）、社会资源的共享（市政、公安、园林、广告公司等）；

（2）主动挖掘行业资源，互换资源；

（3）运营商之间竞合有序，平台大融合，超越无线城市群；

（4）向技术要效益，如天线小型化、WOC（WLAN over CATV，即基于 CATV 系统的 WLAN）、微功率拉远等；

（5）充分利用并合理安排现有资源，结合 PTN 建设，使用大对数光缆，降低单位纤芯造价。

8.3.3 技术升级的影响

基础的网络资源的大规模建设与升级，还包括不同层次的标准、架构、产品与应用，所有这些要素的泛在部署，将直接决定着电信运营商是否可以在无线城市带来的新一波增长中获得足够的成长空间。

无线城市的最主要标志是融合，这不仅仅表现在 ICT 产业价值链内部，更多表现在 ICT 产业与外部产业之间的边际模糊，相互渗透。

对此我们需要考虑以下问题。

（1）网络规模化发展，用户仍然表现出较大增长量，新的行业领域不断拓展，已有的网络如何发展，如何应变？

（2）有限资源怎么应付？

（3）资源利用率与服务品质怎样才能平衡？

（4）新的技术突破及应用。如光纤/网线分布系统，Light radio 等新技术如何更好地应用到无线城市中来。

8.3.4 多网融合

现实的 2G、3G、WLAN 和 LTE 四张网络，在无线城市里，它是一张网，平滑而流畅。现有技术支持根据业务属性来决定用户应该上哪张网，实行智能分配，用户也可按需选择。解决了网络资源分配问题，也使已有网络基础设施和频谱得以有效利用，实现双重价值。

随着多网融合的发展，除了关心网络的稳定性和良好的工作状态外，更要关注如何提高终端用户尤其是价值客户的体验满意度。此为，多网融合中需要处理好干扰问题。

多网融合发展下的无线城市要注意以下问题。

（1）加强网络优化和业务分流，合理配置资源，有效管理 QQ 等低效占用业务；

（2）推动 MSCPool、Iur-g+等融合组网技术和 IP 化建设，提升 2G 网络对数据业务的分级管控能力；

（3）2G 主要用于承载中低速的数据业务，3G 可以承载一些数据速率要求相对较高的流媒体、普遍下载、游戏等，而 LTE 和 WLAN 则可以承载最高速率的业务；

（4）数据业务对资源的占用不均匀，也加剧了数据流量对资源的需求（QQ、P2P 下载等）。

现在 2G/3G/WLAN 网络发展已较成熟，LTE/4G 商用在即，多网融合的发展关键在于 LTE。

发展 LTE 不是一个行业行为，而是体现了国家战略意志，在 LTE 到来的时候，我们（国家）要有一个大的跨越，现在无线城市核心架构正在从 3G+Wi-Fi 为基础向 3G+LTE+Wi-Fi 过渡。

目前在多制式融合方面最核心的是在室内分布系统方面解决多制式接入的问题，现阶段比较成熟的技术设想如下。

对于合路系统较少的中小规模场景，如车站、停车场等区域，可以采取多频段合路器构建共用室内覆盖系统，各系统间的干扰抑制主要依靠合路器和滤波器来完成。

当需要合路的系统较多且规模较大时，如摩天大楼、大型会展中心、大型体育场等，可以采用 POI（多系统合路平台，Point Of Interface）合路方式，尽管成本有所增加，但可以很好地抑制干扰，未来可扩展性强。对于特别复杂的系统合路，可以应用上下行分开的 POI 合路方式，以控制多系统交调干扰对系统的影响。

最近几年，电信运营商对网络进行投资主要缘于流量压力，而并非受创收型业务驱动，这些压力来自用户和互联网企业，增量不增收，无线城市的发展更进一步激发了流量的增长。移动监控造成网络流量扩容压力大，未来数据流量继续快速上升，2015 年会再翻两番。预测到 2015 年 3D 及高清视频流量会增加 14 倍以上。同时由于流量经营等因素，未来趋势是单位价格下降。

要抓住 LTE 带来的机遇要做好以下几点。

（1）启动具有好的资源利用率的技术与产品；

（2）引入一些创新的资费引导策略，如 Verizon 已经取消了不封顶流量套餐，提供 30～80 美元/月的套餐；

（3）寻找有大的发展和利润点的应用；

（4）LTE 是发展无线城市的合适选择，但是目前 4G 仅占整个移动市场份额的 2%，需要进一步发展。

此外，LTE 的发展会有以下挑战。

（1）LTE 带给传输的压力

LTE 定位于满足高带宽高质量的数据流量需求，如果 GE 环上 LTE 站点较多，业务带宽需求超过 800Mbit/s，则需将环上 GE 接入设备升级为 10GE 接入设备或对 GE 环进行裂环。裂环有以下方案。

一是采用升级为 10GE 设备，将增加投资；

二是采用 GE 环裂环方案，将造成纤芯资源的紧张，并随着接入环数量的增加，汇聚层面的设备光口槽位以及设备数量也将随之增长。

（2）LTE 带给终端的压力

LTE 初期其覆盖范围小且不连续，LTE 用户很容易移动到 LTE 覆盖范围之外，导致其提供的通信不能连续，所以需要 2G 网络协助保持通信的连续性。

双模或者多模终端是必须在 LTE 试商用初期阶段会产生大量的位置更新或路由区更新，会给网络带来信令流量压力，也加大终端功耗（LTE 最大系统功耗为 2.2W）。

8.3.5　共建共享

共建共享是指在信息通信网络基础设施上对可以实现共建的部分实现共建，对部分可以共享的资源实现共享，有效避免重复投资，提高网络集约程度，强化投资效益能力。

从宏观需求看，实施通信基础设施共建共享有利于通信行业的整体发展。从投资角度出发，单个运营商提供同样的业务的同时投资规模都有所下降；从用户业务资费上看，更加低廉的资费、更丰富的业务和更加高质量的通信服务必将获得广泛认可。因此，无线城市建设中实行通信基础设施共建共享具有广泛的需求基础。

从通信行业未来的发展看，在无线城市的建设中推进共建共享是必然的，对快速推进无线城市建设，加强资源集约，提升数据和信息整合能力有重大意义。

目前，我国在电信基础设施的共建共享工作已经取得了阶段性的成果。自《关于推进电信基础设施共建共享的紧急通知》发布以来，各省市高度重视，因地制宜，各自出台了的一系列推进电信基础设施共建共享的实施方案，在许多新项目上实现了项目的共建和建成后的共享，大大减少了重复投资，节省了资金和宝贵的土地资源。以下是国内几个城市共建共享的建设现状。

（1）北京

目前北京的共建共享工作成效明显，累计共享铁塔 703 处，新批准建设铁塔 4958 处，其中有共建需求铁塔 3148 处，共建比例达到 63%。其在共建共享方面最大的特点是建立"共建共享"数据库，可对北京地区所有基站铁塔进行实时管理和数据更新。同时将数据库向各公司开放，为各公司站址选择提供了方便，有力地促进了"共建共享"工作的推进。同时，为了更好地推动"共建共享"的真正实施，建立了行业主管部门专业管理和地方政府部门城市建设管理相结合的运作机制，并制定了《北京市电信基础设施共建共享管理暂行办法》，明确三大运营商之间的权责，加大对"共建共享"的监管力度，实行严格的考核和处罚机制。

（2）上海

上海电信基础设施共建共享各项指标全面超越工信部考核指标，目前全市铁塔共建率达到 80.42%，共享率达到 90.37%，大大减少了重复投资。而在备受关注的居民住宅小区的通信配套建设方面，上海将其纳入共建共享的范围，一定程度上解决了驻地网市场上的混战现象。在已建的居民住宅小区内，后进入的电信运营商可以通过上海市通信管理局的共建共享受理平台向先进入者提出工程项目需求，与先进入电信运营商拟定施工方案，共同为居民提供服务。在一定程度上既满足了居民选择电信运营商的需求，也防止了电信运营企业之间不规范竞争行为的发生。

（3）浙江

浙江省以规划为先导，通过一系列措施的实施，共建共享工作取得一定成效。目前，浙江省新建铁塔共建率为 7.6%，新建基站共建率为 6.7%，已有铁搭共享率为 16.1%，已有基站共享率为 13.4%，均高于全国平均水平。同时，浙江首创提出"电信运营商+广电数字内容提供商"模式（华数+移动、联通、电信），将共建共享范围扩大到广电企业，建立信息通信网络基础设施共建共享信息管理系统，实现了共建共享的需求提出、意见回复、审批备案、实施归档等流程的网上流转。

（4）四川

四川自开展共建共享以来，截至 2011 年底，新建铁塔共建率已达到 65.91%，全省通信行业共节约投资 18.6 亿元。在建设模式上，四川率先提出电信基础设施共建共享第三方建设模式，以第三方投资公司建设铁塔、机房、电源、空调等设施，各电信运营企业平等租用，积极协调军队、广电、地铁、铁道等部门，实现跨行业共建共享，降低了电信企业建设、运行维护成本，有效解决了目前共建共享模式中存在的产权划分难度大、协调难度大、维护管理事务繁杂等问题。建立共建共享监督、考核管理办法、租金指导价格等文件规范指导共建共享工作，完善考核体系。

总结上述几大城市共建共享的建设经验，可以看出，虽然我国的电信基础设施共建共享工作已陆续开展，但是共建共享程度仍较低，基本局限于无源网络设备的共建共享，有些省市甚至是零共建或者共享比例仍然很低，这样的程度自然无法满足无线城市建设的需求。目前共建共享的推进依然存在以下问题。

（1）产权及利益冲突

由于移动、电信、联通、广电在市场上处于竞争关系，在共建共享问题上，如果由几家共同建设，则在建设费用和建成后的产权归属上存在争议；如果单独由一家建设，其他几家共享租用，则建设方可能在一些关键资源上设置障碍，留为己用。因此，如何解决各运营商之间的利益冲突，是当前共建共享所面临的一大问题。

（2）多系统之间的干扰

随着共建共享的深入，今后会在同样的一个基础设施上建设更多的 3G 网络，但由于各运营商无论在接入网传输的技术选择，还是移动通信的制式选择都存在很大不同，这样，不同系统共同存在一个基础设施上，必将带来信号上的干扰。因此如何有效避免多个通信系统间的干扰是一个技术难题。

（3）共建共享激励不足

电信运营企业作为独立的市场主体，虽说都是国有企业，但企业管理者追求的是自身利益的最大化，企业之间存在激烈的市场竞争。所以他们对重复建设带来的成本不是很敏感，反而更为关心市场竞争的需要。

这都是现阶段共建共享建设中遇到的问题，但是共建共享作为电信基础设施建设发展的一个方向，未来仍然将在国家的推动和鼓励下有进一步的发展，而这些问题也将一一得到解决。运营商实现网络和运营的相互分离是历史的必然趋势。

缩略语

缩略语	英 文 全 称	中 文 全 称
2G	2nd Generation	第二代移动通信系统/技术
3G	3rd Generation	第三代移动通信系统/技术
4G	4th Generation	第四代移动通信系统/技术
AMC	Adaptive Modulation and Coding	自适应调制编码
APP	Application	应用
CBD	Central Business District	中央商务区
CBS	Cell Broadcast Service	小区广播业务
CDMA	Code Division Multiple Access	码分多址
CMMB	China Mobile Multimedia Broadcasting	中国移动多媒体广播
CRC	Cyclic Redundancy Check	循环冗余码校验
EDGE	Enhanced Data Rate for GSM Evolution	增强型数据速率 GSM 演进技术
EPC	Evolved Packet Core	演进型分组网，LTE 核心网
ETC	Electronic Toll Collection	电子不停车收费系统
E-UTRAN	Evolved UTRAN	演进型通用陆地无线接入网，LTE 无线接入网
FDMA	Frequency Division Multiple Access	频分多址
FPLMTS	Future Pubilic Land Mobile Telecommunication System	未来公共陆地移动通信系统
GPON	Gigabit-Capable PON	宽带无源光综合接入标准
GPRS	General Packet Radio Service	通用分组无线业务
GSM	Global System of Mobile communication	全球移动通信系统
HARQ	Hybrid Automatic Repeat Request	混合自动重传请求
HSDPA	High Speed Downlink Packet Access	高速下行分组接入
HSS	Home Subscriber Server	归属用户服务器
HSUPA	High Speed Uplink Packet Access	高速上行链路分组接入
IaaS	Infrastructure as a Service	基础设施即服务
IDA	International Development Association	国际开发协会
IDC	Internet Data Center	因特网数据中心
IOT	the Internet Of Things	物联网
ISP	Internet Service Provider	因特网服务提供商

缩略语	英文全称	中文全称
IT	Information Technology	信息技术
LTE	Long Term Evolution	长期演进
MAC	Medium Access Control	介质访问控制
MBMS	Multimedia Broadcast Multicast Service	多媒体广播多播业务
McWiLL	Multi-Carrier Wireless Information Local Loop	多载波无线信息本地环路
MIMO	Multiple-Input Multiple-Output	多入多出
MME	Mobility Management Entity	移动管理实体
MSTP	Multi-Service Transfer Platform	提供统一网管的多业务节点
NGB	Next Generation Broadcasting Network	中国下一代广播电视网
OA	Office Automation	办公自动化
OFDM	Orthogonal Frequency Division Multiplexing	正交频分复用技术
PaaS	Platformasa Service	平台即服务
PAPR	Peakto Average Power Ratio	峰值平均功率比
PCRF	Policyand Charging Rules Function	策略与计费规则功能单元
P-GW	PDN Gateway	分组数据网关
PPPoE	Pointto Point Protocolover Ethernet	在以太网上承载 PPP 协议
PTN	Packet Transport Network	分组传送网
QoS	Quality of Service	服务质量
RFID	Radio Frequency IDentification	射频识别
RRU	Remote Radio Unit	射频拉远单元
SaaS	Software as a Service	软件即服务
SDM	Spatial Division Multiplexing	空分复用
S-GW	Serving Gateway	服务网关
SIM	Subscriber Identity Module	客户识别模块
SINR	Signal to Interference plus Noise Ratio	信号与干扰加噪声比
SNS	Social Networking Services	社会性网络服务
TDMA	Time Division Multiple Access	时分多址
TD-SCDMA	Time Division-Synchronization Code Division Multiple Access	时分同步码分多址
UE	User Equipment	用户设备
VoIP	Voice over IP	IP 语音电话
WAPI	Wireless LAN Authentication and Privacy Infrastructure	无线局域网鉴别和保密
WCDMA	Wideband Code Division Multiple Access	宽带码分多址
WEP	Wired Equivalent Privacy	加密技术
WiMAX	Worldwide Interoperability for Microwave Access	全球微波互联接入
WLAN	Wireless Local Area Network	无线局域网
WMC	Wi-Fi Mobile Convergence	WLAN 与移动通信融合
WMM	Wi-Fi Multimedia	Wi-Fi 多媒体
WOC	WLAN over CATV	基于 CATV 系统的 WLAN 网络
WPA	Wi-Fi Protected Access	保护无线电脑网络（Wi-Fi）安全的系统
WPS	Wi-Fi Protected Setup	Wi-Fi 保护设置

参考文献

[1] 郑侃，等．3G 长期演进系统中的混合自动重传请求技术[J]．中兴通讯技术，2007．

[2] 张思立．上海世博 TD-LTE 移动高清视频会议业务研究[J]．电信工程技术与标准化，2010．

[3] 何丰．全球"无线城市"运营模式及发展分析[C]．四川省通信学会 2008 年学术年会，2008．

[4] 孟庆宇．无线中继网络的混合自动请求重传机制研究[D]．北京邮电大学，2010．

[5] 荆梅芳．LTE 上行链路 MIMO 技术研究[D]．西安电子科技大学，2009．

[6] 李伟聪．基于 WLAN 的无线城市应用与建设[D] ．汕头大学，2012．

[7] 隰晓华．"无线城市"业务体系研究[D]．南京邮电大学，2011．

[8] 史硕．TD-LTE 系统中混合自动重传技术（HARQ）重传机制的研究[D]．北京邮电大学，2010．

[9] 付强．LTE 高速移动环境下多天线技术研究[D]．北京邮电大学，2010．

[10] 王鹏．WiFi Mesh 引入策略及组网研究[D]．南京邮电大学，2011．

[11] 卢振．基于 MBMS 的手机电视技术[J]．移动通信，2008．

[12] 陈皓．狮山路无线城市工程的技术研究和实验[D]．苏州大学，2009．

[13] 马军．TD-LTE 产业发展分析与展望[J]．软件产业与工程，2012．

[14] 李建功，等．智慧医疗应用技术特点及发展趋势[J]．中兴通讯技术，2012．

[15] 王希栋．基于虚拟分层小区结构的小区间干扰协调方案[D]．北京邮电大学，2010．

[16] 朱昱．无线城市热点区域覆盖规划设计与实现[D]．厦门大学，2011．

[17] 沈嘉．LTE 的技术挑战与系统优化[D]．移动通信，2010．

[18] 刘小元．中国境外上市企业公司治理有效性研究--基于中国在美上市企业的分析[D]．南开大学，2009．

[19] 周进怡．手机电视业务推动 MBMS 演进[J]．通信世界，B2008．

[20] 王红琴．智能交通在我国的发展状况及对策[J]．统计与管理，2011．

[21] 罗永剑．浅谈无线城市发展与应用[J]．科海故事博览·科技探索，2013．

[22] 吴燕．中国综合型旅游预订网站模式探讨[D]．复旦大学，2008．

[23] 鲍秋生．无线单播组播混合系统中资源分配优化策略的研究[D]．北京邮电大学，2010．

[24] 朴明华．携程旅行网的商业模式及其挑战[D]．对外经济贸易大学，2010．

[25] 周舰．NGN 架构中 H.323 协议栈直接方式网关呼叫鉴权研究[D]．武汉理工大学，2006．

[26] 王翠．中继协作传输方案及性能研究[D]．南京邮电大学，2013．

[27] 王睿智．OFDM 调制解调器实现方法的研究[D]．哈尔滨工业大学，2006．

[28] 王稀君．协作中继网络中的 MIMO 技术与资源分配策略研究[D]．北京邮电大学，2009．

[29] 刘嵩，等．物联网的机遇与挑战[J]．计算机安全，2012．

[30] 姜彤．LTE 上行多用户 MIMO 系统检测算法研究[D]．西安电子科技大学，2011．

[31] 余金城，等．下一代互联网中基于 Portal 的身份认证技术研究与实现[C]．中国计算机用户协会网络应用分会 2010 年网络新技术与应用研讨会，2010 年．

[32] 魏会娟．3GPP 系统与 WI AN 网络融合架构的研究[D]．重庆邮电大学，2007．

[33] 冯宝华．后 3G 时代无线城市运营模式的研究[D]．中南大学，2012．

[34] 朱彧．宽带无线通信系统链路性能预测技术研究[D]．东南大学，2007．

[35] 施云涛，等．基于有源天线的 TD-LTE 室分改造策略[J]．电信工程技术与标准化，2012．

[36] 史文亮，等．物联网和智能电网关系之我见[J]．科技风，2011．

[37] 吴劲松，等．电信运营商云计算发展探讨[J]．广东通信技术，2011．

[38] 颜西龙．"物联中国"《借力物联网打造"智慧水利"》 2013．

[39] 李建功．海域与港口监控调度系统的技术应用．和讯科技，2010．

[40] 谭峰．智能交通 一路绿灯一路通畅[J] ．广东科技，2010．

[41] 通信世界网．《无线城市运营探讨》

[42] 新浪财经．《无线城市时代来临》

[43] 新浪科技．《中国移动无线城市应用超过 15000 个》

[44] 《无线城市的商业模式研究》 [J] 经济师 2010

[45] 《智慧医疗应用技术特点与发展趋势》 [J] 《中兴通讯技术》2012

[46] 《百度百科》智能交通专题

[47] 携程旅行网官网网站 www.ctrip.com

[48] 《全球"无线城市"运营模式及发展分析》 四川省通信学会 2008 年学术年会

[49] 戴源．TD-LTE 无线网络规划与设计．北京：人民邮电出版社，2012．

[50] 王少波，闫成刚．WLAN 网络建设中的关键问题探讨[J]．山东通信技术，2011 年 12 月，31（4）：18-20．

[51] 陈绿原．电信运营商 WLAN 网络建设模式研究[D]．北京邮电大学，2012 年 9 月 26 日．

[52] 戴建华，阙凯力．"全民共建"无线城市运行模式及其政策策略分析[J]．移动通信，2010（23）．

[53] 戴建华，黄亮．"运营商主导、全民共建"无线城市运营模式探索[J]．移动通信，2009（21）．

[54] 陈清金，张云勇．中国联通无线城市建设思路及优势分析[J]．移动通信，2009（21）．

[55] 龚炳铮．信息化的含义与分类的探讨[J]．中国信息界，2005（19）.

[56] 陈宁夏．中国无线城市建设运营模式探讨[J]．福建电脑，2009（2）.

[57] 阿杜．无线梦想如何照进城市现实?——解读无线城市建设之厦门 TD 模式[J]．中国电信业，2009（3）.

[58] 杨和平．关于"无线城市"建设的思考[J]．中国无线电，2009（4）.

[59] 陈晨．无线城市运营管理新理念[J]．电信技术，2009（7）.

[60] 谢田．无线城市的商业模式研究[J]．经济师，2009（10）.

[61] 龚达宁．关于我国无线城市发展的思考和建议[J]．江苏通信，2008（6）

[62] 杨运平，祁权生．"无线城市"主流技术及运营模式[J]．通信与信息技术. 2010（3）.

[63] 赵艳丽，张云华．应用计划行为理论研究中国的移动支付发展[J]．计算机工程与设计，2009（9）.

[64] 罗蛮蛮．Yahoo! Mobile：雅虎的全新移动服务平台[J]．互联网天地，2009（5）.

[65] 丁惠灵．商会在中小企业国际贸易信息化中的作用[J]．电子商务，2010（5）.